DER GOLDRAHMEN

Der Anlass
Fast 75 Jahre nach dem Ende der kriegerischen, politischen und vor allem der menschlichen Auseinandersetzungen des Zweiten Weltkrieges und dem inneren Zerfall des Dritten Reiches ist die Aufarbeitung dieses Teiles unserer Geschichte noch nicht abgeschlossen - und sie wird es wohl nie sein. Wieder und wieder auftauchende Einzelheiten des Geschehens erinnern uns daran. Ein Beispiel ist die Entdeckung einer Kunstsammlung in einer süddeutschen Großstadt und die daraus resultierende Problematik der Besitzverhältnisse.
Geschichte ist Summe und Spiegelbild menschlichen Handelns. In ihr erkennen wir uns wieder. Ob wir daraus Erkenntnisse ableiten, hängt davon ab, wie wir mit ihr umgehen. ›Die alten Kamellen‹ auf sich beruhen zu lassen, ist dabei wenig hilfreich.

Das Buch
Oktober 1944. Die Rote Armee steht bereits in Polen. Paul Grünzweig entdeckt im Büro des Lagerkommandanten von Lebrechtsdorf im ›Warthegau‹ eine Kunst-Studie Lisas, seiner verstorbenen großen Liebe. Er ist aufgewühlt und will herausfinden, wie Sturmbannführer Mülder in den Besitz dieses Gemäldes kam. Ohne Erfolg. Er wird zusammen mit 59 Häftlingen zur Reparatur von Gleisen abkommandiert. Mit der heimlichen Hilfe des Bauzugführers entkommt die Gruppe. Dabei macht er eine erstaunliche Entdeckung. Er spaltet die Gruppe auf und flieht mit einem der Häftlinge nach Süden. Sie werden vom polnischen Widerstand aufgegriffen, gelangen in die Slowakei und schließen sich der Zelle an. In geheimer Mission werden sie nach Italien entsandt. Hier wird Grünzweig von einer amerikanischen Einheit, die nach dem Verbleib von Kunstwerken im Dritten Reich forscht, als Sonderermittler eingesetzt. Im Verlauf seiner Arbeit deckt er einen gigantischen Kunstraub auf, in den auch Mülder verwickelt ist. Überraschend taucht Lisas Arbeit im Goldrahmen wieder auf - in Südamerika.

Der Autor
Im zweiten Kriegsjahr geboren und auf dem Lande aufgewachsen, sind seine Erinnerungen durch die Nachkriegszeit geprägt, von zögernden Berichten seiner Eltern, zaghafter Aufklärung in der Schule und von Brüchen innerhalb seiner Lehrerschaft. Dem folgen studentischer Zorn, der Wunsch nach Aufklärung und das Verlangen nach Veränderung in der jungen Bundesrepublik. Berufliche Jahre in Übersee ermöglichen ihm den Blick auf sein Land und seinen Kontinent von außen. Er lernt Opfer und Täter der NS-Zeit im Exil kennen, zum Teil im Kreis seiner Bekannten, oft sogar als Kollegen in derselben Firma.

UWE GEILERT

DER
GOLDRAHMEN

Sämtliche Handlungen, Charaktere und Dialoge in diesem Buch sind rein fiktiv. Ähnlichkeiten mit noch lebenden Personen sind zufällig und unbeabsichtigt. Die Namen von Personen, Firmen, Orten und Straßen wurden teilweise verändert.

Umschlaggestaltung: Autor

Die Deutsche Bibliothek verzeichnet diese Publikation in der Deutschen Nationalbibliografie; detaillierte bibliografische Daten sind im Internet über ‹http://dnb.ddb.de› abrufbar.

Überarbeitete Ausgabe

© 2019 Uwe Geilert

Herstellung und Verlag:
BoD- Books on Demand, Norderstedt

ISBN 978-3-7347-8132-2

1

Grünzweig starrte neugierig auf das Paket an der Wand gegenüber. Das übliche ordinäre braune Packpapier, von einer zu dünnen Schnur zusammengehalten. Zu dünn im Verhältnis zur Größe dessen, was dort eingewickelt am Aktenschrank lehnte. Eine Ecke war hastig aufgerissen worden, verriet ein Bild mit Goldrahmen. Über dem Aktenschrank hing das obligatorische Portrait des Führers und Reichskanzlers. Schlicht und streng. Auf dem Schrank stand ein eleganter Holzrahmen mit dem Foto einer attraktiven, blonden Frau in Weiß mit Tennisschläger im rechten und einem Pokal im linken Arm. Das warme Licht der tief stehenden Herbstsonne schien flach durch das Fester und verlieh dem Bild die Aura einer Ikone. Die drei Bilder waren so ungleich, wie sie nur ein konnten. Ihre Nähe zu einander erzeugte in dem schlicht möblierten Amtszimmer eine sardonische Stimmung.

Mülder, in makelloser Uniform, saß mit dem Hintern auf der Kante des schweren Schreibtisches. Seine eng stehenden Augen lagen tief in ihren Höhlen, das Stahlblau seiner Iris strahlte Kälte aus. Der stechende Blick und die Hakennase weckten den Vergleich mit einem Raubvogel. Das Haar war streng nach hinten gekämmt und gescheitelt. Die Ohren nach geltender Ordnung eine Streichholzlänge freigeschnitten, wie es sich für einen beispielhaften SS-Offizier geziemte. Das Abzeichen der Partei und die bunte Ordensschnalle hoben sich in starkem Kontrast vom schwarzen Tuch ab. Er hatte die Beine übereinander geschlagen. An den Innenseiten seiner Breeches-Hosen leuchtete der helle Lederbesatz. Seine Füße steckten in glänzenden Reitstiefeln.

Die Tischfläche war nahezu leer, sauber aufgeräumt. In der Mitte lag ein Ordner, am linken Rand die Uniformmütze mit dem Totenschädel, das unheilvolle Symbol exakt auf den Besucher gerichtet. Rechts stand das schwarze Telefon, die Wählscheibe im richtigen Winkel zum Arbeitsplatz. Die roten, gelben und weißen Knöpfe markierten Wichtigkeit und Bedeutung. Hier residierte ein Mann mit Macht.

Grünzweigs verschlissene Häftlingskleidung hing ihm locker am Körper und verbarg seine magere Drahtigkeit. Er hielt die gestreifte Stoffkappe in der Hand. Auf dem kahlgeschorenen Schädel zeigte sich millimeterlanges blondes Haar. Die Erkennungsnummer auf dem Rücken der Jacke wiederholte sich graublau auf der Innenseite des Unterarms. Die verschlissenen Schuhe konnten sich jede Minute in ihre armseligen Restbestandteile auflösen. Beeindruckend war der Gegensatz der beiden Männer, als hätte ein satanischer Requisiteur in übelster Laune in seinen Kostümschrank gegriffen.

Neben dem Aschenbecher, in dessen Aussparung eine brennende Zigarette klemmte, lag ein angefangenes Päckchen Reemtsma R6. Feiner weißblauer Rauch stieg auf und verteilte sich im Raum. Der Aschestängel stützte sich fragil in der Mitte des Aschers ab, drohte jeden Augenblick zu zerfallen. Der Stummel zu kurz, um ihn ohne Verbrennen der Finger zum Mund zu führen. Mülder hatte nicht einen Zug inhaliert. Er war Nichtraucher. Aber für die meisten Lagerinsassen waren Zigaretten ein kostbares Gut, Genussmittel, Handelsware, Währung. Das Aroma des Rauchs sollte ihr Laster wecken, ihre Schwäche. Zigarette? Eine ganze Packung? Liebend gern. Aber die hatte einen Preis: eine Denunziation, eine Information oder einen Geheimnisverrat. Mülder wollte alles wissen und nutzte Zigaretten als Köder, Druckmittel, Entlohnung.

Am Fenster suchte eine einsame Biene beharrlich den Weg ins Freie. Grünzweig hörte das wiederholte kurze Summen, das jedes Mal abrupt endete, wenn sie die Scheibe rammte. Sie sollte längst bei ihrem Volk sein und sich auf den Winterschlaf vorbereiten. Jetzt bemerkte Mülder das Insekt. Er blickte zum Fenster, kniff seine Lider im Gegenlicht mürrisch zusammen. Er fühlte sich gestört. Er nahm den Aktendeckel, stand auf und ging zum Fenster. Das Insekt krabbelte jetzt benommen und ziellos auf dem Glas umher. Grünzweig beobachtete Mülder auf dessen Weg zum Fenster.

›Jetzt schlägt er sie zu Brei.‹

Langsam öffnete Mülder einen Flügel und wartete. Dann holte er weit aus und setzte den Aktendeckel hinter der Biene auf die Scheibe. Behutsam schob er sie an den Rahmen. Dort lupfte er sie vorsichtig über das Holz hinweg und beförderte sie mit sanftem Schubs ins Freie. Er sah ihr nach, als sie davonflog, schloss das Fenster und ging wortlos zum Schreibtisch.

Inzwischen hatte Grünzweig jede Sekunde genutzt, sich mit dem Rahmen zu beschäftigen. ›So einer hing über Tante Sarahs Sofa. Dieselbe Schnitzerei, die gleiche Goldbronze. Wie viele mag es davon gegeben haben? Zehn? Hunderte? Welches Gemälde steckt in diesem Rahmen?‹

Er hatte er seine Tante viele Jahre nicht gesehen. Er wusste nicht, ob sie überhaupt noch in Frankfurt wohnte. Viele aus seiner verzweigten Familie waren rechtzeitig ins Ausland emigriert. Zu fast allen hatte er den Kontakt verloren. Sie mussten ein neues Leben aufbauen, er musste seins retten. Er grübelte regungslos, kein Hüsteln, kein Räuspern. Das hatten sie ihm eingetrichtert. Je nach Stimmung und Laune würde Mülder das als Verweigerung des gebotenen Respekts auslegen und entsprechend reagieren. Es konnte das Leben kosten.

Schon vor einer Woche hatte Grünzweig hier gestanden. Mülder brauchte ihn als Kapo, als Aufseher. Ein schwieriger Posten. Zwischen den Stühlen. In einem Lager bestanden Hierarchien. Auch zwischen den Häftlingen. Ein Kapo hatte Macht. Aber Grünzweig hatte nicht sofort angebissen, sondern Bedenkzeit gefordert. Die war verstrichen. Er wollte eine Antwort. Jetzt. Mühsam beherrschte er seine Ungeduld. Er blätterte durch die Unterlagen, ohne sie zu lesen. Lustlos.

›Womit kann ich ihn ködern? Mit Bezahlung? Völlig ausgeschlossen. Ich kann ihn unmöglich in der Gehaltsliste des Lagers führen. Ihn zum Schein ausleihen? Das Entgelt für ausgeliehene Arbeiter wird von der Industrie direkt mit der SS-Hauptkasse abgerechnet. Geht auch nicht. Bessere Unterkunft? In die Kapo-Baracke kann er nicht umziehen. Das sind alles Polen, Tschechen und Ukrainer. Als Deutscher wird er das nicht überleben. Ihn lassen wo er ist? Das gibt Meuterei, weil die Kapos unbeliebt sind. Dazu ist er auch noch gescheiter als der Rest des Haufens. Ein verdammter Intellektueller, ein Studierter.‹

»Bekomme ich bald eine Antwort?!«

Grünzweig wurde aus seinen Gedanken gerissen und war wieder in der Wirklichkeit zurück. Mülder hatte bemerkt, dass er durch das Paket abgelenkt war.

»Was starren Sie auf das Bild?«, fragte er unwirsch. »Geben sie vor, Sie verstünden etwas von Kunst? Ich denke, Sie sind Kaufmann, ein nüchterner Zahlenmensch. Einer, der die schönen Dinge des Lebens ignoriert und sich lieber durch Bilanzen wühlt.«

Provozierend deutete er mit dem Zeigefinger auf die Personalakte. Grünzweig ließ sich nicht aus der Ruhe bringen. Mülders Angebot hatte ihn vor einer Woche nicht gereizt und reizte ihn auch heute nicht.

»Schlechte Bilanzen sind spannender als gute Krimis.«

»Was ist jetzt. Kann ich Sie als Kapo einteilen? Ich habe nicht ewig Zeit für Kinkerlitzchen.«

Die Frage sollte wie ein Befehl zum ›Ja‹ klingen. Die ungleichen Männer sahen sich lauernd in die Augen.

›Ich mache mir nicht die Hände schmutzig und handle gegen meine Mitgefangenen! Ich hätte nichts zu gewinnen, nur zu verlieren. Ich wäre Handlanger, Mitwisser und - Mittäter. Nein, lieber Mülder. Ich mache deine Drecksarbeit nicht. Auch wenn du mich von jetzt an im Visier haben wirst und mich schikanieren lässt.‹

Grünzweig schwieg beharrlich. Mülders Geduld war zu Ende, er wollte den Häftling entlassen. Doch er zögerte, drehte sich zum Schrank und hob das Bild vom Boden. ›Ich weiß nicht, warum ich das jetzt tue, aber irgendwie scheint zwischen ihm und dem Bild eine Verbindung zu bestehen. Wüsste gern welche.‹

»Wollen Sie es anschauen?«

Sorgfältig schälte er das Gemälde aus seiner Verpackung und reichte es Grünzweig. Der nahm es in die Hände und hielt es mit gestreckten Armen von sich, ließ das Licht von der Leinwand reflektieren, stellte es auf den Schrank und trat ein paar Schritte zurück. Mülder ließ ihn nicht aus den Augen. Wissbegierig beobachtete er Grünzweigs Methode. Er hatte das Bild von Kramer bekommen, als Vorschuss für den geheimen Auftrag, den er noch auszuführen hatte. Über das Bild hatte Kramer kein Wort verloren, diese Lücke sollte Grünzweig jetzt schließen. Mülder wiederum hatte sich nicht getraut zu fragen, um nicht als unwissend zu erscheinen. Nicht vor Kramer! Was ihn am Ende wirklich interessierte, war der Wert in Reichsmark. Damit konnte er etwas anfangen.

Grünzweigs war angespannt und konzentriert.

›Jetzt keine Gefühle zeigen.‹

Düstere Gewissheit breitete sich in ihm aus, aber er musste Ruhe bewahren, jedes Wort, jede Reaktion genau planen! Langsam drehte er die Rückseite zu sich. Seine Finger glitten über den Keilrahmen. Gespielt gleichgültig suchte er etwas Bestimmtes. Er nahm sich Zeit, suchte in großer Langsamkeit. Er wusste, was er finden würde. Er erschrak nicht mehr, als er es entdeckte. Es war Tante Sarahs Bild!

›Wie kommt das hierher?‹

Er sah Mülder forschend in die engen Habichtaugen, um vielleicht dort eine Antwort zu lesen, aber die blieben unbeweglich. Er musste erfahren, wie das Bild in die Hände Mülders gekommen war. Gleichzeitig spürte er, dass Mülder das Bild für etwas Besonderes hielt und auf sein Urteil lauerte. Was wollte Mülder hören? Was sollte er ihm sagen?

›Ich muss herausfinden, wie viel Mülder bereits über das Bild weiß.‹

Auf der Rückseite standen zwei rote Buchstaben. ›LS‹. Lisas Kürzel. Lisa Senfkorn war Tante Sarahs Nichte gewesen. Ihre Familie lebte in der Schweiz, Lisa hatte einen Teil ihres Kunststudiums in Paris verbracht. Sie hatte dort die Erlaubnis erhalten, ihre Staffelei in irgendeiner Galerie aufzustellen, um von einem bestimmten Original eine legitimierte Kopie anzufertigen. Das war Teil ihrer Ausbildung. Hin und wieder verkaufte sie eine Kopie, wenn ihr das Geld ausging. Und das sogar mit einigem Erfolg, denn ihre Arbeiten wurden geschätzt. Lisa hatte die Gabe, sich in ein Gemälde hineinzudenken, es mit ihren Augen zu ›durchdringen‹ und die Maltechnik der kopierten Künstler zu verstehen.

Tante Sarah hatte ihr diese Kopie abgekauft. Sie war eine schnurrige Frau. Stets hatte sie grienend damit angegeben, ihr Bild wäre ein echter Picasso, die ›Dryade‹, ein abstrakter weiblicher Akt einer Waldnymphe aus der griechischen Mythologie. Es war die Studie zu seiner ›Grande Dryade‹ für die Sammlung René Gaffé, die später in die Eremitage von Sankt Petersburg wechselte, oder Leningrad, wie die Stadt jetzt hieß. Wahrscheinlich war die erste Besitzerin Gertrude Stein gewesen. Seiner Tante hatte Grünzweig ein paar Mal nahe gelegt, ihren Besuchern diese Lüge nicht länger aufzutischen. Doch sie fand immer wieder Gefallen daran.

›Natürlich hast du Recht, Paul. Aber bitte lass mir doch meinen Spaß. Die Leute, die keine Ahnung haben, werden neidisch, und die etwas von Kunst verstehen, stelle ich auf die Probe. Die Antworten können so wahnsinnig aufschlussreich sein, du glaubst es nicht. Zugegeben, ein schändliches, aber prickelndes Spielchen. Die Kopie ist doch täuschend echt! Findest du nicht auch? Meine kleine Lisa!‹

›Es ist sogar eine exzellente Kopie, das ist ja das teuflische.‹

Aber Tante Sarah war nicht zu überzeugen.

›Die hübsche Lisa, meine Güte, waren wir verliebt! Für mich war sie die schönste Frau der Welt. Sie war begabt, schlagfertig und lebenslustig. Hatten wir Pläne damals! Nach dem Studium heiraten, reisen und Kinder haben. Lisa war eine ehrliche Haut. Nie gab sie ihre Kopien als Original aus, sondern hat jedes Mal ihr Signum hinterlassen. Damit war es eben eine echte Kopie und kein gefälschtes Original.‹

Sie verehrte Picasso, sie betete ihn an. Besonders dieser weibliche Akt auf dem blauen Hintergrund hatte es ihr angetan.

›Lieber hätte ich das wirkliche Bild in der Eremitage kopiert, doch da gibt es keine Erlaubnis‹, hatte sie bedauert.

Einmal hatte sie Grünzweig einen Kunstdruck gezeigt und darüber doziert.

›1908 war ein schwieriges Jahr für Picasso. Zuerst der Selbstmord des jungen deutschen Malers und Freundes Karl-Heinz Wiegels. Dann die Herausforderung von Matisses Überlegenheit, der eine Retrospektive im Herbstsalon bekommen hatte. Picassos Experimente mit dem Kubismus wurden belächelt, sogar verspottet. Nur Braque hatte zu ihm gehalten und seine Arbeiten bewundert. Er war es, der Picasso ermutigt hatte, weiterzumachen. Er löst die Gegenstände in großflächige Strukturen auf, auch diese Waldgöttin, dennoch lebt der gezeichnete Frauenkörper, er scheint stampfend zu tanzen. Siehst du, das Gesicht ist eine afrikanische Maske. Das ist typisch für diese Periode seines Schaffens.‹

Lisa hatte vor Begeisterung geglüht. In diesem Augenblick erschien Grünzweig ihr Gesicht, wunderschön und zum Greifen nahe. Es strahlte kurz vor seinem geistigen Auge auf, um gleich wieder zu verfliegen. Er erinnerte sich, wie niedergeschlagen und einsam er sich lange gefühlt hatte, nachdem sie ihm mitgeteilt hatten, dass Lisa bei einem Badeunfall in der Ostsee ertrunken war. Jetzt brach die alte Wunde in seiner Seele wieder auf. Er war aufgewühlt.

»Was halten Sie davon, Grünzweig?«

Die drängende Frage Mülders riss ihn jäh aus seinen Erinnerungen. Er musste jetzt blitzschnell antworten. Aber wie? Wenn Tante Sarahs Gemälde in diesem Büro war, musste auch sie irgendwo in diesem Lager sein! Wie sonst kam die Kopie in Mülders Besitz?

›Ist Tante Sarah ist hier im Lager? Und ich weiß es nicht?‹

Eine schreckliche Befürchtung kroch in ihm hoch, ein grausamer, unvorstellbarer Gedanke. Ihn fröstelte plötzlich. Der immense Druck dieses Augenblicks und die Sorge um seine Tante ließen seine Gedanken rasen. Was tun? Mülder wurde ungeduldig. Er musste ihm eine Antwort geben. Eine, die glaubwürdig klang, die Mülder nicht anzweifeln würde, die ihm gefallen würde. Er beschloss, Mülders Reaktion zu testen.

»Meine Tante Sarah Grünzweig hatte dieses Bild im Wohnzimmer.«

Mülder blickte unbewegt. Nicht das geringste Zucken. Dann fasste Grünzweig einen Entschluss.

›Ich werde Tante Sarahs Spielchen spielen. Ich muss überzeugend wirken. Ich muss kühl referieren. Doch zuerst muss ich erfahren, wie viel Mülder überhaupt von Kunst versteht.‹

»Kubismus, Picassos späte blaue Phase. Da. Seine Signatur.«

Er riss sich zusammen. Er durfte jetzt keine Emotion zeigen, nichts aufs Spiel setzen. Er konzentrierte sich auf das Bild. Er zeigte auf den Namenszug, den Lisa mit kopiert hatte.

»Kubismus? Wessen blaue Phase? Erzählen Sie schon!«

Mülder begriff, dies war nicht der Augenblick, seine Unwissenheit zu verbergen. Was er vor Kramer verschleiert hatte, offenbarte er freizügig diesem Häftling. Dies war der Preis für wichtige Information. Und Grünzweig würde in seinem Leben sowieso keine Rolle mehr spielen. Dessen Verschwinden war eine Frage der Zeit. Mehr nicht.

»Was haben Sie? Ist Ihnen nicht gut? Sie zittern ja! Was ist los mit Ihnen? Sagen Sie mir, was Sie wissen!«

Er atmete durch und war bald wieder die Ruhe selbst. Jetzt war er überzeugt, dass Mülder nichts von Kunst verstand. Ihm ging es einzig um den materiellen Wert. Mülder lechzte nach einer günstigen Antwort.

»Sie halten ein kleines Vermögen in der Hand. Sicher haben Sie von Pablo Picasso gehört.«

Grünzweigs letzte prüfende Frage. Mülders blieb unbeeindruckt. Kenner und Sammler hätten jetzt Tränen in den Augen. Der Offizier zeigte eine Mischung aus Gier, Freude, Vorsicht und Misstrauen.

»Woher wollen Sie das wissen? Was macht Sie so sicher?«

Mülder schaute ihn argwöhnisch mit schräger Kopfhaltung an. Eine seltsame Anspannung breitete sich in ihm aus, schon lange hatte er nicht mehr dieses Kribbeln in der Magengrube. Der Gedanke an plötzlichen Reichtum löste bei Mülder ein Hochgefühl aus. Grünzweig erfand rasch eine abenteuerliche Geschichte.

»Sehen Sie die Paraphe L.S. auf der Rückseite? Das ist das Kürzel von Leon Salomon, dem Kunsthändler. Ein Bekannter meines Vaters. Er war oft bei uns zu Gast. Salomon hat das Bild vor vielen Jahren in Paris angekauft. Wenn ich mich recht erinnere, von Gertrude Stein. Alle Kunstgegenstände, die durch seine Hände gingen, wurden auf seine Art gekennzeichnet. Wissen Sie, Rötel kriegt man schwer ab, es setzt sich in die Poren des Holzes. So konnte er es immer wieder erkennen und nach Jahren noch feststellen, ob er bei einem Wiederverkauf betrogen werden sollte. Er führte genau Buch.«

Grünzweig wartete auf Mülders Reaktion. Doch auf dessen Gesicht zeigte sich nur ein habgieriges Grinsen. Grünzweig war sich sicher, dass Tante Sarah das Bild nie hergegeben hätte. Wer hat dann die Kopie aus der Wohnung entfernt? Und wie kam sie hierher? War seine Tante hier?

»Es wäre interessant zu wissen, wie das Gemälde von Paris nach Deutschland kam, ohne dass dies in den eingeweihten Kreisen bekannt wurde. Die Händler und Galeristen hören das Gras wachsen, müssen Sie wissen. Solche Transaktionen erfordern gute Beziehungen und Geschick, besonders in diesen Zeiten. Da wird viel Kunst gestohlen, verschoben und verscherbelt. Vielleicht wurde es während der deutschen Besatzung in Paris gestoh ..., ich meine sichergestellt?«

»Was ist es wert?«

Mülder war jetzt sehr ungeduldig. Er wollte von dem Kunstgeschäft nichts hören. Auf Grünzweigs Frage ging er nicht ein, er hatte nicht die Ahnung einer Antwort auf dessen Frage. Er wüsste es ja selber gern. Er wollte auf keinen Fall eine Diskussion verwickelt werden, bei der er sich leichtfertig verplaudern könnte. Er war jetzt hellwach. Allmählich begann er, bisher verborgene Zusammenhänge zu begreifen. Kramers Aktion war ganz offensichtlich ein Transport von immensem Wert. Er hatte nicht gewagt, nachzufragen, um was es sich dabei handelte, sondern den Auftrag gehorsam angenommen.

›Es handelt sich um eine Verfrachtung von Kunstwerken, hatte Kramer vage angedeutet. War das ein Auftrag des Reiches oder werde ich in private Bereicherung hineingezogen? Ist die Kunst geklaut? Wie kann mir Kramer ein so wertvolles Bild schenken? Durfte er das abzweigen? Als Anzahlung? Es kann nur Teil der Beute sein. Ich konnte doch nicht ahnen, was ich da in meinen Händen hatte. Wusste Kramer, was er mir da gegeben hat? Vielleicht nicht. Vielleicht hat der ebenso wenig Ahnung wie ich. Sollte Grünzweig aber Recht haben, ist das, was Elsbeth und ich uns erschwindelt und zusammengerafft haben, ein kleiner Fisch.‹

Mülder war durcheinander und versuchte, es nicht zu zeigen, blieb äußerlich nüchtern und kühl.

›Sollte mir Kramer wissentlich einen echten Picasso geschenkt haben, kann ich mir seiner besonderen Wertschätzung sicher sein. Dann ist das ein besonders wichtiger Auftrag, den er mir anvertraut hat. Es muss um große Werte gehen. Und dann könnte noch mehr für mich abfallen.‹

Mülder war von dieser Erkenntnis überwältigt. Er konnte jetzt einen günstigen Wink des Schicksals gut gebrauchen. Die Zeiten wurden schlechter für ihn. Die Entwicklung der letzten Monate deuteten auf eine ungewisse Zukunft. Er sprach es nie aus, aber er ahnte dumpf, dass das Reich in großen Schwierigkeiten steckte. Dieses Gemälde konnte zwar seine Ängste nicht beseitigen, versprach ihm aber materielle Sicherheit.

Die Möglichkeiten einer glänzenden Offizierskarriere zog er schon seit einiger Zeit nicht mehr in Betracht.

›Habe ich trotz der miesen Zeiten das große Los gezogen?‹

Er konnte nicht wissen, woher Kramer das Bild hatte. Nur Kramer konnte etwas über die wahre Geschichte dieser *Dryade* wissen. Er musste es herausfinden. Während Mülder nachdachte, legte sich Grünzweig eine plausible Antwort auf die Frage nach dem Wert des Gemäldes zurecht.

»Picasso ist jetzt zweiundsechzig und einer der ganz wenigen, die schon zu Lebzeiten berühmt wurden. Ich weiß nicht, was es wert ist. Aber wenn der Krieg demnächst verlo…, ich meine, wenn Sie dereinst den Endsieg errungen haben werden und wieder Frieden ist, dann wird der Wert des Gemäldes gewaltig zunehmen, und nach Picassos Tod noch viel rasanter. Sie halten einen Schatz in der Hand. Millionen. Die dürften Ihre Offizierspension eines Tages vervielfältigen.«

›Hoffentlich erlebst du mieser Typ das nicht. Wenn du nach dem Krieg die Wahrheit herausfindest, wirst du mich suchen.‹

»Grünzweig! Quatschen Sie mir nicht vom Endsieg. Wer weiß, wann der kommt. Was verstehen Sie denn davon?«

Mülder hatte sich für einen Augenblick vergessen und unbeabsichtigt seine Vorahnungen durchblicken lassen. Grünzweig schwieg. Zu diesem Thema hatte er seine eigene Vorstellung. Die war jedenfalls nicht für Mülders Ohren.

Mülder drückte seinen Picasso mit schützendem Griff fest an seine gepflegte schwarze Uniform, als wollte er ihn nie wieder loslassen.

›Er hat mir die Geschichte abgekauft‹, dachte Grünzweig beruhigt. Doch ihm war unwohl bei dem Gedanken an Tante Sarah. Er musste sie warnen. Wenn sie im Lager war, würde Mülder sie suchen lassen. Dann musste sie ihre kleine Spaßlüge in jedem Fall aufrecht erhalten.

Mülder dachte, ›Der hat mir die Augen geöffnet. Bei dem Transport muss einiges zu holen sein. Ich werde die Augen offen halten‹ und lehnte seinen Schatz noch behutsamer gegen den Aktenschrank als er ihn dort aufgenommen hatte.

»Herr Sturmbannführer, erlauben Sie mir eine Frage.«

Zum ersten Mal benutzte er den Majorsrang des Lagerleiters.

»Sie wissen so gut wie ich, dass Russland die schwere Niederlage von Tannenberg wie ein Stachel im Fleisch sitzt. Und Sie wissen, welchen Appetit die Russen spätestens seit Zar Peter dem Großen auf Ostpolen haben. Sollten die also doch bis nach hier vordringen, was wird dann mit uns geschehen?«

»Machen Sie sich darüber mal keine Gedanken. Das wird bestimmt nicht passieren.«

»Und wenn doch?«, insistierte Grünzweig. »Wie viel Zeit wird die Rote Armee bis hierher noch brauchen? Wollen Sie die Russen das hier vorfinden lassen? Die Rote Armee wird sich als unser großer Befreier darstellen. Aber was wird aus Ihnen?«

Das ging Mülder zu weit. Von diesem Grünzweig wollte er sich nicht provozieren lassen. Was ging den das alles an? Sein Gesicht lief rot an.

»Raus!«

Das Thema ›*Kapo Grünzweig*‹ war für ihn erledigt, er würde eine andere Lösung finden. Das Thema ›*Grünzweig*‹ jedoch nicht.

›Jetzt beschäftigen sich sogar schon die Häftlinge mit der Frontlage.‹

Mülder begann ernsthaft, über seine eigene Zukunft nachzudenken.

2

Der Morgen war klar und kalt an diesem Tag im Spätherbst 1944. Noch war die Sonne nicht über den Horizont. Die Trillerpfeifen der Kapos hatten die Nacht zum Wecken durchschrillt. Das Zwangsarbeitslager Lebrechtsdorf erwachte zum Leben. Der Ort hatte früher Potulice geheißen, bevor sie ihn umtauften. Hier gab es keine Gaskammern und keine Verbrennungsöfen. Wen es in diesem Lager erwischte, der wurde erschossen und irgendwo verscharrt. Die Öfen standen im KZ Stutthof bei Danzig. Arbeitsfähige Häftlinge, die hierher überstellt worden waren, hatten Grünzweig in Horror erzählt, wie sie aussahen und funktionierten.

An normalen Tagen würden die Kapos die ihnen unterstehenden Leute um sich versammeln, durchzählen, Meldung machen und die Trupps zu den bereitstehenden Lastwagen führen. Es wurde akribisch Buch geführt. Dann fuhren die Laster zu den verschiedenen Betrieben der Rüstungsindustrie wie Dynamit Nobel in Bromberg oder zu den umliegenden Bahnhöfen der Reichsbahn zum Beladen und Entladen von Güterzügen. Nach zwölf bis sechzehn Stunden Arbeit brachten die Lkw ihre Fracht wieder ins Lager zurück. Mit ihren tausend Lagern und über siebenhunderttausend Insassen betrieb die SS ein gigantisches und bürokratisch sorgfältig verwaltetes Arbeitsüberlassungsunternehmen.

Heute war es anders. Die Lagerinsassen hatten zum Morgenappell auf dem weiten, flachen Platz zwischen der Kommandantur und den Baracken anzutreten. Sie standen wie immer in Blöcken, ein Block pro Baracke, auf dem gewalzten, viereckigen Kiesfeld. Der Unteroffizier vom Dienst brüllte »Ruhe!« Als Mülder auf den Platz trat, machte er Meldung. Neben ihm saß sein Schäferhund mit aufgestellten Ohren.

Grünzweig stand in der vordersten Reihe seines Blockes.

›Jetzt verkündet er sein Urteil und stempelt mich vor allen Insassen zum ungehorsamen, aufwieglerischen Stück Scheiße, das auszumerzen sei. Er statuiert ein Exempel an mir. Wie schon so oft. Und Ausmerzen ist eine seiner Lieblingsvokabeln. Ich soll also heute ausgemerzt werden. Wahrscheinlich muss ich vortreten, und dann knallt er mich mit seiner Walther PK 38 als abschreckendes Beispiel vor allen Gefangenen ab. Dann wird er sagen: »Seht her! So geht es denen, die sich widersetzen.« Aber das werde ich schon nicht mehr hören.‹

Nach dem Gespräch im Büro des Lagerkommandanten erwartete er ein Nachspiel. Mülder war als nachtragend und skrupellos bekannt. Ihm ging es um den absoluten Gehorsam der Häftlinge und dann um deren Arbeitskraft. Wer eines von beiden nicht erbrachte, war überflüssig. Grünzweig hatte eine Woche Bedenkzeit, und er hatte sich entschieden. Beunruhigt war er nicht. Sein Standpunkt war klar, neue Erkenntnisse gab es für ihn nicht.

›Ich werde nicht entkräftet hinüberdämmern und nach dem Wecken tot aus meiner Baracke getragen werden. Ich werde nicht an einer dieser Ansteckungskrankheiten verrecken. Ich werde nicht in einer Gaskammer elend ersticken. Es wird schnell gehen, und sechstausend Zeugen werden dabei sein. Einer von ihnen wird es meiner Familie berichten.‹

Inzwischen hatte sich sein Freund Weitzmann an ihn herangemogelt, ohne den Wachen dabei aufzufallen. Weitzmann war zum Schreibdienst abkommandiert und stets gut informiert. Er zischte Grünzweig ins Ohr, dass die Reichsbahn Arbeitskräfte für Gleisreparaturen angefordert hätte.

»Irgendein Bombenschaden nicht weit von hier. Mindestens sechzig Mann zum Schleppen von Schwellen und Schienen. Melde dich freiwillig, Mülder will dich loswerden.«

Grünzweig gab ihm ein Handzeichen, dass er verstanden habe.

Mülder schritt in seiner makellosen Uniform zwischen den Blöcken hindurch. Der Kies knirschte bei jedem Schritt. Unter dem linken Arm die Reitgerte. Einen halben Schritt zurück folgte sein Schäferhund.

›Da kommt der Gottmensch und spielt Schicksal‹, dachte Grünzweig.

Scharführer Utikal brüllte über den Platz.

»Freiwillige für den Gleisbau einen Schritt vortreten!«

3

Paul Grünzweig war als erster auf der Ladefläche. Er hielt sich mit der einen Hand am Aufbau fest, die andere streckte er nach unten, um den Anderen beim Aufsteigen zu helfen.

Wortlos verteilten sie sich auf die Holzbänke an den Längsseiten der Ladefläche. Die Heckklappe wurde hochgeklappt und verriegelt, dann die grüne Plane zugezogen. Scharführer Utikal schwang sich ins Führerhaus. Bald passierten sie den Wachtposten und fuhren hinaus in die herbstliche Landschaft.

Es war Mitte Oktober, und die Morgenfrische hatte schon Biss. Am wolkenlosen Himmel waren die letzten Sterne noch blass zu erkennen, sie würden bald vom Tageslicht aufgesogen sein. Die Dämmerung klebte zäh auf der weiten, welligen Landschaft. Bald würden die wärmenden Strahlen der Sonne die restlichen Nebelschwaden in den Senken und Niederungen auflösen.

Grünzweig blinzelte durch einen Riss in der Plane und bemerkte, wie das erste Sonnenlicht über den Horizont leckte. Das Laub der Bäume begann im flachen Gegenlicht zu leuchten, von grün über gelb und ocker bis rot. Der goldene Monat prahlte mit seiner vergänglichen Pracht. Grünzweig konnte sich nicht satt sehen und sog diesen Eindruck in sich hinein. Max Pechsteins *Aufgehende Sonne* kam ihm in den Sinn und das Leitmotiv der *Morgenstimmung* in der Peer-Gynt-Suite von Edvard Grieg.

›Ich lebe noch! Mülder hat mich verschont. Warum? Was hat er vor? Ist das jetzt Anerkennung oder Strafe? Soll ich künftig vor ihm zittern? Schwer zu erkennen, was er vorhat. Mal sehen, was der Tag so bringt.‹

4

Einige Wochen zuvor. Standartenführer Kramer schritt energisch auf das massive Gebäude in der Wilhelmstraße zu, steuerte zielsicher das mittlere der zehn Eingangsportale an und federte sportlich elegant die fünf Stufen der breiten Treppe hinauf. Bei seinem ersten Besuch im Reichsluftfahrtministerium wollte er eine gute Figur machen. Er meldete sich beim Empfang in der riesigen Halle und wurde gebeten, auf einem der Ledersessel Platz zu nehmen, direkt unter der gewaltigen roten Fahne mit dem Hakenkreuz im weißen Feld. Er schlug die Beine übereinander und schnippte ein Stäubchen von seiner Uniform. Es herrschte reger Betrieb, und er spürte verstohlene Blicke auf sich gerichtet. Sein Schwarz fiel auf. Die gängige Farbe der Uniformträger war hier Blaugrau.

›Dies ist also Görings Ministerium. Genauso protzig wie er selbst.‹

Ein junger Leutnant der Luftwaffe salutierte und bat ihn, zu folgen. ›Regierungsdirektor Dr. Schüssler‹ verriet das Schild neben der Bürotür. Der Empfang war irgendwo zwischen herablassend, kumpelhaft und jovial. Dann stellte er ihm Dr. Greve vor, im Anzug mit Zwicker und Fliege.

›Ich sehe den zum ersten Mal und werde begrüßt wie ein Komplize. Und dann dieses Professorenmodell von Zivilist. Da bin ich gespannt.‹

Kramer war auf nichts vorbereitet, hatte aber schon keine Lust mehr, fühlte sich fehl am Platz.

Auf dem Tisch standen zwei leere Tassen mit Kaffeerändern. Er kombinierte, die beiden hatten bereits eine längere Sitzung gehabt. Eine Ordonanz brachte Tassen für drei und schenkte ein.

›Was die wohl ausgeheckt haben, bei dem ich nicht dabei sein sollte? Aber dieser Duft! Ein rarer Genuss in diesen Zeiten. Allein dafür hat sich die Anfahrt schon gelohnt.‹

»Echter Bohnenkaffe«, prahlte Schüssler.

Er wies darauf hin, dass die Besprechung strikt vertraulich war, es kein Protokoll geben würde und dass es sei verboten war, Notizen zu machen. Kramer wurde neugierig. Er hatte keine Ahnung, worum es ging. Der lapidare Befehl, sich Punkt neun hier zu melden, enthielt keine Einzelheiten. Er war von ›ganz oben‹ gekommen.

›Luftwaffe‹, spöttelte Kramer. ›Dieser halbmilitärische Sportverein! Haben die wiedermal eine neue Wunderwaffe erfunden? Soll ich mit meiner Gruppe ein wichtiges Projekt sichern? Vielleicht ein militärischer Sondereinsatz? Was tat dieser schnurrig aussehende Zivilist hier? Etwa ein Wissenschaftler mit einer neuen, vielversprechenden Entwicklung? Wunderwaffen. Immer wieder. Die sollten erst mal die Produktion der Me 262 in Gang bringen und diese verdammten Bomber abschießen, bevor die Alliierten weiter unsere Städte in Schutt und Asche legen.‹

Seit der Niederlage der 6. Armee in Stalingrad war Kramer besorgt. Trotz der unterhaltsam ermutigenden Rhetorik des Führerhauptquartiers war nach seiner Meinung die Luft raus. Der Rückzug der Wehrmacht hatte längst begonnen. Die Rote Armee schob die Front ständig nach Westen. Bald würde sie die Reichsgrenze erreichen. Es musste dringend etwas geschehen. Etwas Mut machendes, mitreißendes. Er wollte dabei sein, wollte sich einsetzen. Die Russen demnächst auf deutschem Boden? Das war für ihn undenkbar. Das *musste* vermieden werden! Er spekulierte auf ein großes militärisches Unternehmen, gar eine Offensive. Kämpfe, Erfolge, Orden und Auszeichnungen, vielleicht Beförderung. Mit seiner Körpersprache signalisierte er: ›Auf mich könnt ihr zählen. Ich bin dabei. Meinen Mut, meine Kenntnisse und soldatischen Erfahrungen will ich einbringen. Sagt mir, was Ihr vorhabt.‹

Gespannt sah er Schüssler an.

»Die Aktion ist von großer nationaler Bedeutung und wurde nicht umsonst von höchsten Kreisen der Regierung und der Partei angeordnet. Es geht um nichts Geringeres als die Sicherung der Kulturschätze des Deutschen Reiches bis nach dem Endsieg für den Fall, dass gegnerische

Truppen vorübergehend in das Reichsgebiet einfallen sollten. Der Führer hat zu diesem Zweck die Einrichtung der Alpenfestung befohlen. Dort werden die Kunstschätze zwischenzeitlich eingelagert. Herr Dr. Greve wird Ihnen kurz - aber bitte kurz, Herr Dr. Greve - erläutern, wovon wir sprechen.«

›Wie bitte? Was für ein Schwulst!‹ Kramers Stimmung sank.

›Wo bin ich den hier hineingeraten? Die SS soll für einen zivilen Kunsttransport zweckentfremdet werden? Bekommt hier jemand Torschlusspanik? Transport von Kulturschätzen ... Dass ich nicht lache! Wir sollten eher Munition zur kämpfenden Truppe karren, wenn das Ganze noch einen Sinn haben soll.‹

Er hätte aufspringen mögen, beherrschte sich. Er war ernüchtert. Er hatte anderes erwartet. Letztendlich siegte seine soldatische Disziplin. Widerwillig hörte er sich den Vortrag des Zivilisten an.

Greve räusperte sich.

»Was wir Ihnen nachher im Lager zeigen werden, ist ein Querschnitt durch das europäische Kunstschaffen der vergangenen vier Jahrhunderte, von der Renaissance über den Barock, das Rokoko, die Romantik und den Impressionismus bis zur Moderne sowie einige wichtige Exemplare der so bezeichneten ›Entarteten Kunst‹. Es liegt außerhalb menschlicher Vorstellungskraft, welche Werte hier lagern. Die dürfen auf gar keinen Fall den Bolschewisten in die Hände fallen, sollten die je nach Berlin vordringen, was die Götter verhüten mögen!«

Gelangweilt hörte Kramer nur noch mit halbem Ohr zu. Sein Blick wanderte durch den hohen, getäfelten Raum mit den schlanken Fenstern. Er erinnerte sich an die Diskussionen im kleinen Kreis seiner Vertrauten, wenn sie sich vor Spitzeln sicher fühlten. Je hoffnungsloser die Lage wurde, desto vorsichtiger musste man sein. Er dachte an die Versorgungslage der Bevölkerung, an den Kaffee aus geröstetem Getreide, den auch an seinem Standort gab.

›Und jetzt dies hier! Das ist grotesk. Während die armen Schweine da draußen auf dem Rückzug um ihr Leben rennen, überlegt die Führung bei echtem Bohnenkaffee, wie sie Wertsachen in Sicherheit bringen kann. Klingt wie Vorsorge für schlechte Zeiten.‹

Greve war in seinem Element, sein Vortrag eher langatmig. Kramer hatte Mühe, sich zu konzentrieren. Seine Gedanken irrten umher.

›Wie wird das nach dem Krieg? Alles, was wir seit 1933 aufgebaut haben, ist doch jetzt schon in Trümmern. Und wenn der noch lange andauert, ist gar nichts mehr übrig. Dies hier klingt nach Rückzug des Wolfsrudels in die schützende Höhle. Wollen sich die Oberen etwa den Reichsschatz unter den Nagel reißen?‹

Er unterbrach Greves Vortrag.

»Vorhin wurde eine Alpenfestung erwähnt. Das ist geographisch recht ungenau und ziemlich unwegsam. Wo liegt die Alpenfestung?«

»Alpenfestung ist ein Synonym, ihre Ausdehnung ergibt sich aus der jeweiligen Frontlage. Wir werden das über Salzburg abwickeln. Dort werden Lastwagen die Ladungen an die zu bestimmenden Orte bringen.«

»Verstanden, Herr Regierungsdirektor.«

›Keine klare Antwort. Er weicht mir aus‹, stellte Kramer fest.

Schüssler sah streng zu Kramer hinüber, als wollte er sagen: ›Stellen Sie nicht noch so eine impertinente Frage!‹

Kramer ärgerte sich über Greves herablassende Art. Er war zwar bemüht, die Zuhörer nicht mit Details zu langweilen. Doch er übersah, dass er schlicht über sie hinwegredete. Als Fachmann wusste er, dass er einen Schatz behütete, der in jeder denkbaren Währung Millionen wert war, doch seine Erläuterungen glichen bald einer Einführungsvorlesung für das Erstsemester in Kunstgeschichte, mit ideologischem Streusalz gewürzt. Mit missionarischem Eifer versuchte er, die anwesenden Herren von der immensen Wichtigkeit ihrer Aufgabe zu überzeugen, ging es dabei doch um nichts Geringeres als die Rettung kultureller Werte vor den aus dem Osten heranstürmenden Barbaren der Roten Armee durch Auslagerung und Verwahrung an einem sicheren Ort.

Dr. Greve hatte sich in Rausch geredet, wahrscheinlich als Folge des exzellenten Kaffees. Welcher Teufel ihn dann ritt, ist heute nicht mehr zu erfragen, er kam Wochen später bei einem Bombenangriff ums Leben. Er kam auf die Herkunft zu sprechen.

»Die Werke stammen aus verschiedenen Quellen des privaten und öffentlichen Lebens im Reich und den besetzten Gebieten und wurden auf unterschiedliche Weise akquiriert. Nach meinem Kenntnisstand sind die Eigentumsverhältnisse juristisch teilweise ungeklärt. Gestatten Sie mir deshalb, einen Teil der beschriebenen Schätze vorläufig als Kriegsbeute zu bezeichnen. Zum großen Teil sind die früheren Besitzer nicht mehr am Leben, und der Nachlass dieser Personen ist rechtlich nicht geregelt. Andere sind unter Zurücklassung ihres Vermögens emigriert, das in aller Regel vom Reich konfisziert wurde. Dies mag als Hinweis genügen, dass wir uns derzeit in einem rechtsfreien Raum befin...«

»Was heißt hier rechtsfreier Raum«, unterbrach Schüssler abrupt. »Das alles ist Eigentum des Deutschen Reiches und wurde nach gültigen Gesetzen erworben. Ich bin Volljurist, ich weiß, wovon ich rede.«

Greve ließ sich aber nicht aus der Ruhe bringen.

»Umso wichtiger ist die fürsorgliche Behandlung und absolut sichere Lagerung bis zu einer späteren Klärung. Auch Gesetze sind mitunter anfechtbar, besonders wenn sich die Prämissen ändern, unter denen sie zustande kamen. Wie dem auch sei, jedes Stück dieser, äh, Sammlung muss ordnungsgemäß verpackt und schonend transportiert werden. Sie werden anschließend einen Teil des Erbes der Menschheit sehen dürfen. Unser höchstes Streben muss der Erhaltung dieser Schätze für die Nachwelt gelten. Es ist unschwer zu erkennen, dass sich die Alliierten mit Sorgfalt der Vernichtung Berlins widmen. Wenn wir also bemüht sein wollen, dieses Kulturerbe vor den zunehmenden Bombenangriffen zu retten, dann müssen wir etwas tun, und zwar jetzt!«

Kramers Langeweile und Ärger waren blitzartig verflogen.

›Was man sich in der Bevölkerung allenfalls leise hinter vorgehaltener Hand zuraunt, spricht dieser weltfremde Akademiker offen aus. Hier im Luftfahrtministerium! Starker Tobak. Würde mich nicht wundern, wenn die Gestapo heimlich mitgehört hat. Dieser Greve soll ruhig annehmen, ich wäre ein Kulturbanause. Doch mir ist klar, um was es hier geht. Mir ist auch klar, dass hier jemand unglaubliche Werte auf die Seite bringen will. Das riecht eindeutig nach Torschlusspanik.‹

Je länger er zuhörte und nachdachte, desto interessanter wurde der Auftrag für ihn. Sein Unmut war verflogen. Dieses Projekt begann ihm zu gefallen, denn vielleicht war hier etwas zu holen.

Schüssler hatte sich erhoben.

»Wir werden Ihnen Lastwagen mit Fahrern zur Verfügung stellen. Ihre Aufgabe, Herr Kramer, ist das Verladen und Entladen am Zielort, den ich Ihnen zu gegebener Zeit mitteile. Sie haben die notwendigen Arbeitskräfte in Ihren Lagern zur Verfügung, wurde mir mitgeteilt. Für Nachforschungen nach dem Krieg stehen die als Zeugen nicht mehr zur Verfügung. Das ist ganz im Sinne des Projekts.«

Er reichte Kramer die Hand zum Abschied.

»Standartenführer Kramer, sie wissen, was zu tun ist.«

»Jawoll, Herr Regierungsdirektor.«

Er mied den Paternoster und nahm die Treppen, zwei Stufen auf einmal. In der hohen Halle meldete er sich beim Empfang ab und strebte zum Ausgang.

›Die richtige Aufgabe für Mülder.‹

5

›Was wird der Tag wohl bringen?‹ Gert war Lehmann gespannt. Nachdenklich beobachtete er, wie die Sonne versuchte, fahl und rosa den hellgrauen Morgennebel zu durchdringen. Das flache Tal der Warthe lag noch im Dämmerlicht. Fröstelnd schlug er den Kragen seines Mantels hoch. Über ihm zog eine Formation Graugänse nach Westen, wo es auch im Winter offenes Wasser gab. Lange sah er ihnen nach.

»Fliegen müsste man können.«

Ein tiefes Loch gähnte ihm entgegen. Der Schotter lag meterweit verstreut, zerborstene Schwellen hingen an bizarr verbogenen Schienen. Ein zweites Loch klaffte fünfzig Meter weiter. Ein Gleis war zerstört, das Parallelgleis stark beschädigt. Er fingerte einen Zettel aus der Tasche, machte darauf Notizen und begann, das nötige Material für die Reparatur zu berechnen. Er ging zum zweiten Krater und überprüfte seine Zahlen. Dann suchte er nach den Resten der Bombe oder einem möglichen Blindgänger. Sicher ist sicher. Er fand nichts Verdächtiges. Er sah sich die Verformungen der Schienen genauer an und wurde nachdenklich.

Er blieb einen Moment stehen und dachte an gestern Abend und an Lena. Sie hatten nach dem Essen noch lange zusammen gesessen, er, Lena und seine Mannschaft. Sie war die einzige Frau an Bord und für die Küche und die Schreibarbeit zuständig. Er mochte sie, ließ es sich aber vor seinen Männern nicht anmerken. Schließlich hatte er Frau und zwei Kinder. Sie dagegen war ledig und zeigte ihre Zuneigung zu Lehmann unverhohlen. Vielleicht wollte sie Schlatters plumpe Aufdringlichkeiten abwehren, der ihr deutlich den Hof machte. Er war die Nummer zwei des Bauzuges, Lehmanns Stellvertreter.

›Vielleicht sucht sie nur Schutz bei mir, beim Chef des Bauzuges, dem Alpha-Tier im Rudel, das für Recht und Ordnung zu sorgen hat und die Schwachen beschützen und verteidigen muss.‹

Er verscheuchte die Gedanken und machte sich auf den Rückweg. Jedoch nicht auf dem hoch liegenden Bahndamm. Seine langen Beine hatten sich in all den Jahren nicht an die Trippelschritte von Schwelle zu Schwelle gewöhnen können. Er wählte den Sandweg an der Seite.

Der Plan in seinem Kopf war Routine. Den alten Basaltschotter würde er aussieben und wieder einbauen lassen. Mit dem Material musste er sorgsam umgehen, denn seine Vorräte waren fast erschöpft, und neue zu bekommen war in dieser Zeit fast unmöglich. Es mangelte an vielem nach vier Kriegsjahren. Er lief zum entfernten Ende des langen Zuges und prüfte seinen Bestand. Schienen, Schwellen und Kleineisen sollten reichen. Kies und Sand für den Unterbau würden sie aus der Umgebung gewinnen.

Sie hatten ihm vier Tage für die Reparatur zugestanden. Was er noch dringender brauchte war Personal. Seine Direktion in Dresden hatte fast die Hälfte von Lehmanns Leuten für den Fronteinsatz freigestellt. Bei Bedarf wurde ihm von Fall zu Fall Verstärkung zugesagt. Die hatte Lena gestern per Funk angefordert, mindestens achtzig Leute, davon zwanzig mit Erfahrung im Gleisbau.

Er rief die Mannschaft zu einem Halbkreis zusammen. Schlatter stand links von ihm, Lena rechts.

»Guten Morgen, Männer ...«

Schlatter blaffte dazwischen. »Heil Hitler!« Gestreckter Arm, flache Hand, die Handfläche nach unten, auf Augenhöhe nach vorn gerichtet. Die Mienen der Leute blieben regungslos. Keiner stimmte ein. Lehmann machte eine Kunstpause, ließ Schlatters Salut verhallen.

»Nochmal Guten Morgen. Ich habe mir den Schaden angesehen. Beide Gleise sind beschädigt, und es waren keine Fliegerbomben. Da hat jemand Mist gemeldet. Weil der Druck der Detonation von unten kam, sind die Schienen nach oben gebogen. Die Sprengladungen müssen sich *unter* dem Gleis befunden haben, im Schotter eingegraben. Unten am Bahndamm sind frische Fußspuren und Reste von Zündkabel. Das war Sabotage. Ich hoffe, die treiben sich nicht noch in der Gegend herum oder verstecken sich bei den Bewohnern der umliegenden Dörfer. Ich glaube, wir sollten uns beeilen, von hier wegzukommen. Zweitens: Der Zeitrahmen ist eng. Vier Tage! Wir haben achtzig Mann Verstärkung angefordert. Gibt es schon eine Antwort, Lena?«

Lena deutete auf ein Telex, das sie in der Hand hielt.

»Morgen Vormittag kommen sechzig Männer. Hier steht aber nicht, woher die kommen, wie sie herkommen, und welche Erfahrungen sie haben.«

»Sicher nicht zu Fuß. Warten wir es ab. Danke, Lena.«

Seine Miene verfinsterte sich. Er liebte es, Dinge zu organisieren und anzupacken. Das war der Grund für seinen guten Ruf bei der Direktion in Dresden. Er wollte keine Parteibuchkarriere hinlegen, sondern gute Arbeit abliefern. Seine Mitgliedschaft in der Partei war zwar notwendig gewesen, um Beamter mit Pensionsansprüchen zu werden. Aber er hatte versucht, sie zu vermeiden, zumindest sie hinauszuschieben. Am Ende unterschrieb er und bezahlte seine regelmäßigen Beiträge. Doch das war für ihn Nebensache. Wichtiger war für ihn gute Arbeit. Allerdings brauchte er dafür eine erfahrene Mannschaft. Die hatte er nicht mehr. Die Hälfte seiner Männer im besten Alter hatten sie eingezogen, in eine Uniform gesteckt und ohne große Ausbildung an die Ostfront geschickt. Wie konnte er jetzt den guten Namen seines Bauzuges aufrecht erhalten? Lehmann dachte bereits an die Zeit nach dem Krieg. Es würde viel zu tun geben, um die Kriegsschäden zu beseitigen. Täglich wurden weitere Bahnhöfe und Gleisanlagen zerbombt. Dafür wollte er sich jetzt schon in Position bringen. Gute Bauzugführer würden gesucht sein eines Tages. Wahrscheinlich bald.

»Das fängt ja gut an, Männer. Wir stehen hier an der wichtigsten Bahnstrecke zwischen Danzig, Posen und Berlin. Wo vor fünf Jahren die Nachschubzüge zur Front rollten, brauchen wir jetzt freie Fahrt für den schnellen Rückzug. Die Front rückt näher. Man hört, die Russen stehen kurz vor Ostpreußen. Daher die Eile. Nach der Mittagspause räumen wir den Schrott auf die Seite, bevor die Verstärkung da ist. Ruht euch etwas aus, danach geht's los. Falls die Saboteure noch hier herumschleichen, stellen wir die Latrinen nicht mehr in den Wald, sondern im Abstand vom Unterholz. Lasst beim Scheißen die Türen offen und behaltet die

Umgebung im Auge. Bemerkt ihr Verdächtiges, will ich sofort davon wissen. So Herr Schlatter, ich bin jetzt fertig. Sie können dann wieder.«

Er bewegte sich in Richtung seines Büroabteils, wissend was folgte. Schlatter nahm Haltung an und schmetterte sein »Sieg Heil!«. In seiner linientreuen Naivität bemerkte er nicht, dass Lehmann ihn vorgeführt hatte. Ihn, der so sehr nach Anerkennung und Autorität lechzte und doch nur ein verkniffenes Grienen erntete.

6

Lehmann ließ sich in seinen Bürostuhl fallen und beschloss, seiner Mutter einen Brief zu schreiben, ihr und seinem Stiefvater. Die Zeiten hatten sich geändert, wie man so sagt. Hatte seine Mutter vorausgesehen, wie sich die Dinge entwickeln würden? War sie geprägt vom Ausgang des Weltkrieges 1918? Hatte sie ihn deshalb so eisern davon abgehalten, in die Wehrmacht einzutreten, damals? Es schien ihm schon so lange her, das Jahr 1933, die Machtergreifung. Er liebte die Leichtathletik. Er war fit und kräftig, er würde bei der Musterung den besten Tauglichkeitsgrad bekommen. Die neue Regierung versprach eine gute Zukunft, vor allem beim Militär. Ganze Riegen seines Turnvereins hatten sich geschlossen zum Dienst verpflichtet. Stolz kamen sie an freien Wochenenden in ihrer Uniform ins Vereinsgebäude und erzählten. Er hatte ihnen aufmerksam zugehört, innerlich zerrissen, wütend auf die Mutter. Der Stiefvater hatte es vorgezogen, sich herauszuhalten, und so blieb es ein Disput zwischen Mutter und Sohn. Öfter hielt sich der junge Lehmann vom Vereinshaus fern, wenn die alten Freunde hinkamen, mit ersten Streifen am Ärmel prahlten und ihn als Maurerlehrling belächelten. Mutters Begründung wischte er kühn beiseite, dass sein leiblicher Vater im Stahlhagel des Weltkrieges sein Leben gelassen hatte. Er hatte ihn nie gesehen, kannte nur den Stiefvater. Warum hat sie den ersten Sohn, seinen Bruder Martin, dann gehen lassen? Der war jetzt schon Feldwebel! Wie er auch mit ihr stritt, seine Mutter blieb beinhart.

Schließlich gab er den Versuch unwiderruflich auf, seine Mutter noch umzustimmen und fasste einen anderen Plan. Die Nationalsozialisten waren jetzt an der Regierung und begannen, die Jugend geschickt zu für sich zu gewinnen. Durch Brot und Spiele für die einfacheren Leute wie im alten Rom und berufliche Förderung für die etwas anspruchsvolleren ›Volksgenossen‹. Unter den vereinfachten Zulassungsbedingungen für ein Studium und mit der finanziellen Hilfe von Mutter und Stiefvater wurde er Bauingenieur und nahm einen mäßig bezahlten Posten als Bauleiter an.

Er hatte zu seinem Bruder Martin aufgeschlossen, wenngleich dessen Laufbahn chancenreicher zu sein schien. Lehmann blieb aber auf der Suche nach besseren Möglichkeiten. Die sollten sich 1938 nach dem Münchener Abkommen bieten. Der englische Premier Chamberlain hatte Hitler praktisch freie Hand in Tschechien gegeben. Das Deutsche Reich wertete das als Zeichen der Schwäche und entwickelte Appetit auf mehr. Die wirtschaftliche und soziale Not der Deutschen in den zwei Dekaden nach dem Weltkrieg wurden mit dem Mangel an Lebensraum begründet, der nach Meinung kluger Köpfe nur im Osten zu gewinnen war, durch Krieg und Vertreibung. Ein uralter Plan wurde mit neuem Leben gefüllt. Die Reichsbahn wurde angewiesen, sich auf die enorme Erweiterung ihrer Aufgaben und ihres Verkehrsnetzes einzustellen. Starke Transporte von Truppen, Rüstungs- und Wirtschaftsgütern standen ihr bevor. Die Führung der Bahnbehörde erwartete in den zu besetzenden Gebieten viele marode Strecken, die dringend repariert werden müssten. So kam Lehmann zu seinem Posten als Bauzugführer.

Schon lange hatte er im Herzen Frieden mit der Mutter geschlossen, aber nie die Gelegenheit gehabt, es ihr persönlich zu sagen. Er war schlicht zu viel unterwegs gewesen. Doch nun wollte er ihr endlich schreiben, sich bei ihr über ihre Sturheit bedanken, bevor es vielleicht zu spät wäre. Der Dienst in der Wehrmacht hatte Glanz und Anziehung verloren. Es war ein schmutziger Krieg geworden, und ein verlustreicher. Lehmann hegte inzwischen ernste Zweifel an den Versprechungen der Parteiführung, fühlte sich belogen. Er wollte seine Gedanken zu Papier bringen, raus aus dem Kopf. Ein Brief an die Mutter wäre das richtige. Wem sonst konnte er sich anvertrauen? Ob er dann den Brief überhaupt abschicken würde, war eine andere Frage. Er war sich sicher, sie würden die Post irgendwo öffnen, und dann hätte er die Gestapo am Hals.

7

Die wellige, fruchtbare Landschaft Kujawiens sog die milde Wärme der Oktobersonne auf, bevor in wenigen Wochen die Temperatur um fünfzehn Grad fallen würde, Vorgeschmack auf den langen und harten slawischen Winter. Im Mittelalter hatten die Polanen das Gebiet erobert und hier ihr Herzogtum proklamiert, das zweihundert Jahre später vom Deutschen Orden besetzt wurde. Elf Jahre darauf wechselte es in den Besitz König Kasimirs von Polen. Holländer und Friesen ließen sich im 17. Jahrhundert nieder und brachten Techniken der Bewässerung und Urbarmachung von Brachland mit. Hundert Jahre später wurde Kujawien zwischen Preußen und Russland geteilt, dies auf dem Wiener Kongress bestätigt und besiegelt. Erst das Ende des Weltkrieges brachte es unter polnische Hoheit zusammen. Zwanzig Jahre später wurde es wieder von den Deutschen besetzt. Ein Land zwischen Hammer und Amboss.

Die Sonne stand hoch über dem Zug und hatte noch genügend Kraft, kleine Wärmewirbel über die Felder tanzen zu lassen. Die Männer schlenderten in Gruppen von ihrem Mannschaftswagen zur Baustelle. Das leise Brausen einer Windbö zog über sie hinweg, schwoll an und verebbte. Dann Motorenlärm.

»Deckung! Unter die Wagen!«

Sie hörten das Flugzeug erst im letzten Moment. Es flog den Bauzug im Tiefflug schräg von hinten an und begann mit seinen Bordkanonen zu feuern. Der Lärm war ohrenbetäubend. Nur das Singen der Querschläger und das Rieseln zersprungener Schottersteine waren hell herauszuhören. Im donnernden Krach des Angriffs hörte Lehmann einen flüchtigen schrillen Klang wie das Schwingen von Stahl. Er hob den Kopf und sah schräg vor sich ein Geschoss, das sich ein Waggonrad gebohrt hatte und dort feststeckte. Ohne das Rad hätte es ihn am Kopf erwischt.

Der Flieger war jetzt genau über seinem Versteck.

›Er kann uns nicht mehr treffen, der kann nur nach vorn schießen.‹

Lehmann kroch geschwind unter dem Drehgestell des Güterwagens hervor und sah die Unterseite des Flugzeuges vorbeihuschen.

›Keine Bombenhalterung, Einsitzer, roter Stern unter den Flächen.‹

Die Maschine zog in einer Steilkurve hoch, wurde leiser, kleiner, ein dunkler Punkt, der sich im hohen Blau des Himmels auflöste. Der Lärm war plötzlich in ein Loch der Ruhe implodiert. In die unmittelbare Stille ergoss sich die Wut eines Arbeiters.

»Wo kommt dieser verdammte russische Jäger her? Jetzt kurven die schon in Pommern herum. Wo ist denn die glorreiche Luftwaffe des dicken Göring? Pennen die? Wenn das so weiter geht, haben wir bald die rote Armee am Hintern.«

Die anderen verharrten, schwiegen. Der Schreck saß ihnen noch in den Gliedern. Außerdem konnten solche Äußerungen dem gefährlich werden, der sie sich leistete. Wehrkraftzersetzung war ein Verbrechen. Drittens wollte keiner Schlatter Anlass geben, eine seiner langatmigen Endsiegparolen anzustimmen, vor denen sich jeder fürchtete. Eigentlich wiederholte er inhaltlich, was er im Radio aufgeschnappt hatte. Seine Quelle waren die schönfärberischen, überoptimistischen Heeresberichte des Führerhauptquartiers. Denen zufolge war es eine Frage der Zeit, bis der Feind erschöpft einknicken würde. Mancher hatte aber seine eigenen geheimen Kontakte. Dass die Ostfront nur noch vierhundert Kilometer entfernt war, Warschau die Hälfte, war in jenen Tagen denen bewusst, die es wissen wollten. Nur sprach man nicht darüber. Man rechnete still. Wie viele Kilometer rückte die Rote Armee täglich vor? Zehn? Zwanzig? Die Rechenaufgabe ergab irgendetwas zwischen drei und sechs Wochen. Ungefähr. Schlimm genug.

›Glück gehabt‹, dachte Lehmann nüchtern und nahm sich vor, das Geschoss später mit einem Hammer aus dem Rad herauszuschlagen und seinen beiden Söhnen als Andenken mitzubringen, ihnen davon erzählen, wenn sie größer wären. Seine Gedanken wanderten schnell zurück zum Flugzeug. Er wollte das Thema für sich abschließen.

›Ich sehe das mal positiv. Das war ein einsamer Aufklärer, der die Truppenbewegungen im Hinterland erkunden sollte. Der Pilot muss gewusst haben, dass Bauzüge keine Flugabwehr haben. Die Gelegenheit war für ihn günstig, ein kleines gefahrloses Angriffsmanöver zu fliegen, wahrscheinlich aus Jux und Tollerei. Eine private Schießübung. Basta!‹

8

Am Vormittag. Die Sonne schien schräg durch das Abteilfenster. Lehmann, Schlatter, Meurer und Lena beugten sich über Materiallisten. In der Ferne näherte sich eine Staubwolke. Nach einer halben Stunde stoppten drei olivgrüne Militärlastwagen unten am Bahndamm. Schlatter sah die Fahrzeuge als erster.

»Das ist sicher unsere Verstärkung. Ich sehe mal nach.«

Lehmann sah ihm erleichtert nach.

»Gut, dass die da sind. Lasst uns das zu Ende bringen, dann könnt ihr Material ausgeben.«

Die Entfernung zu den Fahrzeugen war zu groß, um Einzelheiten zu erkennen. Ein Unteroffizier öffnete die Heckklappen. Schlatter blickte lange prüfend in die Ladeflächen und besprach sich gestikulierend mit dem Uniformierten. Schließlich unterschrieb er etwas und forderte die Männer auf, abzusteigen. Die Lastwagen wendeten, nahmen denselben Weg, den sie gekommen waren. Eine Brise schob den aufgewirbelten Staub hinter ihnen her, ließ sie darin verschwinden wie hinter einem beigefarbenen Vorhang.

›Das war doch freundlich von der Wehrmacht, die Verstärkung mit ihren Lkw hierher zu fahren. Sonst hätten wir wohl ewig warten können. Viel funktioniert ja nicht mehr in den besetzten Gebieten. Aber nun ist sie da. In drei Tagen müssten wir fertig sein. Auf geht's . . . ‹

»Gucket Se mal! Des isch ja .... « Meurer stieß Lehmann mit dem Ellenbogen an. Er deutete aus dem Abteilfenster.

»Die sinn ja bloß no Haut und Knoche!«

Lehman traute seinen Augen nicht. Er erstarrte, ihm stand der Mund offen. Sechzig Gestalten standen dort wackelig auf den Beinen. Sie waren in gestreiften Drillich gekleidet, mit Nummern auf den Jacken. Ihre kurz geschorenen Köpfe sahen kantig aus, die fleischlosen Wangen eingefallen, ihre Augen lagen in tiefen Höhlen. In den offenen Kragen schienen die Schlüsselbeine jeden Augenblick die Haut durchbohren zu wollen. Viel zu dünne Arme ragten aus den Ärmeln.

Lehmann sprang auf, hastete zur Waggontür und ließ sich fast ins Freie fallen. Schlatter stand breitbeinig neben den sechzig Männern, kühl, überlegen, abwartend.

»Ist das unsere Verstärkung, Schlatter?«

Schlatter schwieg vielsagend.

»Wo kommen denn diese Kreaturen her?«

Er wandte sich an Schlatter und fragte, warum er diese armen Teufel überhaupt akzeptiert hatte. Der konterte mit Häme.

»Hätte ich die zurückweisen sollen? Dann wäre Ihr Zeitplan wohl zum Teufel. Meinen Unterbau habe ich im Griff, Herr Lehmann. Das meiste mache ich mit Maschinen. Die Krater im Bahndamm habe ich morgen gegen Abend aufgefüllt und verdichtet. Danach kommt ihr Oberbau, also Schotter, Schwellen und Schienen. Das ist Ihr Fachgebiet. Sie können die sechzig Figuren gern alle haben, ich komme auch ohne Verstärkung aus.«

Schlatter ging weg, drehte sich aber noch einmal um.

»Übrigens, wir müssen nicht alle wieder abliefern. Die können hier verschlissen werden. Wer nicht durchhält, soll am Bahndamm begraben werden. So sagte der Scharführer. Die wollen aber von uns eine saubere Buchführung. Ein Zettel mit der Häftlingsnummer und dem Datum genügt. Bei der Todesursache können wir wählen zwischen Entkräftung, Herzstillstand und unbekannt. Ich mach das schon, kein Problem. Für die Anfahrt haben die drei Stunden gebraucht, viel zu lange. Die kämen kaum zum arbeiten. Und es gibt kaum noch Kraftstoff. Also werden die über Nacht hierbleiben. Wir sollen sie in einem unserer Güterwagen einschließen. Für die Sicherheit der Leute bin ich verantwortlich, ich habe den Transport quittiert. In drei Tagen kommen die wieder und holen ab, was von ihnen übrig ist. Wie schon gesagt, wir müssen genauestens Buch führen.«

Lehmann stand wie angewurzelt, sprachlos. Die Häftlinge hatten die gesamte Unterhaltung mitgehört, soweit jeder einzelne sprachlich folgen konnte. Die des deutschen nicht mächtig waren, stierten apathisch vor sich hin. Die Schlatter verstanden hatten, schauten sich gegenseitig an und zuckten die Schultern. Sie starrten auf die Schwellenstapel, auf die zwölf Meter langen Stahlschienen und ergaben sich in ihr düsteres Schicksal. Einige der Bauzugarbeiter schüttelten stumm den Kopf und gingen weg. Lehmann wollte Schlatter nicht vor allen Gefühlskälte und Zynismus vorwerfen, wollte ihn nicht abkanzeln. Er musste die Truppe zusammenhalten. Er wusste nicht genau, wie viele und wer Schlatter insgeheim zustimmten. Er wollte die Mannschaft nicht spalten. Das wäre das Ende der bisher guten Atmosphäre. Er spürte, dass die Lage an der Front und die Bombardierungen der Heimat ihnen allen langsam an die Nerven gingen. Und er musste in dreieinhalb Tagen fertig sein.

Er ging langsam auf den kräftigsten der Häftlinge zu.

»Lehmann, Leiter des Bauzuges. Sind Sie der Sprecher? Der Kapo?«

»Paul Grünzweig. Nein, wir haben keinen. Aber ich kann übersetzen. Wir sprechen nicht alle Deutsch, denn diese Männer hier sind Ukrainer, Polen, Ungarn und Russen. Sie sind Arbeiter, Intellektuelle, Sozialisten, Demokraten, Kommunisten, Juden, Christen, Verbrecher, Schwule und was sonst noch unserem jungen, aufstrebenden Imperium nicht so recht in den Kram passt. Vor allem aber sind wir Menschen mit einer Würde, nicht Gegenstände, die man nach Gebrauch am Bahndamm verscharrt.«

»Sie führen eine ziemlich spitze Zunge, Grünzweig. Lassen Sie mich mal raten. Sie sind Intellektueller *und* Jude, stimmt's?«

»Das Wichtigste haben Sie vergessen, Lehmann. Ich bin Deutscher, wenn auch derzeit nicht besonders stolz darauf. Und im richtigen Leben hat man mich mit *Herr* Grünzweig angesprochen. *Herr* Lehmann.«

Nach und nach hatten sich die Männer des Bauzuges versammelt und besahen sich ihre erhoffte Verstärkung mit teils mitleidigen, teils entsetzten Blicken. Einigen stand der Mund offen. Ruhig erwiderte Grünzweig Lehmanns Blick und wanderte dann zu Schlatter.

»Sie müssen wohl der moralische Mittelpunkt dieser Belegschaft sein. Sozusagen das politische Gewissen. Sie achten darauf, dass hier alles nach den Richtlinien der NSdAP abläuft. In der Roten Armee nennt man diese Offiziere *Politruk*, das haben mir meine russischen Kameraden im Lager erzählt. Bei der jetzigen Frontlage wird es nicht mehr lange dauern, bis die hier sind. Die werden Sie mögen. Und die Verhörmethoden werden Sie nie vergessen.«

›Ich kann diesem hirnlosen Raubauz gegenüber ruhig mal eine Lippe riskieren‹, dachte Grünzweig. ›Ich habe nichts zu verlieren, weder hier noch im Lager. Dann soll es mich lieber hier erwischen.‹

»Halten Sie Ihr verdammtes Maul! Sie haben hier überhaupt nichts zu melden. Und wenn, nur wenn Sie gefragt werden.«

Schlatter zog eine verächtliche Grimasse.

›Dieser Gegner ist mit Worten nicht zu besiegen. Den müsste man auf der Stelle erschießen. Leider geht das nicht. Die einzige Schusswaffe des Bauzuges hat Lehmann unter Verschluss.‹

»Tja, sind Ihre Leute. Sehen Sie zu, wie Sie mit denen klarkommen.«

Schlatter verließ die Szene. Lehmann wartete, bis er außer Hörweite war und trat dicht an Grünzweig heran.

»Ich brauche Ihre Leute, und ich brauche Sie. Je früher wir hier fertig sind, desto eher kommen Sie in Ihr Lager zurück.«

»Wer sagt denn, dass wir dahin zurückwollen? Waren Sie schon mal in einem Zwangsarbeitslager, Herr Lehmann?«

Lehmann und Grünzweig sahen sich an, als wollten sie die Gedanken des anderen lesen. Lehmann sah an seinem Gegenüber hinab, dann auf die anderen Häftlinge, und er wusste, dass er solch ein Lager nicht sehen wollte. Die Existenz von Lagern war bekannt. Am Anfang hatten sie KL geheißen, später wurden sie auf das kantige KZ umgetauft. Es hatte schon lange Gerüchte gegeben, wie grausam es darin zuging, nur wollte das keiner wahrhaben. Jetzt hatte er halbwegs lebendige Zeugen vor sich. Er nahm Lena auf die Seite. Innerhalb einer Stunde zauberte sie eine einfache, warme Eintopfmahlzeit. Grünzweig und vier Häftlinge holten Töpfe und Utensilien bei ihr ab und bezogen den leeren Güterwagen, den Schlatter als Nachtquartier vorgesehen hatte.

9

Sonnenaufgang. Diesen Tag noch. Sonor brummten die Generatoren und Kompressoren, die die Druckluft für die Handstopfer lieferten. Das helle, metallische Stakkato der Stopfpickel war weithin hörbar. Das Loch im Bahndamm war nur noch eine helle nackte Narbe, bevor das Grün der Kräuter und Gräser sie wieder bedecken würde. Die zersplitterten, verbogenen Reste von Schwellen und Eisen waren säuberlich auf einen Haufen geschichtet. Die Laufflächen der neuen Schienen trugen noch den feinen braunroten Rost. In ein paar Tagen würden sie die darüberfahrenden Räder blank poliert haben. Lehmann baute seine Instrumente für das Messprotokoll auf. Diesen Tag noch. Für die restlichen Arbeiten brauchte er die Häftlinge noch. Er hatte Lena gebeten, die Abholung der Häftlinge am nächsten Vormittag zu regeln.

Er bemerkte nicht, dass hinter ihm ein Geländewagen aufgetaucht war, dort wo die Lkw gehalten hatten. Wie zufällig stand Schlatter dort. Zwei Offiziere in schwarzen Uniformen stiegen aus, gingen auf ihn zu. Dann zeigte Schlatter mit ausgestrecktem Arm auf Lehmann. Die zwei SS-Offiziere setzten sich in Bewegung. Schlatter blieb zurück und machte sich am Gerätewaggon zu schaffen. Halb verdeckt schaute er ab und zu neugierig herüber. Die beiden Offiziere kamen strammen Schrittes näher und grüßten synchron, wie einstudiert, mit gestreckten Armen.

Lehmann erwiderte den Gruß betont zivil. »'n Morgen.«

»Herr Lehmann?«

»Steht vor Ihnen.«

»Sturmbannführer Mülder«.

»Was gibt's, Herr Mülder? Ich nehme an, Sie kommen vom Lager und wollen prüfen, ob wir Ihre Leute gut behandeln. Keine Sorge. Sie befinden sich sogar in einem besseren Zustand als bei ihrer Ankunft. Frische Luft, Sonnenschein und was ordentliches zwischen die Zähne. Was drei Tage bewirken! Das sollten Sie denen öfter mal gönnen. Dann können die auch ordentlich arbeiten. Würde ganz sicher einen positiven Eindruck auf Ihre Kunden machen. Wie ich höre, verleihen Sie doch regelmäßig Personal an die Rüstungsindustrie? Das käme ganz sicher der Produktion zugute und damit auch dem Reich. Oder? Wie dem auch sei, die können Sie morgen früh wieder abholen. Alle! Heute brauche ich sie noch den ganzen Tag.«

»Haben Sie wirklich keine Ahnung, warum wir hier sind oder stellen Sie sich dumm? Herr Lehmann, Sie sind festgenommen. Packen Sie ein paar persönliche Dinge und kommen Sie mit.«

»Sie machen wohl Witze. Sie können den Bauzug nicht so einfach ohne Chef im Nirgendwo zurücklassen. Ich muss die Strecke freigeben. Haben Sie so etwas wie einen Haftbefehl?«

»Soweit wir wissen, haben Sie einen kompetenten Stellvertreter, der Ihre Arbeit nahtlos weiterführen kann. Ihnen ist in Ihrem Bauzug wohl entgangen, dass das Deutsche Reich in einem Überlebenskrieg steckt. Wir brauchen solchen zivilen Firlefanz wir Haftbefehle nicht. Wir handeln. Ihnen wird vorgeworfen, Volkseigentum unrechtmäßig verwendet zu haben. Sie haben Nahrungsvorräte der Reichsbahn vorsätzlich und wiederholt an Volksfeinde und Untermenschen ausgegeben.«

»Darf ich mal raten, von wem Sie das haben?«

Mülders antwortete nicht. Er suchte Blickkontakt zu Schlatter, doch der hatte sich hinter dem Gerätewaggon über seine Arbeit gebeugt.

»Herr Mülder, auch wir Eisenbahner leisten einen Eid. Ich bin dem Reich verpflichtet, aber auch meiner Dienstvorschrift. Die sagt, dass ich für das Wohl der mir anvertrauten Leute zu sorgen habe. Dazu gehören für die Zeit ihres Aufenthalts beim Bauzug auch Ihre sechzig Häftlinge. In Ihrer Anweisung wurde erklärt, welche Arbeit wir hier tun. Und Sie schicken mir diese Hungerhaken? Ich müsste Sie anzeigen, meine Arbeit behindert zu haben. Hier rollt demnächst der Rückzug, Herr Mülder.«

Er winkte Meurer heran und sah auf Mülders gepflegte Hände.

»Haben Sie schon mal Schienen und Schwellen geschleppt? Nein? Warum sollten Sie auch. Meine und Ihre Männer taten das auch für Sie, wenn Sie wahrscheinlich bald über diese Stelle fahren, ohne etwas zu spüren. Dann sehen Sie aus dem Fenster und denken Sie mal an uns. Die helle Stelle im Bahndamm ist ein Gruß derer, die dort unter dem Schotter Sprengladungen vergraben haben. Kein ordnungsgemäß vorgetragener militärischer Angriff, das war Heimtücke. Ein Akt von Partisanen. Wir haben Tonnen von Schienen, Schwellen und Schotter bewegt, und Sie machen hier ein Theater wegen ein paar Kilo Kartoffeln, Fleisch und Möhren! Sie sollten sich schämen.«

Beim Wort ›Partisanen‹ war Mülder zusammengezuckt. Die hatten ihm gerade noch gefehlt. Aber er ließ sich nicht provozieren. Mit einem giftigen Blick hieß er Lehmann, sich fertig zu machen und ihn zu seinem Wagen zu begleiten. Meurer mischte sich ein. Wenn er wütend war, sprach er Dialekt. Und wenn er dann noch besonders laut redete, war es wichtig. Dann suchte er Aufmerksamkeit.

»Was isch denn in Sie g'fahre! Die Gschpenschter könnet doch net mal 'nen Schtoi uffhebä, so abg'magert sinn's.«

Die Ankunft der SS-Offiziere blieb nicht unbeobachtet. Interessiert beobachteten die Männer das Geschehen. Ein verstecktes Handzeichen Meurers genügte. Langsam bildete sich um Lehmann, Meurer und die Offiziere ein weiter Kreis. Schweigend verfolgten sie den Vorfall. Ein paar hatten Schaufeln in den Händen, andere Spitzhacken über den Schultern. Am Gleis hörten die Stopfmaschinen eine nach der anderen auf zu rattern, es wurde ruhig. Die Männer flüsterten sich zu, worum es hier ging, bis der letzte informiert war. Der Kreis wurde langsam dichter. Über ihnen wölbte sich der weite, blassblaue Herbsthimmel Westpolens.

Seit ihrer Ankunft waren die Häftlinge *das* Gesprächsthema gewesen. Es lenkte ab von den Sorgen um die Angehörigen, vom Abhören des Rundfunks nach Meldungen, welche Stadt nachts von den Engländern und tags von den Amerikanern bombardiert worden war. Es lenkte ab vom Warten auf Post, die lange unterwegs war und sich im nächsten Bahnhof bis zur Abholung durch Lena stapelte. Wenn die Männer ihre Briefe in der Hand hielten, fragten sie sich, was inzwischen schon wieder passiert war, denn das Rad der Ereignisse drehte sich immer schneller. Das Briefeschreiben kam nicht mehr mit.

Heikle Themen, Zukunftssorgen, Zwiespalte, Zweifel oder kritische Fragen wurden besser weggelassen, denn sie konnten von Dritten gelesen werden. Also war Vorsicht geboten, denn die Überwachung durch die Staatsorgane wurde mit jedem Kriegsmonat unerbittlicher. Natürlich kursierten Gerüchte über die Konzentrationslager, über die Verfolgung und das Ausmerzen verschiedener »Volksfeinde«, wie es offiziell hieß. Man sprach unter vorgehaltener Hand darüber. Aber richtig vorstellen konnte es sich kaum jemand. Und nun arbeiteten diese armen Teufel neben ihnen am Gleis. Den Arbeitern schien es nur recht und billig, dass man für harte Arbeit gut essen muss. Mit Erstaunen hatten sie Schlatter beobachtet, wie er ständig in der Nähe der Küche herumschwänzelte. Sie hatten darüber gewitzelt, dass er Lena eifrig nachstellte, sie umwarb. Aber die mit dem? Unwahrscheinlich. Dann sahen sie, dass er eifrig Notizen machte. Nur warum?

Jetzt wussten sie es. Er steckte hinter dem SS-Besuch. Die wollten ihn abholen. Langsam rückten die Männer dichter zusammen. Sie fühlten Beklemmung bei dem Gedanken, der Bauzug müsste ohne Lehmann weitermachen. Langsam zog sich der Kreis enger. Keiner sprach ein Wort. Mülder verlangte in lautem Befehlston, sie sollten wieder an ihre Arbeit gehen. Sie sollten sich zerstreuen. In seiner Stimme schwang ein drohender Unterton. Doch keiner rührte sich. Von hinten drückten sie nach, keiner konnte ausbrechen.

»Wir wissen, dass Sie morgen zum nächsten Einsatz abrücken. Das Kommando übernimmt Schlatter, bis die Angelegenheit Lehmann geklärt ist. Ist das klar?«

Seine Drohung blieb ohne Wirkung. Der Name Schlatter verhärtete die Stimmung unter den Leuten. Mülder spürte, so kam er nicht weiter. Dies hier waren keine Soldaten, die auf Befehle gehorchten. Das waren Zivilisten und harte Arbeiter. Trotzdem musste er sich jetzt durchsetzen. Unmerklich glitt seine Hand zum Halfter. Nur ein Warnschuss. Doch den gespannten Blicken der Männer entging nichts. Hinten begann einer, mit dem Spaten zu scheppern. Ein zweiter fiel ein. Dann eine Spitzhacke, Hämmer. Werkzeuge. Lautstark. Ohrenbetäubend. Mülder nahm seine Hand langsam von der Waffe. Das Klappern hörte auf. Es wurde wieder ruhig. Hinten rief jemand laut, deutlich, mit hoher Stimme.

»Sie beide können gehen. Lehmann bleibt.«

Einen Augenblick herrschte Stille, bis auf das sonore Brummen der Kompressoren, dann schepperten wieder die Schaufeln und Spitzhacken. Dieses Mal klang es wie Beifall. Von Schlatter war nichts zu sehen.

Utikal war im Fahrzeug geblieben, stieg aus und kam herüber. Etwas stimmte nicht. Sie wollten schon längst auf dem Rückweg sein. Er wurde augenblicklich blass. Mülder sah ihn an. Utikal schüttelte flüchtig den Kopf. Mülder dachte stark nach. Dann machte er eine knappe seitliche Kopfbewegung und befahl wortlos den Rückzug. Die Männer öffneten eine Lücke, um die Offiziere durchzulassen, und schlossen den Kreis wieder. Als der Kübelwagen verschwunden war, gingen sie wieder ihrer Arbeit nach. Lehmann tippte mit der Hand an seinen Schlapphut. Tief in Gedanken blinzelte er in Richtung des Weilers nördlich der Gleise und schätzte die Entfernung. Er ließ eine Hand in die Jackentasche gleiten und streichelte den Stahl des russischen Geschosses.

›Bist ja ein richtiger kleiner Glücksbringer. Lass mich für diesen einen Tag ausnahmsweise abergläubisch sein.‹

Er ging zum Güterwagen der Häftlinge, stieg hinein, kam wieder heraus und ging, angezogen durch den wiedereinsetzenden Lärm der Stopfpickel, zur Baustelle.

›Das Messprotokoll!‹

Durch den Auftritt der Offiziere hatte er kurz den Faden verloren. Er wiederholte den Namen Mülder und bemerkte, dass er weder den Namen des anderen Offiziers, noch den des Fahrers erfragt hatte. Er wollte den Vorfall in allen Einzelheiten in den Tagesbericht des Bauzuges eintragen.

›Morgen früh sind wir fertig. Und dann nichts wie weg von hier!‹

Er näherte sich Grünzweig und quetschte mit einem Fuß den Druckluftschlauch an einer Schwellenkante ab. Sein Stopfer kam zum Stillstand. Mit der Hand deutete Lehmann auf den Stopfpickel, als wollte er etwas an Grünzweigs Arbeit kritisieren und näherte sich nach vorn gebeugt dessen Ohr. Redete lange auf ihn ein. Dann richtete er sich auf, nahm den Fuß vom Schlauch und ging fort. Grünzweig hielt den ins Leere hämmernden Stopfer fest und sah Lehmann mit zweifelndem Blick nach. Als habe er nicht verstanden.

10

Sie standen in Gruppen um ihren Güterwagen herum. Sie hatten die leeren Töpfe und Teller zum Küchenwagen zurückgetragen. Grünzweig war mitgegangen in der Hoffnung, Lehmann noch einmal sprechen zu können, aber er hatte nur Lena dort angetroffen. Mit ihr konnte er nicht reden. Zurück am Wagen ging er von Gruppe zu Gruppe und versuchte, ihre Gespräche mitzubekommen. Er wollte ihre Stimmung am Ende des Außeneinsatzes erforschen, vor der letzten Nacht außerhalb des Lagers. Die wenigsten Sprachen, die hier gesprochen wurden, verstand er. Aber in den Gesichtern las er Furcht, Hoffnungslosigkeit und Resignation. So wie er es erwartet hatte.

Als sich die Dunkelheit mit der aus den Niederungen aufsteigenden Nachtkühle vereinigte, kletterten sie nacheinander in ihren Güterwagen. Der Auftrag war erfüllt, morgen würden die Lastwagen kommen und sie ins Lager zurücktransportieren. Schlatter würde die Tür noch einmal von außen schließen wie jeden Abend, den schweren Überwurfbügel der Schiebetür einrasten und mit einem Vorhängeschloss sichern. Gegen Mitternacht würde er noch einmal öffnen, um die Häftlinge für ihre Notdurft ins Freien zu lassen, bevor auch er sich schlafen legte. Das war seine tägliche Gewohnheit.

Grünzweig wartete bis alle schliefen. Das vereinte Schnarchen der Schlafenden war laut genug, um seine Suchgeräusche zu verschlucken, falls einzelne noch wach waren. Er hockte an der Bretterwand neben der Öffnung der Schiebetür, wie Lehmann ihm beim Schotterstopfen ins Ohr gesagt hatte.

›Drei Dinge, mehr kann ich nicht für Sie tun.‹

Er ging in die Hocke und schob das Stroh beiseite, das ihnen allen als gemeinsame Matratze diente. Er fühlte einen langen, kalten Gegenstand. Ein Brecheisen. Minuten später hatte er Lehmanns Armbanduhr in der Hand. Die Leuchtziffern zeigten eine halbe Stunde vor Mitternacht. Neben der Uhr lag das Geschoss.

›Nein, ich bin nicht abergläubisch, aber heute hat es mir heute Glück gebracht. Nehmen Sie's einfach. Vielleicht hilft es Ihnen. Wegwerfen können Sie es immer noch‹, hatte Lehmann ihm ins Ohr geflüstert.

Grünzweig band sich die Uhr um. Jetzt wurde es schwierig. Er hatte noch nie einen Ausbruch geplant. Sechzig Männer. Er brauchte Helfer. Wem von ihnen konnte er vertrauen? Würden sie ihn alle verstehen? Würden sie die Ruhe bewahren? Still und unaufgeregt nacheinander in die Freiheit gleiten? Doch zuerst musste er sie sachte wecken, durfte sie nicht erschrecken. Im Lager hatte nächtliches Wecken nie etwas Gutes bedeutet. Er musste ihnen klarmachen, dass heute alles anders ist. Heute hatte es ihn nicht gestört, von Schlatter im Waggon eingeschlossen zu werden. Aber er brauchte eiserne Nerven, um den Ausbruch zu planen. Und wenn sie draußen waren? Lehmann sprach von einem Weiler in drei Kilometer Entfernung im rechten Winkel zum Gleis nach Norden.

›Eine ziemlich präzise Angabe. Aber was sollen wir dort? Welche Leute wohnen da? Würden die Alarm schlagen angesichts einer Horde ausgebrochener Häftlinge?‹

Viele Gedanken schwirrten ihm im Kopf. Zuerst musste ein Loch in den Bretterboden gehebelt werden. Ohne Splittergeräusche. Draußen war es windstill, die Nachtkälte kroch durch die Ritzen. Kalte, klare Nächte tragen den Schall weit. Er weckte ein paar Deutsche auf, denen er die Situation erklärte. Dann ließ er Mann für Mann die anderen wecken.

»Immer ruhig bleiben. Keiner darf uns hören!«

Grünzweig ließ das Stroh beiseiteschieben. Sie drängten sich an den Außenwänden eng zusammen, einige noch im Halbschlaf. Er suchte eine schwache Stelle, wo er das Brecheisen ansetzen konnte.

»Gib her«. flüsterte Weinstein. »Ich bin Zimmermann.«

Immer wieder legten sie Pausen ein, um zu lauschen, ob sich draußen Schritte näherten. Nach einer Stunde war das Loch gerade groß genug, um einen Mann hindurchgleiten zu lassen. Kalte Nachtluft stieg von unten in den Waggon. Grünzweig sah auf die Leuchtziffern an seinem Arm.

»Wir gehen um ein Uhr. Noch eine halbe Stunde. Ruhig bleiben.«

Jetzt waren alle hellwach und starrten wie gebannt auf das Loch im Boden. In der Dunkelheit ahnten sie die hellen Splitter, die die schwarze Öffnung säumten und die Freiheit, die darunter wartete.

»Ich werde als erster gehen und euch von unten leiten. Keiner bleibt zurück. Verletzt euch nicht beim Durchschlüpfen! Ihr geht alle in die Richtung, die ich euch zeigen werde und versammelt euch unten am Bahndamm. Es wird kein Wort geredet. Kein Wort.«

Flüsternd wurden seine Anweisungen übersetzt. Er beugte sich über die Öffnung, suchte nach dem Bremsgestänge, ließ sich mit den Beinen voran hinab und setzte seinen Fuß auf den Stahl. Mit dem anderen Fuß ertastete er eine Schwelle, verlagerte sein Gewicht und ließ sich vollends hindurchgleiten. Er ließ sich das Brecheisen nachreichen und hielt es fest wie eine Waffe.

›Für alle Fälle. Sollte einer durchdrehen.‹

Er blieb einige Minuten regungslos in der Hocke und beobachtete die Umgebung aufmerksam und gespannt durch die Räder und das Bremsgestänge. Er hörte seinen eigenen Puls. Sein Blut rauschte. In der Ferne gedämpftes Gekläff von Hunden. Sonst nichts. Kein Knirschen von Schuhen im Kies. Kein Wind. Gefährliche Stille. Er winkte dem nächsten, erfasste seinen Fuß und führte ihn zum Gestänge, den anderen Fuß, abfedern, bücken, unter dem Güterwagen heraus und auf Zehenspitzen leise runter vom Bahndamm. Bei jedem hielt er den Zeigefinger an die Lippen. Stille! Er zählte mit. Ängstlich zwängte sich der Letzte durch das bizarre Loch. und plumpste tollpatschig auf die Schwellen, begleitet von einem lautem Ratsch reißenden Gewebes.

›Macht der absichtlich solchen Lärm? Will der uns auffliegen lassen?‹

Grünzweig umklammerte das Eisen, suchte nach den Konturen des Kopfes und beobachtete ihn gespannt. Seine Jacke war am zersplitterten Rand des Loches hängengeblieben und war bis zur Achsel aufgerissen. Seine dunklen, ängstlichen Augen trafen die von Grünzweig. Er führte seinen Zeigefinger an die Lippen. Ruhe jetzt! Er lauschte angestrengt. Nichts. Mit einer knappen Kopfbewegung befahl er ihm, vorauszugehen.

Der Mond schien schräg über den leeren Waggon, tauchte Grünzweig und den Häftling in bleiches Licht. Der Riss klaffte. Grünzweig traute seinen Augen nicht. Er griff nach der Jacke und riss den Stoff mit einem Ruck hoch. Instinktiv hob die Frau die Arme schützend vor ihre Brüste. Augenblicklich ließ er die Jacke fahren.

›Verdammt! Auch das noch‹, dachte er gereizt.

»Ich musste mich irgendwie unter euch schmuggeln. Ich wollte raus«, flüsterte sie.

»Klappe halten! Schließ die Jacke.«

Er nahm jetzt eine Hand vom Brecheisen und zog die Frau mit sich, um die anderen zu treffen. Er verbot ihr, auch nur ein Wort zu sprechen. Im Bauch spürte er das freudige Gefühl der Freiheit, doch sein Kopf befasste sich bereits mit der neuen Realität, die er hinter sich her zog. Er hatte einen Plan. Doch diese Entdeckung war darin nicht enthalten.

11

Grünzweig und die Frau erreichten die anderen am Bahndamm. Er begann, ihnen den nächsten Schritt zu erklären.

»Wir teilen uns in Gruppen, immer mit einem Polen, der für die Gruppe spricht. Wir versuchen, bei den Bauern Hilfe zu bekommen. Wir dürfen keine Zeit verlieren! Spätestens zum Morgengrauen müssen wir uns irgendwo versteckt haben. Meidet die Häuser von Deutschen! Aber Vorsicht auch bei Polen. Von Juden halten die nicht viel. Wir sind die, die ihren Jesus ans Kreuz verraten haben.

Noch was: Vergesst nicht, wir stinken. Die Hunde wittern uns auf einen Kilometer Entfernung. Seit Abfahrt vom Lager haben wir uns nicht waschen können. Sucht irgendwo Wasser, neue Klamotten und festes Schuhwerk. Wenn die Hunde anschlagen, haltet ein und werdet nicht nervös. Dann geht einer vor, beruhigt die Tiere und geht zum Haus. Jede Gruppe trifft ihre eigenen Entscheidungen und ist für sich selbst verantwortlich. Keine Gruppe folgt der anderen, zieht euch weit auseinander. Von jetzt an wird nicht mehr gesprochen!«

Dann bewegten sich elf Grüppchen auf die Lichtung zwischen den Bäumen zu. Von dort sollten sie sich in verschiedenen Richtungen auf den Weg machen. Er blieb mit der Frau zurück und wartete ruhig ab. Angestrengt lauschte er in die Nacht. Lauschte nach Stimmen, Schüssen oder Hundegebell. Eingreifen konnte er nicht mehr. Er wollte wissen, ob sich etwas ereignete und in welcher Richtung es wäre. Alles blieb ruhig. Die Frau wurde nervös, sie drängte ihn zum Aufbruch.

»Wir verlieren unsere Gruppe. Warum gehen wir nicht?«

»Wir *sind* eine Gruppe. Noch ein paar Minuten.«

Immer noch war alles ruhig. Dann gab er ihr das Zeichen, es ihm gleichzutun. Sie stutzte. Er folgte nicht den anderen. Geduckt ging er vorsichtig zurück zum Bahndamm. Die Frau folgte ihm mit fragenden Blicken. Dann nahm er den Feldweg am Fuß des Bahndamms und lief so schnell er konnte in westlicher Richtung, wo der Wald auf beiden Seiten bis an die Gleise reichte. Weg vom Bauzug! Mühsam folgte sie ihm. Die Trasse machte eine Rechtskurve. Bald lag der Bauzug hinter Bäumen verborgen außer Sicht und außer Hörweite. Nun konnten sie aufrecht gehen, brauchten nicht mehr zu rennen. Dann überquerten sie die Gleise in südlicher Richtung und tauchten im Wald unter.

Im Schutz der Bäume hielten sie an. Ihre Lungen pumpten die kalte Nachtluft gierig hinein und hinaus. Die Bronchien schmerzten. Die Frau schlotterte vor Anstrengung und Angst. Sie war jetzt mit diesem Mann und seiner Eisenstange allein. Sie hatte Angst und hielt Abstand. Seine Pläne kannte sie nicht, einen eigenen hatte sie nicht. Die Leuchtziffern zeigten zwei Uhr.

›Er ist kräftig und ziemlich ausdauernd‹, stellte sie nüchtern fest.

›Ich könnte lebensbedrohend für ihn sein, je nach dem was er vorhat, zumindest eine Belastung und Gefahr. Aber was ist sein Plan?‹

Sie fragte sich, was er mit dem Brecheisen tun würde, das er immer noch in der Hand hielt. Doch zum Weglaufen fühlte sie sich viel zu matt. Außerdem wäre es sinnlos. Wohin sollte sie denn? Sie war zu erschöpft zum Nachdenken. Sie fühlte sich ihm schutzlos ausgeliefert und schwieg. Als sein Atem wieder regelmäßig ging, begann er zu sprechen.

»Die werden mit Hunden kommen und dem durch achtundfünfzig Paar Füße niedergetrampelten Gras zum Bauernhof folgen. Ich hoffe, das lenkt sie von unserer Spur ab. Auf dem nackten Feldweg sieht man unsere beiden Spuren kaum.«

Sie nickte ergeben.

»Das Aufteilen in kleine Gruppen erhöht einerseits ihre Chancen zu entkommen, andererseits die Mühe der Suchtrupps, sie alle zu finden. Die werden tagelang suchen. Das ist unsere Lebensversicherung.«

Einen Moment dachte er über die Spaltung von den anderen nach, aber sofort verwarf er jede Selbstkritik.

»Jetzt hat jeder seine Chance.«

Dann warf er das Brecheisen in eine flache Bodenmulde und deckte es mit welken Blättern zu.

»Das brauche ich nun nicht mehr. Lehmann sagte mir, ich solle nichts beim Bauzug zurücklassen.«

Sie war erleichtert. Das Mondlicht kam nicht durch die Bäume, in der Dunkelheit konnten sie ihre Gesichter nicht sehen.

»Ich bin Paul Grünzweig.«

»Greta Weisz.«

Sie erwartete jetzt seine Fragen, aber er schwieg.

›Auch gut. Das hat Zeit.‹

»Soweit ich mich an die Karte im Lager erinnere, liegen in der Nähe ein paar Seen im Wald. Ich brauche ganz dringend ein Bad. Weißt du wo Süden ist?«

›Er will mich testen.‹

Sie überlegte kurz. ›Die Sonne ging dort über dem Gleis und auf der anderen Seite wieder unter. Also laufen die Ost-West. Süden muss ergo querab vom Bahndamm liegen.‹

»Ungefähr dort«.

»Dann los! Wir müssen hinter die Seen, bevor es hell wird. Dann sind unsere Spuren abgeschnitten, falls sie mit Spürhunden kommen. Dann wir sind einen kleinen Schritt weiter. Kann eine lange Wanderung werden. Wir sollten uns beeilen.«

Die Seen lagen näher als er gedacht hatte. Vor dem Morgengrauen hatten sie die Seen zwischen sich und den erwarteten Verfolgern. Auf einem Acker hatten sie Gelbe Rüben gefunden und ein Bündel aus dem Boden gezogen.

›Mundraub oder Verbrauchsmittelentwendung‹, erinnerte er sich an sein erstes Jurasemester. ›Als Notdiebstahl ein Vergehen nach §248a StGB.‹

Und er erinnerte sich an das 5. Buch Mose.

›*Wenn du in den Weinberg eines andern kommst, darfst du Trauben essen, so viel du magst, bis du satt bist, nur darfst du nichts in ein Gefäß tun. Wenn du durch das Kornfeld eines andern kommst, darfst du mit der Hand Ähren abreißen, aber die Sichel darfst du auf dem Kornfeld eines andern nicht schwingen.*‹

Sie wuschen die Rüben im Wasser und aßen davon. Er fragte sich, ob Moses Gelbe Rüben kannte. Im Tanach war nichts davon zu lesen. Deren Geschmack fand er weniger biblisch. Er hatte jetzt andere Sorgen. Sie standen vor einem schmalen See, der rechts und links nicht aufhören wollte. Das andere Ufer war zum Greifen nahe, aber hinüber zu kommen bedeutete einen riesigen Umweg. Geschätzt mehrere Kilometer. Es könnte einen ganzen Tag kosten. Sie würden viel Zeit verlieren und sogar Gefahr laufen, erwischt zu werden.

»Du kannst doch schwimmen? Wir müssen da rüber.«

Ungläubig sah sie ihn an, schaute nach links und nach rechts und zu Grünzweig. Er hob die Schultern und wies sie an, sich auszuziehen. Die Kleidung sollte sie fest zusammenzurollen und versuchen, sie beim Schwimmen über Wasser zu halten. Am besten mit einer Hand auf dem Kopf. Er ging ein paar Schritte weg von ihr. Während sie sich auszogen, wagte er einen verstohlenen Blick. Instinktiv hatte sie ihm den Rücken zugewandt. Er sah auf ihre magere Gestalt, die knochigen Schultern, die Reihe ihrer spitzen Wirbel und das kantige Waschbrett ihrer Rippen, die hervorstehenden Beckenknochen, die dünnen Schenkel und ihre fahle Haut im letzten Mondlicht. Dann sah er an sich selbst hinunter und war ernüchtert. Sie gingen zum Ufer. Fröstelnd stapften sie Schritt für Schritt ins tiefe Wasser und versuchten so gut es ging, ihre Kleidung auf dem Kopf zu balancieren. Dann schwammen sie hinüber.

Als die Sonne endlich aufging, fanden sie ein niedriges Gebüsch, auf dem sie ohne Einsicht vom anderen Ufer die nassen Teile ihrer Kleidung zum Trocknen auslegen konnten. Mit den weniger nassen deckten sie sich dürftig zu. Sie froren erbärmlich. Aber sie fühlten sich frisch und sauber nach dem erzwungenen Bad.

»Willkommen im Sinai!«

»Bitte?«

»Wir haben soeben das Rote Meer durchquert.«

»Dein Gleichnis passt nicht. Dort ist es deutlich wärmer«, erwiderte Greta. »Außerdem ist Lehmann nicht der Pharao, der die gefangenen Israeliten in die Freiheit entlässt, und du bist nicht Moses, der sie ins gelobte Land führt. Die Israeliten bildeten zwölf Gruppen. Wir sind die zwölfte. Die anderen elf haben wir ihrem Schicksal überlassen. Die sind weit weg von deinem Roten Meer. Und nirgendwo ist Kanaan.«

Sie lagen in einem lichten Birkenwäldchen versteckt, konnten aber die Umgebung gut überblicken. Nebeneinander auf dem Rücken liegend hielten sie Ausschau nach Gefahren, Verfolgern oder zufällig des Weges kommenden Bauern. Zögernd wärmte sie die Sonne durch die welken Blätter. Verstohlen besah er sich die Vorderseite ihres Körpers. Ihr schwarzes Büschel auf dem Venusbein ragte keck über ihren hohlen Unterbauch in die Höhe.

»Wie hast du es geschafft, als Frau unentdeckt zu bleiben?«

»Ich habe mich unter die ›Mädels‹ gemischt, unter die Schwulen.«

Dann erzählte sie, dass sie vom Einsatz bei dem Bauzug gehört hatte. Sie wusste auch, dass man nur Männer dazu einteilen würde. Sie wollte unbedingt fliehen und witterte hier eine der äußerst raren Möglichkeiten. Also musste sie in den Männerteil des Lagers gelangen. Sie hatte das Loch im Trennungszaun benutzt. Hier schlüpften nachts regelmäßig männliche Insassen hindurch. Es gab feste Beziehungen, möglicherweise mit stiller Duldung der Kommandantur. Einen kannte sie. Sie fing ihn am Zaun ab und überredete ihn, sie mit ins Männerlager zu nehmen. Dort suchte sie einen Häftling, der an Entkräftung oder einer der üblichen Krankheiten verstorben war. Das kam täglich vor. Die Toten wurden bis nach dem Zählappell am nächsten Morgen auf ihren Pritschen belassen. Sie fand einen in ihrer Größe und zog sich dessen Bekleidung mit dessen Nummer an. Ihren eigenen Anzug trug sie zurück ins Frauenlager und legte ihn auf ihre Schlafstelle. Dann schlich sie sich sie ins Männerlager zurück und prägte sich Namen und Nummer des Toten ein. Beim Appell stand sie sehr aufrecht, atmete tief ein und hatte das Glück, zum Einsatz beim Bauzug eingeteilt zu werden.

»Und nun bin ich hier.«

Er sah sie an.

»Ziemlich verwegener Plan.«

»Das war kein Plan, das war Intuition. Ich will leben. Was machen wir nun?«

Er schwieg. Lehmann hatte ihm geraten, nach Süden auszuweichen. Er überlegte. Die Rote Armee würde über Warschau und Ostpreußen nach Berlin vorstoßen, also auch durch diese Gegend. Ein Fluchtweg nach Norden in Richtung Ostsee schied aus, obwohl er am liebsten nach Schweden gelangt wäre. Doch auf dieser Route wären sie in die Hände der zurückweichenden Wehrmacht gefallen. Also mussten sie nach Süden wandern, in Richtung Oberschlesien. Dann müssten sie weitersehen.

»Das überlege ich mir auch gerade. Ich denke, wir verbringen den Tag im Schutz des Gebüschs. Wir verstecken uns bei Tage und gehen nur nachts. Hoffentlich finden wir ein paar Beeren oder Früchte. Mir knurrt nämlich der Magen.«

Sie nickte.

»Wir brauchen unauffällige Kleidung und kräftiges Schuhwerk.«

»Frauen denken doch immer nur an neue Kleider ...«

»Du musst ja Erfahrung haben, *Herr* Grünzweig. Aber gebrauchte tun es auch.«

»Wir haben seit acht Stunden unsere Freiheit wieder, eine sehr fragile Freiheit, und du fängst jetzt schon an zu frotzeln.«

›Es wird ein langer Marsch. Hoffentlich hält sie das durch.‹

Grünzweigs größte Sorge war die Ernährung. Wie sollten sie an Fett und Eiweiß kommen? Die letzten Früchte, die für sie erreichbar waren, enthielten zwar Kohlehydrate als Energiequelle. Aber das reichte nicht für den Wiederaufbau von Muskel- und Fettgewebe, das sie im Lager einbüßt hatten. Sie mussten irgendwann Kontakt zu Bauern suchen, um Eier oder ein Stück Fleisch zu erbetteln. Doch er verwarf den Gedanken. Zu groß war die Gefahr, an die Polizei verraten zu werden. Er hatte keine Ahnung, wie die einheimische Bevölkerung entflohene KZ-Häftlinge behandeln würde. Überall in den besetzten Gebieten gab es Leute, die mit den Besatzern kollaborierten, sich kleine Vorteile erhofften. Die würden Häftlinge ohne Zögern an die Deutschen ausliefern oder sie verraten. Er wollte auf eine günstige Gelegenheit warten.

»Wir sind zwar aus der Gefangenschaft entflohen, aber deswegen noch keine normalen Bürger mit einem festen Platz in der Gesellschaft. Mit Rechten und Pflichten, mit festem Wohnsitz, Namensschild unter dem Briefkastenschlitz und Schutz durch das Gesetz. Wir sind durch unsere Kennzeichnung als Aussätzige des Deutschen Reiches besonders gefährdet.«

Er besah sich die Tätowierung auf seinem Unterarm.

»Sieh das doch positiv! Wir haben eine Identität. Immerhin gehören wir zu etwas.«

»Deinen Humor möchte ich haben.«

12

Schon lange bevor Schlatter den Güterwagen aufschloss, hatte er die Holzsplitter zwischen den Schienen entdeckt. Er hatte sich unter den Waggon gebückt und nach oben geschaut, direkt in das Loch im Boden. Jeden Morgen hatte er sich vor den abgestandenen Ausdünstungen der sechzig schlaftrunkenen, durchgeschwitzten Gefangenen geekelt, der ihn beim Öffnen der schweren Schiebetür begrüßte. Heute empfing ihn Frischluft, vergleichsweise. Das Loch im Boden und die Luftschlitze unter dem Dach hatten für ausreichend Durchzug gesorgt.

›Die müssen die halbe Nacht weg sein. Alles ist kalt.‹

Sofort rief er Lehmann. Wie ein Lauffeuer sprach sich die Neuigkeit herum. Jeder wollte den Tatort sehen. Schlatter gab Anweisungen.

»Ich möchte wissen, welches Werkzeug die benutzt haben, und ich will es sicherstellen. Sucht sofort die Umgebung ab, die haben das ganz sicher irgendwo fallen lassen.«

Sein Spürsinn würde ihm schnell offenbaren, wie sie an das wiedergefundene Werkzeug gekommen waren, und wer vom Bauzug ihnen möglicherweise geholfen hatte. Er brauchte einen Erfolg, denn die Schlappe von gestern saß ihm noch in den Knochen. Er musste seine Autorität wiederherstellen. Ob die entwichenen Häftlinge verhungerten, von den Einheimischen erschlagen oder von der SS wieder eingefangen würden, war ihm gleichgültig. Das war deren Sache. Sobald der Lkw kam und dann ohne Häftlinge nach Lebrechtsdorf zurückkehrte, würde die Hatz losgehen. Er wäre zu gern Zaungast, aber dann würde der Bauzug schon zur nächsten Baustelle unterwegs sein Jetzt ging es ihm darum, Vorteile aus der Situation zu ziehen, solange sie noch hier waren.

›Lehmann trägt die Verantwortung‹, dachte er und sah ihn bereits endgültig von der SS abgeführt und sich als den neuen Bauzugführer eingesetzt. Genüsslich buchstabierte er diesen Titel noch einmal in sich hinein.

›Bauzugführer.‹

Lehmann sah sich das Loch und die Holzsplitter gründlich an und bestätigte dann ruhig und sachlich, Schlatters Verdacht sei nicht von der Hand zu weisen.

»Haben Sie etwas beobachtet, als Sie gegen 22 Uhr die Häftlinge noch mal ins Freie ließen? Haben Sie den Waggon vor dem Abschließen noch einmal durchsucht? Sie haben die sechzig Männer zum letzten Mal gesehen. Richtig?«

Schlatter nickte.

»Sie hatten mir erklärt, für die Verwahrung und Vollzähligkeit der Häftlinge gegenüber Utikal und der Lagerverwaltung die Verantwortung übernommen zu haben. Was haben Sie eigentlich unterschrieben, als sie diese Leute am Lkw entgegennahmen? Gibt es denn keine Kopie für das Bautagebuch?«

Schlatter schwieg. Er hoffte, das Werkzeug würde bald gefunden.

›Hoffentlich schicken sie uns bald die Lok, die uns hier wegzieht. Sonst wird es eng.‹

Lehmann schaute in die Richtung der Rechtskurve. Nichts. Hinter ihm kroch die Staubfahne der drei Lastwagen über die weite Landschaft.

Utikal kletterte auf den Bahndamm, rief nach Schlatter und wurde blass, als er vom Ausbruch erfuhr. Er fluchte. Ohne Funkgerät konnte er Mülder nicht informieren, und die Bahnfrequenz konnte vom Militär nicht empfangen werden. Lehmann nahm sich viel Zeit, mit Utikal die Ausbruchstelle zu inspizieren. Er wollte ihn solange es ging, beim Bauzug halten, am besten bis zur Ankunft der Lokomotive. Bis die Suche nach den Ausbrechern organisiert war, sollte ihr Vorsprung anwachsen. Am Fuß des Bahndamms entdeckten sie viele Fußspuren, die in der kleinen Lichtung auf dem Waldboden endeten. Schlatter suchte irgendwo in der Umgebung immer noch nach dem Ausbruchswerkzeug.

»Ich muss nach Lebrechtsdorf zurück. Ohne Spürhunde wird das nichts. Wenn wir die nicht wieder einfangen, wird das wohl ein Nachspiel haben. Aber das wird Mülder in die Hände nehmen. Dann sind nicht nur Sie im Fadenkreuz, sondern auch Schlatter. Viel Spaß.«

Äußerlich gelassen begleitete Lehmann den Unteroffizier zu den drei Lkw. Im Innern sehnte er sich nach dem Fauchen der ankommenden Dampflok, die seinen Bauzug zum nächsten Einsatz ziehen würde.

13

Sein Büro bestand aus zwei Abteilen ohne Trennwand. Lena stellte die Kaffeetasse auf den runden Tisch der Sitzecke, nicht auf Lehmanns Schreibtisch, und setzte sich in einen der beiden Sessel.

»Das ist ja gerade noch mal gut gegangen«, begann sie ein Gespräch.

»Was?«

»Das mit den Häftlingen.«

»Hmm....«

»Wo haben die wohl das Brecheisen her?«

»Welches Brecheisen? Woher weißt du, dass sie eins hatten?«

Lena war die Jüngste an Bord. Als sie zum Bauzug kam, hatte sie sich mit ihrem Vornamen vorgestellt und wollte so angesprochen werden, aber mit ›Sie‹. Lehmann und sie duzten sich bald, wenn sie allein waren, aber nie in Gegenwart seiner Leute.

»Von Schlatter.«

»Und woher weiß der das?«

»Er sagte, er wüsste es.«

»Hat er es gesehen?«

»Das hat er nicht gesagt. Aber dass sie für ihre Arbeit gar keine Brecheisen gebraucht hätten, und dass ihnen also jemand eins zugesteckt haben muss. Das sagte er.«

»Alles nur Spekulation. Abwarten und Tee trinken.«

»Kaffee.«

Sie war sich sicher, dass er mehr wusste als er sagte. Zu gern hätte sie sein Geheimnis mit ihm geteilt, wenn es denn eins gab. Und wenn, hätte sie überlegt, wie man ihn vor bösen Folgen schützen könnte.

›Zuzutrauen wäre es ihm. In diesem Mann steckt eine ganze Menge. Diesen Mann will ich.‹

Er hätte sein Geheimnis gern geteilt und sie ins Vertrauen gezogen, doch er entschied sich dagegen.

›Nein! Ich bleibe vorsichtig. Das ist heikel genug. Ich will mich auf keinen Fall in ihre Hände begeben. Ich sage ihr nichts. Möglicherweise mache ich mich damit erpressbar.‹ Bei diesem Entschluss blieb er.

Der Zug passierte den Stadtteil Schrodka, dann die Brücke über den Warthe-Seitenkanal und wenig später die Warthe. Während die Brücke unter dem Zug dröhnte, spiegelte sich das grelle Sonnenlicht im Wasser. Eine Seilfähre mit einem Pferdegespann überquerte den Fluss. Nach dem Bahnhof Gerberdamm fuhr er in einer Linkskurve um den historischen Stadtkern von Posen herum, bevor er in langsamer Fahrt durch den im April und Mai durch alliierte Bomber zerstörten Hauptbahnhof schlich. Lehmann erhob sich von seinem Schreibtisch am Abteilfenster und ließ sich in den freien Sessel fallen, Lena gegenüber.

»Was geht dir durch den Kopf?«

»Kanntest du Grünzweig schon vor ...- ich meine, von früher?«

»Du meinst, vor seiner Einbuchtung ins Lager? Nein. Nie gesehen. Vermutest du, ich sei ein alter Bekannter und hätte ihm geholfen? Wie Schlatter sagen würde: einen Volksschädling begünstigt? Einen Untermenschen?«

»Hör auf! Du weißt, was ich meine. Du weißt, wo ich stehe. Nur, ihr kamt mir so - vertraut vor, irgendwie seelenverwandt. Wie zwei Kumpel, die das Schicksal auf die gegenüberliegenden Ufer verschlagen hat, deren Lebensweg auseinander driftete. Und plötzlich steht ihr voreinander. In so unterschiedlichen Positionen. Ob du ihm geholfen hättest? Ich glaube schon.«

»Fehlanzeige.«

Log er. Aber er mochte das Gleichnis. Grünzweig als sein Kumpel. Das konnte er sich vorstellen. Zu gern hätte er jetzt gewusst, was der und seine neunundfünfzig Ausbrecher gerade machten, wie er ihnen helfen könnte. Er behielt den Gedanken für sich.

»Netter Vergleich. Aber ich kenne ihn genauso gut oder schlecht wie du. Sag mal, wie stehst du zu Grünzweig? Wünschst du ihm, dass er durchkommt oder dass sie ihn wieder einfangen?«

Lena fand die Frage falsch. Zu schwarz-weiß. Niemandem wünschte Sie etwas Schlechtes. Sie fand Grünzweig klug, er hatte sehr schnell den Überblick, wenngleich er ihr etwas arrogant schien. Aber nicht genug, um über ihm den Stab zu brechen.

»Du redest nur von Grünzweig. Aber da rennen sechzig Männer um ihre Freiheit, wer immer die auch sind. Wir haben sie alle durchgefüttert. Ich hab das gern getan, als wären sie meine Kinder. Und nun möchte ich auch, dass sie alle durchkommen. Nicht nur Grünzweig, verstehst du? Wenn sie aber trotzdem sterben müssen, dann wünsche ich mir, sie kommen in ihrer scheinbaren Freiheit ums Leben und nicht im Lager. Ich wünsche ihnen, sie wenigstens noch mit der Fingerspitze berührt zu haben, die Freiheit, bevor sie die Augen zumachen.«

14

Mülder hatte sich sofort nach Rückkehr der leeren Laster von Utikal im Kübelwagen an die Baustelle fahren lassen. Nun stand er oben auf dem Bahndamm und besah sich die Holzsplitter im Schotter und die vielen Fußspuren, die in die Lichtung führten. Zweihundert Meter weiter, hinter der Rechtskurve, verriet frischer Sand vom Feldweg Spuren von zwei Paar Schuhen in südlicher Richtung. Doch die konnte Mülder nicht sehen.

»Utikal, wo ist der Ausbruchwaggon?«

»Beim Bauzug, Herr Sturmbannführer. Die Strecke musste unbedingt freigegeben werden. Der konnte nicht auf freier Strecke stehenbleiben.«

»So schlau bin ich auch, Sie Witzbold. Warum haben sie den nicht in Konin vom Bauzug abkoppeln und sicherstellen lassen? Das sind keine zehn Kilometer von hier.«

»Ich wusste nicht ...«

»Sie sind ein Rindvieh, Utikal.«

Der Unteroffizier stand betreten da. Sicherung von Beweismitteln, darauf hätte er auch kommen können.

»Utikal.«

»Jawoll, Herr Sturmbannführer.«

»Da kommt der Wagen mit den Hunden. Habt Ihr Kleidungsstücke gefunden oder persönliche Gegenstände, von denen die Hunde die Spur aufnehmen können?«

»Nein, Herr Sturmbannführer. Nichts. Rein gar nichts.«

»Verfluchte Scheiße. Dann fangt bei der Lichtung an. Vielleicht hat dort einer gepinkelt. Wir müssen die wieder einfangen, bevor sie zu weit kommen. Nicht mehr viel Zeit bis zur Dämmerung, und morgen früh taugen die Spuren nichts mehr.«

Grübelnd ging er zum Wagen zurück und entfaltete eine Karte auf der Motorhaube. Die Ortsnamen verschwammen vor seinen Augen. Er überdachte seine Situation. Er hatte Utikal vertraut. Der hatte Schlatter vertraut. Aber er, Mülder, würde zur Verantwortung gezogen. Er musste den Vorfall seinem Vorgesetzten melden, Kramer. Das würde bestimmt ein Disziplinarverfahren geben. Ausgang ungewiss. Und während das Verfahren lief, konnte ihn Kramer unmöglich für seinen Kunsttransport einsetzen. Den Verlust von sechzig Häftlingen konnte Kramer auch nicht unter den Teppich kehren. Zu viele im Lager wussten bereits davon. Utikal hatte bei seiner Ankunft mit den leeren Lastern die Nachricht blöderweise hinausposaunt. Der Idiot! Alle wussten Bescheid. Kramer musste Mülder fallenlassen. Mülder hatte diesen Transport gebraucht, er hatte ihn geradezu herbeigesehnt, um aus dem Lager herauszukommen, bevor die Rote Armee da wäre. Den Russen wollte er auf keinen Fall in die Hände geraten. Aber Kramer hatte sich bisher noch nicht gemeldet. Mülder fühlte, wie ihm die Zeit rasch zwischen den Fingern zerrann. Besonders Schulze würde diesen Ausbruch für sich ausschlachten, sein Stellvertreter im Lager, der ihn hasste und auf dessen Posten aus war, einschließlich dem höheren Dienstgrad.

›Das läuft überhaupt nicht gut heute‹, haderte Mülder.

›Aus der Traum!‹

Nicht nur die Front im Osten bröckelte. In Frankreich hatten sich die alliierten Verbände festgebissen und begannen in Richtung Belgien und Niederlande vorzurücken. Der Luftraum über dem Reichsgebiet war voller feindlicher Bomber. Städte brannten. Unter den Menschen in den besetzten Gebieten rumorte es. Die verbündeten Italiener hatten sich verabschiedet. An den Endsieg glaubte er jetzt nicht mehr. Seit einem Jahr begannen Zweifel an ihm zu nagen.

›Und was dann?‹, fragte er sich.

In einem von Deutschland beherrschten Europa hatte er sich eine gute Zukunft vorgestellt. Das war sein Traum gewesen und der seiner

Kameraden. Doch davon sprach jetzt niemand mehr. Jetzt kamen nur noch Durchhalteparolen, in die sich immer häufiger auch Angst vor dem verlorenen Krieg mischte.

›Gnade uns der Himmel, wenn das schief geht!‹, hatte ihm jemand in einem der Kasinos vertraulich zugeflüstert. Er hatte vergessen, wer.

›Jetzt sitze ich in diesem beschissenen Warthegau und suche nach sechzig entlaufenen Häftlingen. Wenn wir die nicht tot oder lebendig ins Lager zurückbringen, kann ich mich entweder an die Front melden, mich gleich erschießen oder desertieren.‹

Er ging zum Bahndamm. Utikal meldete, dass sich die Häftlinge nach dem Ausbruch alle in der Lichtung versammelt haben mussten, sich aber von da an in mindestens neun Gruppen aufgeteilt haben mussten. Vermutlich sogar elf. Bis zu einer Feuchtwiese konnten sie die Spuren gut verfolgen, aber dort endeten sie für die Nasen der Hunde, es gab nichts mehr zu beschnüffeln. Er machte ein zerknirschtes Gesicht in Erwartung eines dieser berüchtigten Wutausbrüche Mülders, aber auch wegen des Verfahrens, das der nach der Rückkehr zum Lager gegen ihn anstrengen würde. Schließlich hatte er diesem Schlatter vertraut. Der war für Utikal der Schuldige, der hatte sie entkommen lassen. Für diesen Fehler würde Mülder ihn an den Pranger stellen. Und die Konsequenzen? Degradierung und Versetzung an die Front. Ihn schauderte.

Mülder sah die Situation jetzt realistisch. Er hatte kein Kleidungsstück, keinen privaten Gegenstand, nicht einmal das Stroh, auf dem sie geschlafen hatten, als Geruchsprobe für die Hunde. Die Ausbrecher hatten sich ausgefächert. Das verlangte nach mehreren Hundestaffeln. Die hatte er nicht zur Verfügung. Nachforschungen in den Weilern und Gehöften der Umgebung würden Zeit und Personal kosten. Ebenfalls nicht verfügbar. Die Mithilfe der polnischen Bauern bei der Suche war unwahrscheinlich. Die würden lieber einen oder zwei der Ausbrecher als billige Arbeitskräfte bei sich verstecken als sie auszuliefern. Mülder sah, wie tief die Sonne stand, fast auf dem Horizont. Sie würden heute nichts mehr finden, und morgen nicht, und die nächsten Tage immer weniger. Er gab den Befehl zur Rückfahrt nach Lebrechtsdorf. Während der Fahrt sprach er kein einziges Wort.

Ein paar Stunden später donnerte der erste Lazarett-Zug über das reparierte Gleis. Der Sog des Fahrtwindes zerstreute die Holzsplitter des Fluchtloches in alle Richtungen. Ein paar Tage später hatten die Bauern der Umgebung die zerborstenen Schwellen unten am Bahndamm zu Brennholz zerkleinert und die verbogenen Schienen zu handgerechten Stücken Altmetall zerlegt und verkauft. Ein paar Monate später war die sandige Narbe des Bahnkörpers wieder zugewachsen.

15

Utikal lenkte den Kübelwagen in protzigem Halbbogen über den Vorplatz und kam mit knirschenden Reifen exakt vor der Freitreppe des ehemaligen gräflichen Anwesens derer zu Potulice zum Stehen. Bevor Mülder einen Fuß auf den Kiesboden setzte, kam Obersturmführer Schulze hastig die Stufen herunter. Seine linke Hand umklammerte einen versiegelten Umschlag, mit zwei Fingern der rechten salutierte er salopp in Richtung Schläfe.

»Herr Sturmbannführer, ein Befehl aus Posen. Dringend! Geheime Kommandosache.«

»Danke. Geben Sie her.«

Er griff den Umschlag, sah sich Vorder- und Rückseite gelassen an. Schulze wartete darauf, dass Mülder den Umschlag öffnen, den Befehl lesen und anschließend ihm zur Kenntnis geben würde. Doch Mülder ließ seinen neugierigen Stellvertreter arrogant stehen.

»Setzen Sie künftig im Freien zur Uniform die Kopfbedeckung auf!«

Vielmehr ging er schnellen Schrittes in die Kommandantur und in sein Büro. Die Tür schloss er sorgfältig hinter sich. Er hatte das Kürzel Kramers auf der Rückseite des Umschlages erkannt.

›Das muss die Abberufung zum Kunsttransport sein. Kommt gerade rechtzeitig. Kramer hat mich nicht vergessen. Wenn ich den Bericht über das Verschwinden der Häftlinge möglichst lange hinauszögere, komme ich hier rechtzeitig raus. Dann weiß ich zu viel vom Kunsttransport und bin vor Verfolgung geschützt.‹

Er übersprang Anrede, Empfänger und Verteiler und konzentrierte sich auf den Inhalt.

»*Sofortige Ausführung!*

In Anbetracht der aus dem Osten auf die Reichsgrenze vorrückenden feindlichen Verbände sind alle Dokumente und Aufzeichnungen der Konzentrationslager und Arbeitslager im Oberabschnitt Nr. 18 ›Warthe‹ umgehend durch Verbrennen zu vernichten!

Empfang und Vollzug sind zu bestätigen.«

Führung Oberabschnitt Warthe

Gehrhardt, SS-Oberführer

Mülder öffnete das Fenster und sog die klare, angenehm kühle Nachtluft ein. Er betrachtete den Halbmond eine Handbreit über dem Wald. Sein Schäferhund kam von seinem Platz neben dem Schreibtisch heran, setzte sich auf die Hinterläufe und sah zu ihm auf. Kramer hatte sich immer noch nicht gemeldet. Dagegen kam dieser ominöse Befehl. Mülder fing an, die Vor- und Nachteile auszuloten. Das Verschwinden der Häftlinge würde nie schriftlich erscheinen. Das war gut. Wenngleich ihn leichtes Unbehagen beschlich, wenn er daran dachte, dass da draußen sechzig Zeugen vermutlich quicklebendig herumliefen und eines Tages gegen ihn aussagen könnten. Doch lag weit in einer nebelhaften Zukunft.

Ihn beunruhigte, wie ernst man ›da oben‹ das Herannahen der Roten Armee zu nehmen schien. Offenbar sehr ernst. Lebrechtsdorf lag völlig verteidigungslos auf dem direkten Weg der Russen in Richtung Berlin. Die brauchten nur durch die Pforte zu spazieren und sagen: ›Guten Tag! Da sind wir.‹ Minuten später würden sie durch diese Tür eintreten und fordern: ›Dokumente, bitte.‹ Und dann stünde Herr Sturmbannführer Mülder mit leeren Händen da. Auf der Offiziersschule hatte er gelernt, dass das Vernichten von Unterlagen als Sabotage ausgelegt werden kann. Langsam dämmerte ihm, dies könnte die Absicht hinter dem Befehl sein. Die Kommandostrukturen nach oben wären unsichtbar, verschleiert, und die Hauptschuldigen schlüpften durch das Netz. Den Saboteur vor Ort knöpft sich die Rote Armee vor. Ein Zeuge weniger.

›Das kann mich den Kopf kosten. Ist das beabsichtigt?‹

Erst jetzt bemerkte er seinen Hund und kraulte ihm den Kopf.

»Alter Junge, da haben wir den Salat, die ziehen ihre Köpfe aus der Schlinge. Aber keine Sorge, wir unseren auch.«

»Herr Sturmbannführer?«

Schulze hatte angeklopft und ohne abzuwarten seinen Kopf in die Tür geschoben.

»Brauchen Sie mich noch wegen des Befehls aus Posen?«

»Nein, nein. Ich soll mich eh' morgen dort melden«, log er. »Werde in aller Frühe aufbrechen. Sie übernehmen hier solange. Den Bericht wegen der sechzig Häftlinge schreibe ich sofort nach meiner Rückkehr. Könnten Sie den Utikal zu mir beordern? Danke.«

»'woll Herr Sturmbannführer.«

Schulze zog eine Augenbraue hoch und fragte sich, wer denn da so eifrig gepetzt hatte, dass die in Posen schon Bescheid wussten. ›Gibt es noch jemand, der es auf Mülder abgesehen hat. Wenn der dort antreten muss, hat er ein Problem. Ist meine Beförderung etwa schneller da als erhofft?‹

Utikal wurde von Mülder dazu vergattert, über die Häftlingsaffäre und alles was dazugehörte strengstes Stillschweigen zu bewahren - auch Schulze gegenüber - bis er, Mülder, ihn davon entbinden würde. Dafür versprach er, dass sein naives Vertrauen Schlatter gegenüber und sein Versagen bei der Sicherstellung des Güterwagens weder in seinem Schlussbericht noch in Utikals Personalakte auftauchen würden. Nicht der geringste Schatten. Erlöst verließ er das Büro des Kommandanten.

Mülder setzte sich an seinen Schreibtisch. Sein Blick schweifte vom leeren Aschenbecher über die Schreibunterlage, auf der der geöffnete Umschlag aus Posen lag, hinüber zur Uniformmütze und zum schwarzen Telefon. Seine Hand streckte sich aus, zögerte einen Moment, ergriff den Hörer. Er wählte die Nummer des zentralen Postamts in Bromberg und ließ sich mit einem Teilnehmer in Bremen verbinden. Als die Zentrale sich meldete, ließ er sich den Firmennamen und die Anschrift geben, notierte alles sorgfältig und ließ sich zu Dr. Hassell durchstellen.

»Mülder hier. Sturmbannführer Mülder. Ich bekam Ihre Nummer von Standartenführer Kramer. Wir haben uns noch nicht kennengelernt.

Es geht um den Transport. Die ›Alpenfestung‹ fällt ja bekanntlich aus, die Gründe sind Ihnen und mir bekannt, ich brauche sie am Telefon nicht zu wiederholen. Laut meinen Instruktionen sollen die erforderlichen Kisten hier in Lebrechtsdorf angefertigt werden. Doch aufgrund der letzten Meldungen von der Front haben wir, denke ich, ein größeres Problem. In ein paar Wochen könnte die Rote Armee bei mir vor der Tür stehen.«

Hassell wurde aufmerksam. Diese Offenheit aus dem Munde eines SS-Offiziers? Das klang ja nach Realismus! Andere würden sogar sagen Defaitismus. Je nach Perspektive. Hat der gar keine Angst, abgehört zu werden?

»Sie kommen sehr direkt zur Sache, Herr Mülder. Sie demonstrieren Wirklichkeitsnähe. Respekt.«

»Ich muss die Herrschaften schließlich hereinbitten und freundlich begrüßen. Dass wir dann noch Kisten zusammennageln werden, ist eher unwahrscheinlich.«

»In Ihrem Fall würde ich mir eher Sorgen um die werte Gesundheit machen, Herr Mülder. Begegnungen mit Vertretern Moskaus sind nicht jedem bekömmlich. Aber Sarkasmus beiseite. Die Seekisten lassen Sie getrost unsere Sorge sein. Das haben wir im Griff. Deshalb brauchen Sie sich keine Gedanken zu machen. Wir sind eine erfahrene und diskrete Fachfirma auf diesem Gebiet und haben schon ganz andere Aufträge erledigt. Sollten Sie in Ihrem Umfeld Bedarf sehen, empfehlen Sie uns gerne weiter.«

Mülder bedankte sich und steckte die Notiz in seine Innentasche.

Nach dem Gespräch ging Mülder ins Sekretariat nebenan, stellte sich einen Marschbefehl aus, stempelte ihn ordnungsgemäß ab und schob ihn in die Innentasche seiner Uniformjacke. Er räumte seinen Schreibtisch auf, nahm einige Papiere und einen vorbereiteten Umschlag an sich. Den Befehl aus Posen stopfte er in seine lederne Aktentasche. Das Gemälde im Goldrahmen wickelte er sorgfältig ein und hängte den Uniformmantel locker darüber. Er verschloss sein Büro und schritt durch den leeren Flur in Richtung Ausgang. Die Kommandantur war längst verlassen, es jetzt war kurz vor Mitternacht. Er trat hinaus in die klare Nacht und verstaute das Gepäck in seinem Kübelwagen mit dem SS-Kennzeichen. Dann ließ er seinen Schäferhund zum Entleeren der Blase laufen, pfiff ihn nach fünf Minuten zu sich und hieß ihn sich auf den Rücksitz zu legen. Wenig später verließ er das Lager. Statt über Bromberg nach Posen zu fahren nahm er die Landstraße nach Nakel an der Netze und weiter Richtung Westen. Am nächsten Morgen erschien Sturmbannführer Mülder nicht zum Dienst, auch an keinem weiteren Morgen.

16

Der Bauzug stand auf einem Abstellgleis des Güterbahnhofes Lubon ein paar Kilometer südlich von Posen. Sie waren bereits innerhalb der Reichweite der Royal Air Force, die bevorzugt nachts flog. Allein der Funkenflug der Dampflok oder der rote Schein der Feuerbüchse unter dem Kessel konnte englische Jäger anlocken. Lehmann hatte keine Lust mehr auf Zielscheibe. Der Heizer hatte das Feuer bis auf eine Kernglut herunterbrennen lassen, die aus der Luft nicht einmal zu ahnen war.

Lehmann und Lena waren mit einer kleinen Gruppe aus dem Bauzug in der Dämmerung die fünfhundert Meter durch einen Vorort zum Ufer der Warthe gegangen, wollten sich nach dem langen Sitzen während der Fahrt die Beine vertreten. Sie hatten kaum geredet, noch beeindruckt von den Zerstörungen der Bomberangriffe. Sie schauten nachdenklich auf den ruhig dahinfließenden Fluss und warfen Steine ins Wasser, schlugen ein wenig Zeit tot.

Über Lehmanns verhinderte Festnahme wurde im Bauzug nie wieder gesprochen. Doch der dunkle Schatten des Vorfalls hing über ihnen. Die Stimmung war gedrückt. Es gab weder eine Empfindung des Triumphes, noch einen Ausruf ›Gut gemacht!‹ oder ein Denen-haben-wir-es-gezeigt-Gefühl. Im Gegenteil. Alle lauerten insgeheim auf ein Nachspiel mit ungewissem Ausgang. Die SS ließ nicht mit sich spaßen. Es war nur eine Frage der Zeit.

Bei Einbruch der Dämmerung war alles gewissenhaft abgedunkelt worden. Lehmann hatte im Bett noch gelesen, um auf andere Gedanken zu kommen und um sich abzulenken. Sein Kopf formte sich die eigenen Bilder zum gelesenen Text. Er wollte diese Bilder mit hinüber in den

Schlaf nehmen. Die Leselampe war längst ausgeschaltet. Das Buch lag längst aufgeschlagen auf seinem Nachttisch. Der Türknauf drehte sich langsam, unhörbar. Die Tür öffnete sich einen Spalt breit. Ein Hauch kühler Luft wehte vom Gang in das Schlafabteil. Vorsichtig schob sich eine Hand durch den Spalt, der Handschuh aus feinem schwarzem Leder hielt die P.38 umklammert, gespannt und entsichert. In der Dunkelheit glänzte die Mündung matt, blauschwarz, drohend. Die Tür öffnete sich weiter. Die schwarze Uniformmütze war kaum auszumachen, nur der silberne Totenkopf auf dem Mützenband schimmerte unheimlich wie eine Fratze. Jetzt stand die schlanke Gestalt in der SS-Uniform vollends im Abteil. Die Tür wurde mit leisem, metallischem Klicken verriegelt. Vorsichtig näherte sich die Gestalt Lehmanns Bett, tastete sich suchend vorwärts. Die freie Hand griff die Bettdecke und hob sie sachte hoch. Lehmann saß augenblicklich senkrecht im Bett. Ziellos ruderte er mit den Armen nach der Gestalt, wollte ihr die Waffe aus der Hand schlagen. Doch da umschlang Lena schon seine Brust.

»Was hast du geträumt?«

»Mülder war hier.«

Er machte sich frei, drehte sich von ihr weg und tastete nach dem Schalter, fand ihn nicht gleich. Das Buch fiel polternd zu Boden.

»Pst, nicht so laut! Ich bin es doch.«

Lehmann schüttelte den Kopf, als wollte er Spinnweben loswerden.

»Du bist gut! Kommst hier einfach rein und erschrickst mich halb zu Tode! Und dann muss ich noch leise sein.«

»Dein Traum hat dich erschreckt.«

Er hatte den Schalter gefunden und rieb sich halb blind die Augen. Lena hatte ihre knielange Strickjacke abgestreift und hinter sich auf das Bett fallen lassen. Er drehte sich zu ihr und sah die dunklen Höfe ihrer Brüste durch das luftige Trägerhemd schimmern, ihre aufgerichteten Warzen zogen kleine Falten in das seidige Gewebe. Sie hockte mit dem Rücken an die Wand gelehnt im Schneidersitz auf Lehmanns Bett. Das Hemd war über die Knie nach oben gerutscht, und er sah, dass sie kein Höschen trug. Sie streckte ihre Arme nach ihm aus und versuchte, ihm das Pyjamaoberteil über den Kopf zu ziehen. Er bemerkte, dass sein Penis hart wurde.

»Lena, nein, hör auf damit! Das geht nicht.«

»Ich bin allein, du bist allein, wir sind erwachsene Menschen. Du hast eine Menge durchgemacht. Du bist sehr angespannt, deswegen hast du von Mülder geträumt. Gönn dir ein wenig Spaß. Einfach so.«

Sie streifte das Hemd über den Kopf, presste sich an ihn. Er fühlte, wie sich ihre vollen Brüste an ihm plattdrückten. Dann versuchte sie, ihm die Pyjamahose abzustreifen, berührte sein Glied. Abrupt stand er auf, wobei ihm die Hose bis an die Knöchel hinunterrutschte. Er bedeckte seine privaten Teile mit beiden Händen. Sie saß wieder im Schneidersitz an der Wand und lockte ihn keck mit ihrer kleinen rosa Orchidee. Er war jetzt hellwach, sein Kopf hatte die Kontrolle zurückgewonnen.

»Soll das jetzt meinerseits ein Dankeschön-Fick werden für deinen mutigen Zwischenruf ›Sie können gehen, Lehmann bleibt hier‹ oder ein Mitleid-Fick deinerseits?«

»Keins von beiden.«

»Du weißt, ich bin verheiratet und habe zwei Kinder. Ich bin dir dankbar für deine Geste, ich bin geschmeichelt, dass du mich als älteren Mann in Erwägung ziehst, aber ich kann nicht, weil ich dabei an meine Frau denken müsste.«

»Sicher bist du ein guter Ehemann und Vater. Aber hier geht es um Sex, und guter Sex kommt unvermittelt. Ich will nicht wissen, was du mit deiner Frau veranstaltest, aber das ist gewiss nicht, was ich will. Du bist ein toller Kerl, und ich will mit dir schlafen. Einmal, zweimal, zwölfmal, wie es sich ergibt. Aber nie regelmäßig dreimal die Woche, bis die Wechseljahre kommen und ich trocken werde, verstehst du? Es muss spontan sein. Es muss gut sein, jedes Mal zur rechten Zeit, und ich möchte immer gern daran zurückdenken. Auch wenn ich mal alt und schrumpelig bin. Jetzt habe ich einen strammen Körper, und du magst ihn, wie man sieht. Ich mag deinen, auch wenn du jetzt ein bisschen dämlich dastehst mit deinen gekreuzten Händen.«

Seine Erektion war abgeklungen. Er bückte sich und zog seine Hose wieder hoch, langte nach der Pyjamajacke und streifte sie über. Aus dem Wandschränkchen über dem Kopfteil seines Bettes und holte er eine Flasche Hennessy und zwei Schwenker.

»Dann lass uns wenigstens darauf trinken, dass wir uns heute so nahe gekommen sind, ohne Dummheiten zu machen.«

Er reichte ihr ein Glas.

»Und dass wir noch leben.«

Sie nippten an ihren Gläsern.

»Vorkriegsware«, bemerkte Lehmann.

»Na klar. Sind wir doch beide.«

»Den Cognac meinte ich. Ein Geschenk meines Schwiegervaters.«

Lena fühlte den Weinbrand angenehm die Kehle hinunterrollen und wohlige Wärme im Körper verbreiten. ›Er respektiert seine Ehe‹, dachte sie anerkennend. Sie kuschelte sich an ihn. Trotz seiner Zurückweisung fühlte sie sich behaglich in seiner Nähe.

›Das andere kann warten, dich kriege ich noch. Nächstes Mal trinken wir den Cognac vorher.‹

17

Grünzweig entschied sich dafür, den Wald am See bei Tageslicht zu durchlaufen, um den Suchtrupps zu entgehen, sollten die ihren Radius ausdehnen. Bei verdächtigen Geräuschen, knackenden Zweigen, dem Bellen von Hunden oder Stimmen würden sie im Unterholz Deckung vor fremden Augen finden. Die Spürnasen hätten nach dem reinigenden Bad im See nichts mehr zu entdecken, hoffte er. Nach einer Stunde war der Wald aber zu Ende. Sie standen vor offenen, abgeernteten Feldern. Es war später Vormittag. Greta entdeckte in der Nähe eine viereckige hölzerne Windmühle, unbenutzt, ein ideales Versteck mit Blick in die Umgebung. Das Innere wirkte, als wäre gestern noch gemahlen worden. Sie fanden Getreidesäcke mit Resten und Stapel leerer Säcke, säuberlich aufgeschichtet. Greta fand eine Schere, Jutefaden und eine grobe Nadel und konnte als Erstes den Riss in ihrer Lagerjacke reparieren. Sie suchten neutrale Säcke ohne Aufdruck, aus denen sie Umhänge fertigten, so gut es ging. Diese boten zwar, über ihrer Lagerkluft getragen, Schutz vor fallenden Temperaturen, doch Grünzweig suggerierte grinsend, wenn sie entdeckt würden, sollten sie einfach stockstejf stehenblieben. Sie würden dann für Vogelscheuchen gehalten.

Mit Beginn der dritten Nacht zogen sie ausgeruht weiter. Mit einer Spur Wehmut verließen sie die schützende Mühle. Grünzweig hatte mit Hilfe der Armbanduhr Süden festgestellt, ihre grobe Marschrichtung. Er wollte an Schlesien vorbei, also außerhalb der Reichsgrenze, bevor die Rote Armee ihnen den Weg abschneiden würde. Sein Ziel war die Adria. Darauf konnte Greta nur mit feiner Ironie antworten.

»Bestimmt liegt dort deine Luxusyacht. Mit der fahren wir dann für den Rest unseres Lebens glücklich das Mittelmeer rauf und runter, und wenn wir nicht gestorben sind ...«

»Das sind schlappe tausend Kilometer oder gut hundert Tage. Und wenn es so läuft, wie ich mir das vorstelle, hören wir dort aus dem Radio: ›La guerra è finita‹. Und mit der Nazi-Regierung ist Schluss. Fertig. Aus. Neubeginn. Darauf könnte ich mich richtig freuen. Das wäre ein Ziel!«

»Da möchte ich dabei sein, aber ich brauche neue Schuhe! Mit diesen alten Schluffen kann ich mich unmöglich blicken lassen.«

»Wie wär's mit einem schicken Seidenschal zum Getreidesack?«

»Und passenden Ohrringen?«

»Ich kaufe dir ein paar langärmelige Blusen wegen der Tätowierung.«

»Ach, du bist so aufmerksam, Paul«, Greta strich über die Nummer auf ihrem Unterarm. ›Verfluchtes Andenken.‹ Ihre scherzende Stimmung war verflogen.

Den folgenden Tag verschliefen sie in einem geschützten Versteck hinter einer Friedhofsmauer. Nahe dem Städtchen Witkowo versteckten sie sich tagsüber in der Ruine eines früheren Herrenhauses mit einem verwitterten klassizistischen Säulenportal und nahmen am Abend die Landstraße nach Wólka, genau in südlicher Richtung.

»Wir erreichen das Dorf vor Mitternacht, schätze ich. Von da an müssen wir Feldwege benutzen. Unsere Richtung können wir nur nach den Sternen suchen, immer schön den Polarstern im Nacken. Nachts funktioniert der Trick mit der Armbanduhr nicht. Nach etwa fünfzehn Kilometern müssten wir auf die Warthe stoßen.«

Nachts zu gehen empfanden sie als angenehm, so lange etwas Mondlicht die Umgebung erkennbar machte. In der Stille hörte man Geräusche meilenweit. Es roch nach frisch gepflügter Erde, dann wieder nach altem Stroh, und hin und wieder stieg ihnen Brandgeruch in die Nase, wenn die Bauern am Tage vorher Kartoffelkraut verbrannt hatten. Greta erinnerte sich, dass sie mit den anderen Kindern am Kartoffelfeuer stand, aufgelesene Knollen in die Glut warf, um sie noch warm mit den Fingern zu schälen und genüsslich zu vertilgen. Die Mutter war jedes Mal entsetzt, wenn sie nach Rauch stinkend, schwarz an Händen, Gesicht und Füßen, nach Hause kam.

Die Warthe entspringt irgendwo südlich von Tschenstochau, fließt durch Posen und mündet bei Küstrin in die Oder. Grünzweig erinnerte sich, dass der Fluss teilweise schiffbar wäre und spekulierte, wenn das Schicksal es gut mit ihnen meinte, auf eine Mitfahrgelegenheit, denn ihrer beider Schuhwerk war am Ende. Und als gäbe es Gedankenübertragung verkündete Greta: »Ich brauche Schuhe.«

»Frauen brauchen immer Schuhe.«

»Du kennst dich aus. Hast du eine?«

Er schwieg. ›Jetzt nicht an Lisa denken!‹

Greta bemerkte ihren Ausrutscher.

»Entschuldige. Geht mich nichts an.«

Dann dachte er an Tante Sarah. Weitzmann hatte herausgefunden, dass sie nicht in der Häftlingsliste stand. Wie konnte dann Lisas Bild nach Lebrechtsdorf kommen? Diese Frage ging ihm nicht aus dem Sinn. Es fehlte ihm der logische Zusammenhang. Was war mit Sarah passiert, und dem Rest der Familie?

»Werde ich das je erfahren? Schon im Lager war ich ziemlich von der Welt abgeschnitten. Der gute Weitzmann bekam ab und zu Neuigkeiten, die er mit mir teilte, aber das waren nur kleine Bruchstücke, durch alle möglichen Filter gespült und nur Teilwahrheiten. Jetzt höre ich gar nichts mehr, bin völlig von der Zivilisation abgeschnitten. Ich bin nicht mehr Teil der Gesellschaft, was auch immer das ist, dieses abstrakte Gebilde, das aus Menschen besteht, aber auch sehr grausam Menschen aus seiner Mitte ausgrenzt. Ein erbarmungsloses Wesen.«

Die Feldwege erwiesen sich als zeitraubend, da keiner direkt nach Süden führte. Führte einer zu weit nach Osten, mussten sie das beim nächsten Weg kompensieren. Sie mussten im Zickzack laufen. Endlich stießen sie auf eine geteerte Landstraße und suchte für den Rest der Nacht ein Versteck. Im Morgengrauen standen sie am Rand einer weiten Senke, dem Urstromtal der Warthe, das sich wie ein grünes Band durch die wellige Landschaft dehnte. In der Mitte schlängelte sich das silbern glänzende Band des Flusses. Sie suchten für den Tag Unterschlupf in einem Birkenwäldchen, von dem sie den Fluss beobachten konnten, und der weit genug von der nächsten Ansiedlung entfernt war. Sie schlichen abwechselnd ans Ufer und erledigten ihre Morgentoilette. Den Rest des

Tages verdösten sie im lichten Wald. Einer wachte, während der andere schlief, um Kräfte zu schöpfen. Grünzweig hatte einen kurzen Zweig entrindet und ritzte mit der Spitze des Geschosses täglich eine Marke in das blanke Holz.

»Wenn wir so weiter trödeln, erreichen wir die Adria nicht einmal rechtzeitig zum Beginn des Dritten Weltkrieges. Wir sind eine Woche unterwegs und haben geschätzte vierzig Kilometer geschafft. Das ist viel zu wenig.«

Er dachte mit Sorge an den Winter. Der Bauzug, Mülder, Lehmann, die anderen achtundfünfzig Mitinsassen, das alles war jetzt weit weg, nicht vergessen, aber vorerst in die tieferen Schichten des Gedächtnisses verbannt. Zwischengelagert. Das Hier und Jetzt und das Morgen zählten. Die Sorgen lasteten auf ihm wie Blei. Greta erspürte seine gedrückte Stimmung, doch sie wusste kein Gegenmittel. Auch sie wollte nicht in irgendeinem Dickicht langsam und unbemerkt erfrieren. Sie hätten weder Papier noch Bleistift wie Robert Falcon Scott am Südpol, um ihre letzte Botschaft aufzuschreiben, bevor sie hinüberdämmerten. Sie würde das Nächstliegende wählen: sich bei einem Bauern als Arbeitskraft verdingen, wenn sie dafür ein schützendes Dach und zu Essen bekäme. Sie müsste eben einen Bauern finden, der sie nicht an die Deutschen verriete.

Grünzweig dachte weiter. Das Reich hatte die UdSSR überfallen und in einen grausamen Krieg gezwungen, die Russen sannen auf Rache, würden Genugtuung fordern. Sie würden sich das Deutsche Reich mit den westlichen Alliierten teilen. Polen war seit Peter dem Großen schon ein Objekt der expansionistischen Begierde des Zarenreiches. Diesen Appetit hatten die Sowjets übernommen. Russischer Einfluss bis nach Mitteleuropa, das war der gleiche Wolf im neuen Schafspelz, eine weitere Diktatur mit anderem Parteiabzeichen. Nein danke!

Für ihren Gegensatz gab es keinen Ausgleich, keinen Kompromiss. Kontroverse Diskussionen dieses Themas vermieden sie geschickt. Greta beschloss, alles mitzumachen, soweit sie dazu physisch in der Lage war. Aussteigen konnte sie immer noch. Diese Hintertür hielt sie sich offen. Grünzweig wollte seinen Plan durchsetzen, aber Greta zurücklassen? Nein! Sie musste mit! Auf jeden Fall. Die Trennung wäre auch das Ende seiner Flucht. Sie würde sich Sorgen um ihn machen, um sein Leben bangen. Am Ende würde sie ihn verraten, um ihn zu retten.

Sie flüchteten sich in Belanglosigkeiten. Sie besprachen die Färbung der Blätter, die noch wärmenden Strahlen der Sonne, und dass die Zebras zur Tarnung schließlich auch gestreift wären, etwa so wie sie. Sie nahmen Rücksicht auf einander, weil sie wussten, dass sie einander brauchten.

18

›Villa Potulice‹ ist ein neoromanischer Palast, den sich Graf Casimir Adalbert Potulicki in der Mitte des 19. Jahrhunderts hatte bauen lassen. Hinter dem von hohen Bäumen beschatteten Vorplatz wirkten die hohen Wände noch weißer. Elegante Treppen führten zu den vier wuchtigen quadratischen Säulen, die den Balkon über dem Eingangsportal trugen. Auf dem Platz waren einst die Kutschen der Diplomaten, des Adels und der reichen Freunde des Hauses vorgefahren. Hier wurden Feuerwerke abgebrannt, Paraden abgehalten, Volksfeste gefeiert. Hinter den hohen Fenstern beleuchteten damals Kristallleuchter die illustre Gesellschaft.

Seitdem sind hundert Jahre vergangen. Die weiße Front vermochte im Oktober 1944 die entsetzlichen Lebensbedingungen, die sich hinter ihrem breiten Rücken abspielen, nur schwer zu verbergen. In einem der Räume des rechten Flügels ging Schulze unruhig auf und ab. Die Dielen knarzten unter seinen Stiefeln. Die wertvollen historischen Möbel waren längst verschwunden und durch schlichtes Büromobiliar ersetzt worden, die Lüster durch zweckmäßige Büroleuchten. In Abwesenheit Mülders war Schulze jetzt Lagerleiter. Mülder war nicht zum Dienst erschienen, war unerreichbar und hatte sich weder im Lager noch in der vorgesetzten Dienststelle in Posen gemeldet. Es war nur noch eine Frage der Zeit, dass sie Schulze offiziell per Tagesbefehl zum Chef ernennen würden, mit Beförderung, mit höherem Sold, neuen Rangabzeichen und allem was dazugehörte.

Oh ja doch, es würde einen feuchtfröhlichen Abend geben mit Schnaps, Bier und Weibern. Und die Polinnen konnten einiges vertragen! Das hatte er am eigenen Leib erfahren müssen. Die würden mit Wodka und Wasser alle Deutschen unter den Tisch saufen. Und wer dann noch einigermaßen geradeaus gehen konnte, der war reif für die zweite Runde. Durch die Betten. Wie lange schon hatte er auf solch eine Gelegenheit gewartet. Jetzt war sie da. Er und die Kameraden würden die düsteren Ahnungen eine heiße Nacht und einen verkaterten Morgen vertreiben. Jawoll! Schulze hatte sich in Vorfreude geschwärmt. Danke Mülder!

Er dachte über dessen Verschwinden nach. War Mülder desertiert? Hirnrissig! Mit Kübelwagen und in voller Uniform kam man nicht weit. Man müsste eine zweite Identität haben und Beziehungen im Ausland. Gute Beziehungen! Am besten Familie, bei der man untertauchen und längere Zeit kostenfrei leben könnte. Die hatte Mülder aber nicht, das wusste er. Und seine hübsche, blonde Frau auch nicht. Ihr Vater war Lehrer irgendwo im Württembergischen.

›Was hat Mülder also vor? Warum macht er das?‹

Angst vor den Russen? Unnötig. Die SS hielt zusammen und würde sie rechtzeitig raushauen. Die lassen keine Kameraden im Stich, davon war Schulze hundert Prozent überzeugt. Niemals! Oder? Die schuldeten ihm den Schutz vor der Roten Armee. Er war von Anfang an dabei, von 1941. Damals hatten sie den Palast Potulice mit Nebengebäuden und Kellerräumen für über tausend vertriebene Polen in Beschlag genommen. 1942 hatten sie dreißig Baracken gebaut, weil neue Insassen dazukamen. Rechtskräftig verurteilte, Aufgegriffene ohne Urteil, Kleinkriminelle und allerlei schräge Figuren, Gesocks, erinnerte er sich. Ende 1943 hatten sie fast siebentausend Insassen zu betreuen. Er hatte immer treu und ohne zu Murren seine Pflicht erfüllt, und dann setzten sie ihm den Mülder vor die Nase. Bereits damals hätte er Lagerkommandant werden müssen. Eigentlich. Wie ungerecht!

Und nun? Wenn die Rote Armee wirklich der Reichsgrenze schon so nahe war, wo waren die Anweisungen? Die Verteidigungsrichtlinien? Die Evakuierungspläne? Die Häftlinge durften auf keinen Fall in die Hände der Roten Armee fallen. Sie müssten in andere Lager weiter im Westen verlegt werden. Und das sehr bald, der polnische Winter stand bevor. Oft fegten eisige Ostwinde über das flache Land. Erfrierungen, Vereisungen und Schneeverwehungen wären die Folge. Aber niemand machte sich Gedanken. Mülder hätte das schon längst in die Wege leiten müssen. Der hatte doch den richtigen Kontakt nach Berlin zu diesem Oberst Kramer.

›Oder sind die da oben mit sich selbst beschäftigt? Haben die uns in den Außenlagern schon abgeschrieben? Wollen die uns etwa opfern? Wenn die Russen mich erwischen, als Kommandant, stellen die mich an die Wand.‹

Er schob den unangenehmen Gedanken beiseite. Er würde das auf sich zukommen lassen und dann aus der Situation heraus entscheiden. ›Als Soldat kannst du nicht planen, du gehorchst.‹

›Mülder hätte wahrscheinlich genauso gehandelt, wäre da nicht der Ausbruch der sechzig Häftlinge. Wenn herauskommt, dass Mülder die Bewachung diesem Schlatter überlassen hatte, einem Zivilisten dazu, ist seine Karriere als SS-Offizier wohl beendet. Unehrenhaft. Sogar das wäre möglich.‹ Doch ihm blieben Zweifel.

Seine andere Vermutung stützte sich auf die intensiven Telefonate Mülders mit Kramer während der letzten Tage. Viele hatte er mit einem halben Ohr mitbekommen, wenn er in der Nähe war. Geheimnisvolle Anweisungen von Kramer, die nirgendwo schriftlich auftauchten, und da war der Name Dr. Hassell gefallen. Offensichtlich ein Zivilist, denn es fiel nie Dienstgrade. Irgendetwas lief da, und es hatte mit irgendeinem Transport zu tun.

Schulze hatte den Eindruck, vieles drehte sich um die ›Zeit danach‹, nach dem Krieg. Und noch ein Detail fiel ihm jetzt auf. Alle für Mülder bestimmten Telefonate sollten eigentlich bei ihm ankommen. Er war der neue Kommandant. Aber es kamen keine mehr an. Niemand fragte nach Mülder, als ob sie alle Bescheid wussten. Er zog den Schluss, dass ein Plan dahinter stecken musste. Er kam sich ausgegrenzt vor. Er sollte hier die Stellung halten, während sich die höheren Tiere um ihre Zukunft sorgten. Zorn stieg in ihm auf.

›Ich bin nicht als Deutscher aus Südwestafrika zum Dienst ins Reich geeilt, um zu beobachten, wie diese Ratten ihr sinkendes Schiff verlassen, ich aber damit untergehen soll‹ Seine anfängliche Freude war in Missmut, ja in Wut umgeschlagen. Seine Feierlaune war verdorben.

Mülders Büro hatte er verschließen lassen, so wie es war. Er wollte es erst übernehmen, wenn er offiziell dazu befugt wäre. dann aber richtig! Er wollte nicht im Ruf stehen, voreilig den Chef zu spielen. Ganz sicher würde SS-Oberführer Gehrhardt zu einer kleinen Feierstunde kommen.

Lieber wäre ihm SS-Standartenführer Kramer aus Berlin. Den könnte er in ein Gespräch verwickeln, sich für das Transportprojekt anbieten, als Ersatz für Mülder. Käme Kramer nicht, würde er ihn in Berlin anrufen. Von Offizier zu Offizier, von Kamerad zu Kamerad. Und dabei ganz subtil meinen Südwestafrika-Bonus ausspielen. Alles zu seiner Zeit.

›Aber sein Büro ansehen könnte ich mir. Oder?‹

In der oberen Schublade des Schreibtisches hatte die P.38 gelegen. Zwei Patronenschachteln. Leer. Darunter der normale Schreibkram, Formulare, Stifte, Papier. Andere Seite. Schulze suchte den Umschlag aus Posen, diese Geheime Kommandosache.

›Hat er den mitgenommen? Der sagte zwar, er wollte nach Posen. Ist aber nie dort gewesen. Wenn es so wichtig war, können die mir ja eine Kopie schicken.‹

Die untere Lade war leer. Bis auf eine Visitenkarte.

Elsbeth Mülder
Wasserburg/Bodensee
Bindergasse 16

Er steckte die Karte ein, drehte sich um und zog mehrere Ordner aus dem Aktenschrank, schaute dahinter. Nichts. Es war pure Neugier. Er wollte etwas Besonderes finden, privates, geheimes, verräterisches. Das einzige war das Foto Mülders Frau, das immer noch schräg unterhalb des Führerbildes auf den Aktenschrank stand. Er trat einen Schritt zur Seite.

›Hier stand der Goldrahmen im Packpapier. Ausgerechnet den hat er mitgenommen.‹

19

»Obersturmführer Schulze! Schön, dass Sie sich melden. Leider konnte zu Ihrer Amtseinführung hier nicht weg, aber Gehrhardt hat mich sicher würdevoll vertreten. Der ist ein alter Fuhrmann sozusagen und ein echter Menschenkenner. Der weiß, was er an Ihnen hat. Auch ich bin stolz auf Sie und werde Sie in meinen künftigen Überlegungen auf keinen Fall unberücksichtigt lassen. Mülder werden wir suchen und zur Rechenschaft ziehen. Das sieht schlimm für ihn aus! Wir werden unser internes Ehrengericht einberufen, wenn wir ihn haben. Alles Weitere geht dann seinen üblichen Gang. Übrigens, halten Sie uns die Gestapo vom Leib. Das geht die nichts an. Wir regeln den Fall wie gewöhnlich unter uns Kameraden, verstanden?«

»Jawohl, Standartenführer.«

»Noch etwas, Schulze: Sollte jemand neugierige Fragen stellen, sagen sie einfach, Mülder wäre zur Berichterstattung befohlen worden. Wenn jemand weitere Auskunft haben will, soll er sich an mich wenden. Und wenn es Adolf Hitler selber ist. Ha, ha, ha. War natürlich ein Scherz. Also Auskünfte nur von mir! Ausschließlich! Ich muss jetzt Schluss machen, lieber Schulze, dringende Pflichten ...«

»Jawohl, Standartenführer. Noch eine Bemerkung, bitte. Sollte das Lager evakuiert werden müssen, sollten wir rechtzeitig vor dem Winter ausreichend Transportkapazität bereitstellen. Sie wissen ja, dass meiner Familie in Deutsch Südwest ein Transportunternehmen gehört. Ich habe daher einschlägige Erfahrungen sammeln können. Für jegliche Art von Transport, Standartenführer.«

»Sehr gut, Schulze. An die Evakuierung habe ich auch schon gedacht. Habe hier eine Gruppe eingesetzt, die mir eine entsprechende Planung vorlegen wird. Sie hören zu gegebener Zeit wieder von mir. Und Danke für ihre persönliche Bemerkung. Sehr wertvoll. Tja, ich muss dann mal.«

»Auf Wiederhören, Standartenführer.«

›Jetzt ist es heraus!‹, schmunzelte Schulze. ›Kramer deckt Mülder.‹ Das war genau, was er wissen wollte.

›Und sie werden ihn natürlich nicht finden. Ehrengericht! Dass ich nicht lache! Der gehört vor ein Kriegsgericht. *Ich* werde ihn finden, ihr könnt euch drauf verlassen.‹

Kramer legte nicht auf, drückte kurz auf die Gabel und wählte die Nummer Dr. Hassells in Bremen.

»Wir haben Ersatz für Mülder. Ich werde dem Mann auf den Zahn fühlen. Dichtigkeitsprüfung. Im positiven Fall bleibt alles beim alten.«

»Hat sich Mülder nicht gemeldet?«

»Nein.« Hassell behielt für sich, dass Mülder ihn angerufen hatte.

»Das klingt nach Desertion. Na, na, Herr Kramer, was ist denn bei Euch los?« Hassell täuschte Entrüstung vor, Sorge, Verdruss.

»Nicht am Telefon, bitte.«

»Verstehe. Aber Sie sehen, niemand ist unentbehrlich, Herr Kramer. Jeder ist ersetzbar.«

Hassell war beruhigt. Das Geschäft würde nicht am Verschwinden Mülders scheitern. Und es war ein gutes und ein lohnendes Geschäft, wie alle dieser Art, die er in diesen Tagen diskret abwickelte. Kriege beleben das Geschäft, schon seit der Antike. Zuerst kommt die Aufrüstung, das große Säbelrasseln. Dann der Krieg selbst mit dem wachsenden Hunger auf Nachschub an Menschen und Material. Am Ende des Krieges wird die Beute in Sicherheit gebracht. Danach kommt die Rache des Siegers in Form von Reparationen, der Wiederaufbau des Zerstörten. Auf beiden Seiten. Hassell war hilfreich in Phase drei, gegen einen bescheidenen Obolus, versteht sich. Er wollte dieses Geschäft nicht verlieren, nicht nur wegen des Ertrages. Da war noch ein Grund.

20

Mülders Marschbefehl lautete auf seinen Wohnort am Bodensee, der Grund war Heimaturlaub. Das würden sie auf dem Pauspapier entziffern können, im Formularblock. Ohne Marschbefehl ging nichts. Ohne Grund durften die Feldjäger jeden einfachen Soldaten und jeden hohen Offizier kontrollieren, sie hatten das Recht dazu und waren von Beruf misstrauisch. Ganz besonders scharf waren sie auf Deserteure. Mülder hoffte sogar, von ihnen kontrolliert zu werden. Sie sollten seine Spur bestätigen. Er umging Posen und fuhr südwestlich zwischen Grünberg und Glogau in Niederschlesien hindurch in Richtung Sachsen.

›Elsbeths wird Besuch bekommen. Ich muss sie vorwarnen. Danach sehen wir weiter. Morgen tauche ich unter.‹

Für die Nacht suchte er einen versteckten Platz zwischen Buschwerk an der Straße und schlief im Fahrzeug. Er wachte auf, als es im Osten dämmerte. Er streckte sich. Im Fahrzeug war es kalt geworden. Der Hund saß aufrecht auf dem Rücksitz und sah ihn an. Er stieg aus, ließ den Karabinerhaken in das Halsband klicken, lief in einen Feldweg, der von der Straße wegführte. Die Gegend war kaum bewohnt. Niemand hörte den Schuss aus seiner Walther P.38. Den Kadaver legte er unter ein Gebüsch nahe der Straße.

›Wenn er anfängt zu verwesen, macht er auf sich aufmerksam. Sie werden seine Erkennungsmarke lesen und feststellen: Mülder ist hier durchgekommen.‹

21

Das breite Urstromtal der Warthe war durch flache Deiche begrenzt, die das alljährliche Hochwasser der Schneeschmelze beisammen halten sollten. Der Pfad für die Deichwache auf dessen Krone bot Greta und Lehmann Überblick. Ihre Augen nahmen auch im schwachen Nachtlicht Bewegungen in der Entfernung wahr. So konnten sie rasch in den Büsche verschwinden, um nicht entdeckt zu werden. Vor dem Morgen suchten sie in Flussnähe ein Versteck für den Tag. Der Morgengesang der Standvögel war ihre Abendmusik. Sie ernährten sich von Feldfrüchten oder Obst, das noch an den Bäumen hing. Nachts war es kühl zum Laufen, aber im Morgengrauen begann das Zittern. Dann dauerte es Stunden, bis die Herbstsonne sie ein wenig wärmte.

Grünzweig lauerte auf eine Eingebung, eine Gelegenheit, eigentlich ein Wunder, endlich schneller voranzukommen. Bisher ohne Erfolg. Greta überlegte, wann sie sich stellen sollte. Ihr Schuhwerk begann sich aufzulösen. Noch war der Oktober trocken, klar und mild. Wie lange würde das so bleiben? Eine Woche oder zwei? Wieder stellte sie sich die leidige Frage, wem sie sich offenbaren sollte. Der Polizei? Einem Pfarrer? Einem Bauern als Hilfskraft? Alles sprach dagegen. Ihre Nationalität, ihre Religion, ihre mangelnden Sprachkenntnisse, dazu als Frau. Noch hatten die Deutschen in Polen das Sagen. Die Polen fürchteten Repressionen und würden die beiden eher ausliefern. Sie würden in kürzester Zeit im Lager landen. Sie fühlten sich dazu verdammt, so lange weiter zu tippeln, bis das Reich kollabierte. Rosige Aussichten. Ihre Freiheit war nur scheinbar, verletzlich, dünn, zerbrechlich.

Wieder hatten sie den Tag verdöst, sich beim Schlafen abgewechselt. Greta lag mit geschlossenen Augen im Halbschatten, Grünzweig saß am Ufer, die Knie an die Schultern gezogen, die Arme um die Schienbeine geschlungen. Die tief stehende Nachmittagssonne blendete ihn vom westlichen Himmel und mit ihrem Spiegelbild auf dem Fluss. Greta schnellte hoch. Sie hörten das Motorengeräusch zur gleichen Zeit. Leise und monoton. Die Abendbrise trug das Brummen geschwätzig zu ihnen. Allmählich wurde es lauter, kam gemächlich näher. Sie duckten sich in das Gebüsch, sahen sich wortlos an. Sie wussten, das war kein Laster, kein Geländewagen. Langsam schob sich ein Lastkahn um die nächste Flussbiegung. Gegen die Strömung. Sie stahlen sich geduckt zu einem Strauch näher am Wasser. ›Nur nicht gesehen werden! Nicht bevor wir wissen, was das ist.‹ Es war ein rostiger Kahn mit polnischer Aufschrift. Ein Mann saß hinten an der Pinne. Allein.

»Warte hier auf mich.«

Grünzweig sprang aus der Deckung und winkte dem Schiffer zu. Es dauerte, bis er Grünzweig endlich wahrnahm. Eine Frage auf Polnisch. Grünzweig hob die Schultern und signalisierte mit offenen Händen, dass er ihn nicht verstand. Der Schiffer zog an seiner Pfeife. Es kam kein Rauch, er hatte sie ausgehen lassen. Er musterte den Fremden von oben bis unten. Er schaute wieder nach vorn, musste die Fahrrinne im Auge behalten. Der Kahn war jetzt auf Grünzweigs Höhe, tuckerte weiter. Der Schiffer kratzte sein graues Haar unter der Mütze, sah ungläubig auf den Mann am Ufer.

›Er zögert. Hat er Angst, so wie ich aussehe? Aber wenn eine Frau dabei wäre?‹

Er winkte Greta zu sich. Endlich drosselte der Schiffer seinen Motor. Schon fast außer Rufweite. Mit Handzeichen gab er zu verstehen, dass sie schwimmen müssten. Zu wenig Wassertiefe. Er hielt den Kahn geschickt gegen die Strömung. Mit gedrosseltem Motor stand er fast auf der Stelle. Sie wateten in den Fluss und schwammen in voller Kleidung los. Die Strömung zerrte. Er winkte sie nach vorn, weg von der Schraube. Es gelang Grünzweig, sich an Bord zu ziehen. Dann half er Greta. Triefend standen sie an Deck, gingen nach achtern zum Schiffer.

»Ich Tadeusz.«

Er stellte den Gashebel wieder auf Marschfahrt und widmete sich seiner Pinne, suchte die Mitte der Fahrrinne. Mit ausgestrecktem Arm deutete er auf eine Kiste. Grünzweig hob den schweren Holzdeckel an und fand gebrauchte Kleidungsstücke. Am Heck zogen sie sich um und warfen die nasse Häftlingskleidung in den Fluss. Die Jacken schwammen noch Augenblicke auf eingeschlossener Luft an der Oberfläche. Dann verschwanden die Streifen und Nummern. Grünzweig starrte auf den Wirbel im Wasser, als ob er fürchtete, die Nummern könnten wieder auftauchen.

Tadeusz schenkte Wodka in Wassergläser. Der Alkohol wärmte und löste die Erschöpfung des Schwimmens. Durch die sonnengewärmten Planken spürten sie die gutmütige Vibration des Schiffsrumpfes. Die monotone Melodie des Motors ließ sie eindösen.

Grünzweig schreckte auf. Kein Motorengeräusch! Die Sonne stand rot am Horizont. Der Kahn lag nahe am Ufer vertäut, eine Planke führte an Land. Tadeusz schürte ein Feuer. Ohne Schiffermütze war sein graues Haar zu sehen, auf Cäsarenart nach vorn gestrichen. Das Gesicht gütig, gebräunt und gefurcht wie das eines rumänischen Knoblauchbauern. Er schälte Kartoffeln, schnitt Speck in Streifen, würfelte ein paar Möhren, streute Kräuter in den vom Feuer geschwärzten Topf und kochte ein schlichtes Mahl. Für Greta und Grünzweig ein Festessen, die erste warme Mahlzeit seit dem Bauzug. Als Nachtisch gab es den unvermeidlichen Wodka.

»Zähne, Schlund und Seele reinigen.«

Tadeusz genoss seinen Feierabend. Die endlose Konzentration auf das gewundene Flussbett mit seinen Untiefen und ständig wandernden Sandbänken war für heute vorbei. Die Anspannung fiel von ihm ab. Mit jedem Schluck belebte sich sein rostiges Deutsch. Und seine Neugier. Er wollte alles wissen. Genüsslich stopfte er seine Pfeife und musterte Grünzweig beim Anzünden durch den Rauch, der sich wohlriechend über den dreien ausbreitete. Ihn interessierte jede kleine Einzelheit des Ausbruches. Was aus den anderen achtundfünfzig geworden sei. Ob die noch lebten. Ob sie gejagt und wieder eingefangen worden seien. Wie das Lager hieß, wollte er wissen. Lebrechtsdorf kannte er nicht, aber das

Städtchen Potulice, nicht weit von dort hätten sie einen Kanal von der Netze nach Bydgoszcz gebaut, das heute Bromberg hieße. Ja, das kenne er. Über den neuen Kanal käme man von dort auf die Weichsel. Alles, was die beiden erzählten, sog er auf wie ein Schwamm, stellte immer neue Fragen. Greta führte die Neugier auf sein einsames Leben als Flussschiffer zurück, in dem selten Neues geschah. Dann fragte Grünzweig sie auf Jiddisch, wie weit sie ihm wohl trauen konnten.

»Sei kein Schote, mach keinen Sums! Willste mit mir fahren umsonst, musste mir singen umsonst«, fuhr Tadeusz augenzwinkert dazwischen.

»Biste Kajm?«

Tadeusz schüttelte den Kopf.

»Pole und katholisch. Wie sagt ihr? Bis in die spitzen Haare.«

So ging die Fragerei weiter. Und die beiden erzählten ihm, was sie für vertretbar hielten. Bis Grünzeug ihn ansprach.

»Wer bist du? Wem singe ich vor? Und wohin bringst du uns?«

Tadeusz Kaminski begann damit, dass er den Frachtkahn vom Vater geerbt hatte. Der hatte mit dem flachen Lastkahn seinen Lebensunterhalt verdient. Von ihm hatte er die Liebe zur polnischen Flusswelt. Vor vielen Jahren hatte er den Handel mit Kohle für sich entdeckt. In Küstrin, wo die Warthe in die Oder mündet, kaufte er Kohle aus Oberschlesien, fuhr die Warthe stromaufwärts und verkaufte sie in den kleinen Dörfern und Städten am Fluss. Bis zur Siedlung Kóscielnice, danach kamen die ersten Stromschnellen. Auf der Rückfahrt bestand seine Ladung aus Holz und Getreide. So konnte er zweimal verdienen.

»Euer Scheißkrieg hat alles kaputtgemacht. Die Deutschen nehmen Kohle weg, wird teuer, und unsere Leute können nicht mehr bezahlen.«

Doch nach dem Krieg wären seine Sorgen nicht vorbei. Seit Jahren planten ›die in Warschau‹, die Warthe bei Łyszkowice für die Stromerzeugung aufzustauen. Dann wäre er abhängig davon, wie viel Wasser sie aus dem Damm abließen. Das würde die Schiffbarkeit einschränken, und er könnte er sein Schiff verschrotten. Mit einer humorigen Note zog er sich zurück.

»Ihr habt zweimal Glück gehabt. Einmal ist das meine letzte Fahrt vor dem Winter, und zweimal ist meine Frau nicht dabei. Die hätte euch niemals an Bord gelassen. ›Bringt kein Glück‹, hätte sie gesagt.«

Tadeusz verkroch sich in seine Koje hinten neben dem Motor. Der gab noch für ein paar Stunden Restwärme ab. Grünzweig und Greta hatte er den Laderaum zugewiesen. Sie schichteten ein paar Kohlensäcke um und schafften sich zwei buckelige, aber dafür trockene Liegeflächen. Wenige Millimeter entfernt, nur durch das Stahlblech von ihnen getrennt, gluckste das Wasser gegen die Bootswand. Im Vergleich zu ihren Lagern im Unterholz, unter Sträuchern und Bäumen, war dieser Kahn ein Luxus. Dennoch fühlten sie sich eingeschlossen, von der Umwelt abgetrennt. Und sie konnten nicht einschlafen. Ihr Rhythmus war gestört. Bisher machten sie sich zu dieser Zeit auf den Weg.

»Hast du vorhin die Flussfähre gesehen?«

»Hm.«

»Und den Kübelwagen der Feldjäger?«

»Hm.«

»Noch ist Polen besetzt. Noch ist Krieg.«

»Hm.«

»Tadeusz hat den auch gesehen, aber nichts gemacht. Der hätte uns ausliefern können.«

»Hat er aber nicht.«

»Erinnerst du dich an Charon? Den Fährmann über den Styx?«

»Die Geschichte vom Hades. Warum?«

»Dem Fährmann ist ein Obolus zu entrichten, so auch Tadeusz.«

»Na ja. Charon bringt die Toten rüber. Denen legte man vorher eine Drachme unter die kalte, steife Zunge. Wir sind weder tot noch im Besitz irgendeiner Münze und irgendwie quicklebendig.«

»Morgen ist die Reise zu Ende. Was geben wir ihm?«

»Nichts. Er kann uns seine Anschrift geben, und wir schicken ihm etwas, wenn wir durchkommen.«

Greta schlief ein, während Grünzweig die erste Wache übernahm. Sie hatten sich an diese Wechselschichten gewöhnt. Auf seinem Kohlensack fühlte er sich geborgen. Der Kahn lag nahe am Ufer vertäut. Die zwei Meter Wasser zwischen ihm und dem Land wurden von einer schweren Planke überbrückt. Tadeusz hatte seinen Passagieren verboten an Land zu gehen, es sei zu gefährlich. Sie würden sofort auffallen, und die Leute quatschten. Wenn die Polizei Wind bekäme von seinen zwei Passagieren, müssten die es den Deutschen melden, und er bekäme Ärger.

Nach einer Stunde hörte Grünzweig Geräusche aus dem Motorraum. Kurz darauf schaukelte der Kahn von Schritten auf der Planke. Tadeusz war an Land gegangen. Mitten in der Nacht. Grünzweig lugte über den Lukenrand, aber Tadeusz war schon im Dunkel verschwunden. Schnell weckte er Greta.

»Von wegen Obolus! Hat der uns vielleicht schon verkauft? Wir sind mehr wert als zwei Drachmen. Was machen wir?«

Sie gingen ebenfalls von Bord und versteckten sich am Ufer. Dort warteten sie ab. Entweder er kam allein zurück oder er hatte sie verraten und brachte Uniformierte mit. Deutsche oder Polen. Doch er kam allein. Sie gingen ihm ein Stück entgegen. Als er sie entdeckte, begann er mit verhaltener Stimme zu schimpfen.

»Du nicht gehen Land. Gefährlich. Ich habe gesagt.«

Doch er beruhigte sich sofort und senkte die Stimme, sah sich um. Es war niemand sonst unterwegs. Er flüsterte jetzt.

»Morgen ich habe Transport. Alle Kohlen verkauft. Ihr gehen mit Auto nach Czestochowa, und dann Katowice. Freund wird helfen. Nun schnell zurück!«

An Bord schenkte er großzügig Wodkas ein.

»Schlafen besser.«

Sie legten sich auf ihre buckeligen, unbehaglichen Kohlensäcke und schliefen durch. Ohne Wechselschicht.

22

Mülder schaute zufrieden über die stille, dunkle Wasserfläche der Spree. Hinter ihm befand sich, fünfundzwanzig Meter höher gelegen, das Gelände der Haftanstalt Bautzen I, hinter der sich der Morgenhimmel rötlich zu färben begann. Er ging forsch die Talstraße hinauf, bog an der Ziegelei rechts ab und befand sich in den Grünanlagen am Königswall. Er trug dunkle Schuhe, einen dezent gemusterten mittelbraunen Anzug und darüber einen hellen Mantel mit Gürtel. Er setzte sich auf eine Bank. Weit und breit niemand, die Stadt schien noch zu schlafen. Er zog den Stadtplan heraus und prägte sich noch einmal den Weg zum Bahnhof genau ein.

›Den Weg muss ich »blind« auswendig können!‹

Er setzte eine Sonnenbrille auf, zog den Hut tiefer ins Gesicht und streifte sich die gelbe Armbinde mit den drei schwarzen Punkten über den linken Ärmel des Mantels. Er prüfte seine Maskerade, stand auf, klemmte sich den eingewickelten Goldrahmen und die Reisetasche unter den linken Arm und tastete sich mit dem weißen Stab in der rechten Hand vorsichtig aber zielstrebig über die Hardtstraße, den Kornmarkt, die Moltkestraße und die Bismarckstraße zum Bahnhof Bautzen. Nach zwanzig Minuten betrat er die hohe Halle durch die mittlere Tür.

23

Greta versuchte, sich Kaffeesatz zwischen den Zähnen geräuschlos zu entfernen. Und der Kaffee schmeckte bitter. Tadeusz hatte ihn aus gerösteter Gerste gekocht und beim Ausschenken den verdammten, körnigen Schlamm nicht in der Kanne halten können. Dazu musste sie sich eine Tasse mit Grünzweig teilen, weil Tadeusz keine dritte hatte. Morgens nichts zu essen war sie gewohnt. Aber dieser Kaffee ... Tadeusz hatte seit Jahren keinen Bohnenkaffee mehr bekommen und war wie die meisten Polen auf diesen Ersatz ausgewichen.

»Mit Phantasie schmeckt so gut wie früher. Alles im Kopf.«.

Hatte er gesagt. Und, dass jeden Moment der Laster auftauchen konnte, um die Kohle zu übernehmen. Sie mussten sich hinten beim Motor verstecken, solange die Säcke umgeladen wurden. Er wollte nicht, dass die Arbeiter sie sahen. Die würden gern quatschen, und dann wäre ihre Existenz in Kóscielnice die Neuheit des Tages. Die Folgen wären so klar wie Warthewasser.

Die Holzplanke war gerade breit genug für einen Träger. Sie hatten sich synchronisiert. Einem, der den Kahn verließ folgte einer an Bord, im Rhythmus ihrer schweren Schritte. Greta und Grünzweig, hinter dem Motor geklemmt, waren quasi Teil des Schiffes und schwankten mit. Der bittere Kaffeeersatz, die Enge, der Gestank von Öl und der leere Magen quälten sie bis zum Brechreiz. Ihr Gesicht war fahl. Sie brauchte frische Luft. Sie hob den Lukendeckel über dem Motorraum einen Spaltbreit in die Höhe, atmete die Morgenluft. Sie sah den beladenen Lastwagen. Die Träger wurden entlohnt und gingen ihres Weges. Tadeusz diskutierte mit dem Fahrer. Beide sahen sich in Richtung des Dorfes wachsam um.

Dann zog der Fahrer einen Umschlag aus der Jackentasche und gab ihn Tadeusz. Die beiden Männer nickten sich zu. Der Fahrer stieg in das Führerhaus. Dann ging alles ganz schnell. Tadeusz kam über die Planke, öffnete die Luke des Motorraums und rief seine zwei Passagiere heraus. Wortlos und hastig umarmte er sie, schob sie eilig zum Lastwagen, ließ sie auf die Ladefläche steigen und schloss die Heckklappe. Der Fahrer gab Gas. Die hohe Bordwand verbarg sie vor neugierigen Blicken, bot ihnen aber durch die Spalten zwischen den Brettern gute Sicht in die Umgebung. Die Warthe floss parallel zur Straße rechts von ihnen, also fuhren sie in südlicher Richtung, folgerte Grünzweig. Dann entfernte sich das glänzende Band ihrer Windungen. Noch verriet ihm der Stand der Sonne, dass der Fahrer Süden als grobe Richtung beibehielt. So weit, so gut. Am Nachmittag überquerten sie ein Flüsschen. Ein Ortsschild zeigte ›Borowiec‹ an, aber das sagte ihnen nichts.

Sie hatten es sich auf leeren Kohlesäcken bequem gemacht. Ihre Körper wurden nicht mehr bei jedem Schlagloch durch die kantigen Kohlestücke attackiert. Grünzweig schwebte in Gedanken über der Zeit. Lebrechtsdorf rückte in die Vergangenheit. Er roch die Steinkohlen, ihr Retter Tadeusz war noch sehr präsent. Retter? An wen hatte er sie wohl verkauft? Wer war dieser Fahrer? Was war in dem Umschlag? Geld sehr wahrscheinlich. Aber wohin wurden sie gebracht? Und in wessen Auftrag fuhr der Fahrer?

»Kennst du Weitzmann?«

»Nein. Aber ich hörte den Namen im Lager. Was ist mit dem?«

Grünzweig erzählte ihr von der gemeinsamen Banklehre. Beide Väter hatten darauf bestanden. Eigentlich wollte Weitzmann Grafiker werden. Später im Lager fertigte er Zeichnungen vom Leben in den Baracken an und versteckte sie unter der Matratze. Er wollte das für die Nachwelt festhalten. Er wurde verraten. Aber statt ihn zu bestrafen zu lassen befahl Mülder ihn zu einem Gespräch in sein Büro. Dort lagen seine Arbeiten ausgebreitet auf dessen Schreibtisch. ›Gute Arbeit, Weitzmann‹, soll er gesagt haben. Mülder hatte die Brisanz der Zeichnungen augenblicklich erkannt. Sie waren authentisch, klar und realistisch. Auf gar keinen Fall durften die an die Öffentlichkeit gelangen! Schon gar nicht nach dem Krieg, falls es Überlebende geben würde. Mülder fürchtete, dass mit dem

Krieg auch die Führung der NSdAP zu Ende gehen würde. Es durfte keine Beweise geben!

Er sah in Weitzmanns Talent hingegen eine Chance auf ein lukratives Geschäft und traf mit ihm eine vertrauliche Vereinbarung. Es kam zur geheimnisvollen Tätigkeit im Raum neben Mülders Büro. Dieser Raum war nur über eine Verbindungstür in Mülders Büro zu erreichen, die immer verschlossen blieb. Hier ließ er nach Weitzmanns Wünschen eine grafische Werkstatt einrichten, von der nur er und der Kommandant wussten. Es war eine Fälscherwerkstatt, zu der nur Mülder den Schlüssel besaß. Als Grünzweig Monate später eingeliefert wurde, lief das Geschäft bereits.

»Wir vertrauten uns seit unserer Lehre. Weitzman weihte mich ein. Er hatte zu spät erkannt, auf welch teuflischen Plan er sich eingelassen hatte. Er war mehr als nur Mitwisser, er war zum Mittäter geworden.«

»Das musst du mir erklären«, bat Greta.

»Es begann mit der Fälschung von Aktien und Wertpapieren, die Mülder ihm vorlegte. Weitzmann kombinierte, die konnte er nur geklaut oder von deren Inhabern erpresst haben. Bald wusste er auch, auf welche perfide Art und Weise.«

Über sein Netzwerk von Spitzeln und Informanten ließ Mülder unter den Häftlingen die vertrauliche Nachricht verbreiten, sie könnten völlig legitim und risikolos aus dem Lager in die Freiheit entlassen werden. Die Kosten und Gebühren richteten sich nach den Vermögensverhältnissen der Bewerber und ihrer Familien beziehungsweise Bürgen. Nach den ersten zwei bis drei Gesprächen in Mülders Büro hatte Weitzmann echt aussehende Entlassungspapiere, neue Identitäten einschließlich Ausweis, Geburtsurkunde und Impfkarte bis hin zu Fahrkarten an einen Ort ihrer Wahl angefertigt. Dann wurde die Gegenleistung verhandelt. Angesichts der fertigen Unterlagen waren die Häftlinge bereit, alles herauszugeben, was sie besaßen, um ein neues Leben zu beginnen. Natürlich hatten sie im Lager nichts dabei. Aber in ihrer Verzweiflung gaben sie Mülder preis, wo und bei wem die Wertsachen abgeholt werden könnten. Und da kam Mülders Ehefrau ins Spiel. Sie holte diese dann persönlich ab, sauber mit Quittung über Anzahl und Art der Ware oder der Dokumente und einem fiktiven Verwendungszweck. Mülder hatte von der SS Bürokratie gelernt.

Nach erfolgter Übergabe würden nicht nur die Reisedokumente an die Häftlinge überreicht werden, sondern sie sollten zum Bahnhof nach Bromberg gefahren werden. Das komplette Dienstleistungspaket.

»Aber wie konnte Weitzmann das wissen? Ich meine, der kannte die Leute doch überhaupt nicht. der war bei den Gesprächen doch nicht dabei, oder? Für ihn waren das Namen, Buchstaben auf Papier.«

»Weitzmann war neugierig. Unter dem Vorwand, er brauche noch hier und dort eine Einzelheit für die Dokumente, hatte er ein paar dieser Leute aufgesucht und nachgefragt. Zuerst waren sie misstrauisch. Ihr Geheimnis sollte gehütet werden, hatte Mülder ihnen eingeschärft. Und Weitzmann musste sehr vorsichtig sein, um von ihnen nicht an Mülder verraten zu werden. Doch sie haben sich Weitzmann anvertraut, hing doch letztendlich ihre Freiheit von Weitzmanns Arbeit ab, nicht wahr?«

»Und die Anwärter auf Freilassung? Was wurde mit denen?«

»Die wurden wirklich mit Mülders Wagen aus dem Lager gefahren. Das konnte Weitzmann von seinem Fenster aus beobachten. Er fand seine Arbeit nützlich und strengte sich an, die Dokumente wirklich echt aussehen zu lassen. Letztendlich trug seine Handwerkskunst dazu bei, diesen armen Teufeln die Freiheit wiederzugeben.«

»Mülder führ diese Menschen selbst zum Bahnhof? Unglaublich.«

»Nein, der Fahrer war Schulze. «

Greta schwieg nachdenklich, sie zog die staubige Decke höher. Der Fahrtwind war kühl. Grünzweig erzählte weiter.

»Eines Tages beobachtete Weitzmann zufällig aus seinem Fenster, wie Freigekaufte, die er von seinen Gesprächen kannte, und für die er Papiere angefertigt hatte, zu Schulze in den Kübelwagen stiegen und das das Tor passierten. Schon nach einer Viertelstunde kam der Wagen ins Lager zurück. Leer. Weitzmann erschrak. Nach Bromberg waren es fünfundzwanzig Kilometer, fünfzig hin und zurück. Er fand heraus, dass die liquidierten Häftlinge später als ›auf der Flucht erschossen‹ in die Papiere eingetragen wurden. Sie waren schlicht verscharrt worden. Von nun an plagte Weitzmann ein Gewissenkonflikt, der von Woche zu Woche wuchs. Er war wütend auf sich selbst, brauchte jemand zum Reden. Mich, seinen alten Kumpel. Ich wünsche, er hätte mir das nie erzählt.«

»Und dann?«

»Er schien erleichtert, sich mir anvertrauen zu können. Versuchte, seine Schuldgefühle loszuwerden. Er hatte sich zum Werkzeug eines Mörders machen lassen.«

»Was hast du ihm gesagt?«

»Das war das schwierigste. Ich hätte ihm eine reinhauen können. Wie kann man so dämlich sein. Was sollte ich ihm sagen? Dass er unter Zwang gehandelt habe? Dass die Welt böse ist? Ich wollte sein Handeln nicht relativieren. Jeder muss seine Entscheidungen allein vor sich selbst verantworten. Du kannst dein Gewissen nicht am Lagertor abgeben. Also habe ich geschwiegen.«

»Und seine Reaktion?«

»Enttäuschung. Er hatte sich mehr erwünscht. Eine Patentformel, um seinen Anteil an der ganzen Sache kleinzurechnen. Ich fürchte, ich tauge nicht zum Seelsorger.«

»Stell dir vor, Mülder versprach Weitzmann nach dem Endsieg einen Anteil und Hilfe bei der Gründung einer neuen Existenz. Und der Dummkopf glaubte ihm. Unfassbar. Wie naiv! Stell dir vor, er erwähnte Weitzmann gegenüber sogar, dass seine Frau das Sammelgut sicher in der Schweiz deponieren würde. Mülder hat sogar für sich und seine Frau von Weitzmann Schweizer Pässe anfertigen lassen. Mit solch einem Wissen bist du tot! Mülder *muss* ihn aus dem Weg räumen.«

Grünzweig konnte nicht wissen, dass Weitzmann inzwischen auf Schulzes Befehl in die berüchtigte Baracke 11 verlegt worden war.

24

Mülder tastete sich zur Wand mit den Schaltern und bestellte durch das ovale Fenster eine einfache Fahrt zweiter Klasse nach Lindau am Bodensee. Er hielt seinen Kopf leicht schräg. Nicht um die Antwort des Beamten besser zu verstehen, sondern um im Spiegelbild der Glasscheibe die Halle genau zu beobachten, trotz dunkler Sonnenbrille.

»Nu mei Guhdsder ...«, begann der Schalterbeamte in gemütlichem Sächsisch, schaute auf und entdeckte die gelbe Armbinde. Er erschrak und wechselte ins Hochdeutsche. Vermutlich hatte er noch nie einen blinden Sachsen am Schalter gehabt. »Da brauchen Sie aber viel Geduld. Der nächste Zug geht in drei Tagen. Bombenschaden am Gleis nach Leipzig in Radebeul. Die Strecke führt über Schweinfurt, Nürnberg, Treuchtlingen, Augsburg und Kempten. Alles Bomberziele der Alliierten. Da weiß man nie im Voraus, was einem so blüht. Ich nehm doch mal an, Se ham e bissl Zeit, gelle?«

Mülder verdrängte seinen Ärger. ›Der Mensch quatscht mir zu viel. Und dann werde ich wieder von einem dämlichen Bauzug aufgehalten. Es reicht.‹

»Ihr Zug geht dann am Dienstag um fünfzehn Uhr zweiundzwanzig. Wenn wir Glück haben.«

›So freche Reden erlaubt der sich nur, weil ich Zivil bin und die gelbe Armbinde trage. Wenn der glaubt, ich würde jetzt in sein jämmerliches Lamento einstimmen, hat er sich geirrt. Man sollte den Hintern wegen Wehrkraftzersetzung anzeigen.‹

Der Blinde strebte erstaunlich zielsicher dem Ausgang zu. Durch sein ovales Sichtfenster verfolgte ihn der Beamte, bis der die Bahnhofshalle durch die linke der drei Türen verlassen hatte.

Mülder tastete sich an der Fassade entlang nach links. Er hatte beim Herkommen gesehen, dass dort die Telefonzellen standen. Zielsicher fand sein weißer Blindenstab das erste gelbe Gehäuse, seine Hand tastete nach dem Griff und zog die Tür auf. Das flache Paket im Packpapier war etwas sperrig für die schmale Zelle. Niemand beachtete ihn, niemand folgte ihm, niemand blieb stehen. Er war mit seiner Tarnung zufrieden.

Das Rufzeichen.

›Das Telefon geht also noch.‹

Eine Frauenstimme.

»Mülder.«

»Hallo Elsie.«

»Roland! Endlich! Wo bist du? Hast du Heimaturlaub? Kommst du nach Hause? Das Telefon klingt so hohl.«

»Das ist die Telefonzelle. Du, ich bin vom Lager weg. Ich hab zwar einen Urlaubsabtrag zurückgelassen, aber ich geh nicht dorthin zurück. Ich komme auch nicht nach Hause. Noch nicht. Aber ich tue so, als würde ich zu dir fahren. Die sollen das denken. Also bekommst du bald einen freundlichen kleinen Besuch von Herren in schwarzen Uniformen. Kollegen. Vielleicht kennst du den einen oder anderen sogar persönlich. Die werden dich nett und höflich ausfragen.«

» Du bist doch nicht etwa desertiert? Was wollen die wissen?«

»Wo sie mich fassen können. Aber du weißt nichts. Deswegen sage ich auch nicht, woher ich dich anrufe. Beantworte keine Fragen. Du hast seit September keine Post von mir. Du bist in großer Sorge. Am besten fragst du die, wo ich bin. Wo du mich finden kannst. Lass ruhig eine dicke Träne kullern. Das kannst du doch, oder. Ich melde mich, sobald ich kann. Noch was: Fahr auf keinen Fall wieder rüber. Könnte sein, die beschatten dich. Also mach's gut, mein Schatz. Fettes Bussile.«

Er hängte auf. Das Gespräch hatte keine dreißig Sekunden gedauert, zu kurz um es zurückzuverfolgen, falls Elsbeths Telefon abgehört würde.

Dann wählte er erneut.

»Kramer«, tönte es schneidig aus dem Hörer.

»Mülder!«

Perplexes Schweigen.

»Standartenführer? Sind Sie noch dran?«

»Sie haben Nerven, mich in der Dienststelle anzurufen! Von wo aus telefonieren Sie? Wo sind Sie?«

»Auf dem Weg zu Ihnen. Den Kunsttransport planen.«

»Mensch Mülder. Halten Sie die Klappe! Doch nicht am Telefon!«

Natürlich hatte Mülder von Kramer nichts mehr zu erwarten, nichts mehr zu verlieren. Natürlich wäre es Selbstmord, zu ihm nach Berlin zu fahren. Er wäre verhaftet, bevor er ›Guten Tag, Sturmbannführer‹ hätte sagen können. Aber ein wenig provozieren wollte er Kramer noch.

»Auf gar keinen Fall kommen Sie hierher. Sind Sie von allen guten Geistern verlassen? Wo genau sind Sie zum Teufel?«

»Kann ich nicht sagen.«

»Natürlich nicht.«

»Wer macht den Transport jetzt«, fragte Mülder unvermittelt dreist, und Kramer tappte in die Falle.

»Schulze natürlich. Wir brauchen ja die Kisten aus Lebrechtsdorf. Außerdem besitzt seine Familie ein Fuhrunternehmen. Der kennt was vom Geschäft.«

Mülder scheinheilig. »Und was mache ich jetzt?«

»Machen Sie erst mal Urlaub. Ich schicke jemanden zu Ihnen wegen Ihres Verlassens der Dienststelle. Wir regeln das. Ich möchte nicht in etwas Unangenehmes hineingezogen werden. Jetzt nicht mehr. So kurz vor ...« Den Rest des Satzes verschluckte er.

»Jawoll, Standartenführer. Übrigens: Ich habe den Picasso dabei.«

Kramer schwieg für einen Moment.

»Den was?«

»Das Gemälde, das Sie mir überreicht haben. Im Goldrahmen.«

Daran hatte er nicht mehr gedacht. Er grinste amüsiert. ›Wenn das ein Picasso ist, dann taufe ich meinen kleinen Sohn auf Leonardo um. Wer hat ihm denn diesen Bären aufgebunden.‹

»Ist der Teil des Transports?«, wollte Mülder wissen.

»Nein. Natürlich nicht.«

»Wissen Sie zufällig, wo der herkommt?«

Kramer war durch den Anruf und die Fragerei Mülders ein wenig aus der Fassung.

»Von einer älteren Frau aus Frankfurt.« Er antwortete, um das lästige Gespräch beenden zu können. Und er wollte Mülder nicht verprellen. Schließlich wusste der schon zu viel.

»Wissen Sie zufällig, wie die heißt?«

»Etwas mit Grün. Grünspan oder so in etwa. Dieser ›Picasso‹ - er zog das Wort absichtlich in die Länge - ist jetzt Ihr Eigentum, Mülder. Die Vorbesitzerin lebt nicht mehr. Warum fragen Sie? Die Anschrift dieser Person haben wir doch von Ihnen.«

Mülder dachte scharf nach. Einer der erpressten Insassen musste ihm die Grünzweig genannt haben, als Bürge für die Entlassung aus dem Lager.

»Wir hatten einen Grünzweig im Lager. Er sagte mir, er wäre der Neffe.«

»Ja, das war der Name, jetzt wo Sie es sagen. Na und?«

»Er ist unter den Ausbrechern. Wahrscheinlich der Anführer.«

»Sollte er die Flucht überleben, könnte er plaudern. Egal, ob er den Russen oder den Alliierten in die Hände fällt. Scheiße, Mülder.«

»Jawoll, Standartenführer.«

Kramer antwortete nicht. In dessen Schweigen hängte Mülder ein. Für ihn war das Gespräch zu Ende, seinem letzten mit Kramer, da war er sich sicher. Er klemmte den Picasso und die Reisetasche unter den Arm und verließ die Zelle. Bis zum Zug hatte er noch Zeit. Er ging die Bahnhofstraße entlang in Richtung Spree. Durch die Sonnenbrille erkannte er rechts in vierhundert Metern die grün schimmernde Patina der Zwiebel des Lauenturms auf ihren Säulen und weiter entfernt den runden Turm der Mühlbastei in der mittelalterlichen Stadtbefestigung. Mit dem weißen Stab tastete er sich vorsichtig durch die Grünanlage und fand eine Bank am Spreebogen mit der Stromschnelle. Er kramte ein schuhkartongroßes Päckchen aus der Reisetasche und stopfte es in den Abfallkorb neben der Bank.

25

Der Zug war überbesetzt. Auf dem Gang standen die Reisenden oder saßen auf ihren Koffern. Als Mülder sich auf der Suche nach einem Sitzplatz durch die Menschen zwängte, bot ihm eine Frau ihren Platz an, einen Fensterplatz. ›Welch Ironie‹, dachte er und bedankte sich, er musste die Rolle als Blinder überzeugend spielen. Noch. Noch war auch der Oberlippenbart nicht nachgewachsen, der ihn mit dem Schweizer auf dem Passbild fast identisch machen sollte. Die Pässe für Elsbeth und ihn ruhten sicher im doppelten Boden der Reisetasche.

Mit drei Stunden Verspätung verließ der Zug den Bahnhof Bautzen und fuhr abgedunkelt in die Abenddämmerung in Richtung Westen. Die rötliche Notbeleuchtung an der Decke des Abteils erschwerte ihm das Sehen. Durch die Brille konnte er kaum die Umrisse der Mitreisenden erkennen, gerade noch ob sie Uniform trugen oder Zivil. So verkroch er sich in seine dunkle, kleine Welt und hatte dunkle Gedanken.

Kramer, seine Kameraden, seine Offizierskollegen, das alles war jetzt unwiederbringlich vorbei. Diese wichtigen zehn Jahre, die ihn geprägt und verändert hatten, zogen an seinem inneren Auge vorbei, der Drill am Anfang, die sportlichen Herausforderungen, die Erniedrigungen durch die Ausbilder, manchmal das frustrierte Verlangen alles hinzuschmeißen. Dann die Beförderungen, die Ernennung zum Offizier, die Feiern, die Besäufnisse, die billigen Weiber, und schließlich die Liebe zu Elsbeth, die Ablehnung ihres Vaters, und am Ende doch noch die Hochzeit. Ihm wurde jetzt klar, sie war so gut wie das Einzige, was ihm noch blieb. Und sein Picasso.

Die letzten Jahre hatte er in Lebrechtsdorf festgehangen, in diesem Lager für Zwangsarbeiter. Die SS wollte unbedingt mitverdienen am großen Rüstungsgeschäft. Und er musste sich mit der Verwaltungsarbeit abgeben. Ohne Aussicht auf weitere Beförderungen. Alles war auf die Zeit nach dem Endsieg verschoben. Jetzt rückten die Russen vor. Die Seifenblasen seiner Träume waren sämtlich zerplatzt. Zurück blieben die kleinen Spritzer der Erinnerung. Vorbei!

Er sah hinaus in die doppelte Dunkelheit und sah nicht einmal die vorbeihuschende Landschaft. Er schaute an sich hinunter auf die braunen Lederschuhe, die Anzughose unter dem Mantel, und seine Stimmung hellte sich wieder etwas auf. Er war dem Sensenmann von der Schippe gesprungen. Nicht auszudenken, was die Russen mit ihm gemacht hätten. Jedenfalls eilte ihnen der Nimbus voraus, nicht gerade zimperlich zu sein. Er fror. Die Heizung funktionierte nicht. Vor Leipzig hielt der Zug auf offener Strecke. Von Waggon zu Waggon wurde weitergegeben, dass die Stadt bombardiert wurde, und der Zug erst nach der Entwarnung weiterfahren würde. Und das nur, wenn die Gleise im Bahnhof nicht zerstört wären. Kurz danach wurde auch die Notbeleuchtung gelöscht, um keinen Lichtschein nach außen dringen zu lassen, falls feindliche Jagdflugzeuge nach Beute suchen würden.

Unter dem Vorwand, frische Luft atmen zu müssen öffnete er das Fenster und streckte den Kopf in die Nacht. Er ließ die Brille auf die Nase rutschen und beobachtete den Feuerschein am Horizont, die lahm zu Boden schwebenden ›Christbäume‹, die Zielmarkierung der Bomber, und die Lichtblitze der Detonationen. Er sah die suchend hin und her huschenden Lichtfinger der Scheinwerfer und hörte das entfernte Bellen der Flugabwehrkanonen. Langsam ließ das sonore Brummen hunderter Flugmotoren der britischen Bomber nach.

Er schloss das Fenster und setzte sich. Trotz der frischen Luft war sein Gesicht immer bleicher geworden. Diese Seite des Krieges hatte er noch nicht zu Gesicht bekommen. Er fragte sich, was die Bomber wohl von seinem Land übrig lassen würden. War dies, was die Pfaffen das Jüngste Gericht nannten? Oder Hitlers Äußerung: ›Wenn das deutsche Volk nicht bereit ist, für seine Selbstverteidigung sich einzusetzen, dann soll es verschwinden‹? Oder etwa seine Prophezeiung im Gefängnis zu Landsberg: ›Deutschland wird Weltmacht sein oder gar nicht sein‹?

Ein Soldat im Gang sah Mülder an.

»Haben Sie jetzt genug gesehen oder darf ich Sie nicht Drückeberger nennen? Wissen Sie, wie es aussieht von wo ich komme? In Byalistok? Haben Sie einen Kameraden neben sich liegen sehen, dem nach einem Bauchschuss die Eingeweide herausquellen? Ich kann Ihnen noch viele Einzelheiten erzählen. Ich bin selbst verwundet und auf Heimaturlaub.«

Er zog sein Schiffchen vom Kopf zeigte einen blutigen Verband und fuchtelte damit vor Mülders dunkler Brille herum. Der hatte Mühe, nicht zurückzuzucken und sich damit zu verraten.

»Sehen Sie mich ruhig an! In Leipzig muss ich raus, weil dort meine Familie wohnt. Werde ich sie überhaupt wiedersehen? Und Sie Feigling haben die Nerven, sich das Feuerspektakel anzusehen! Pfui!«

Ein Offizier drängte sich heran, der die Szene aus einigem Abstand verfolgt hatte.

»Gefreiter! Stillgestanden!«

Der Soldat drehte sich herum ohne strammzustehen. Mülder hielt seinen Kopf stur geradeaus.

»Welch ein Zufall, gelle?« Der Soldat war wütend. »Eine Krähe hackt der anderen kein Auge aus. Ist mir schon klar.«

»Was fällt Ihnen ein, einen Blinden so respektlos zu behandeln. Der Herr ist selbst Offizier, soweit ich weiß. Das hat ein Nachspiel!«

Der Offizier sah auf den Blinden, dann hinauf zu dem braunen Paket im Gepäcknetz.

»Ist das Ihr Gemälde?«

Mülder blieb stumm. Der Offizier wartete die Antwort nicht ab.

»Mitkommen!«

Er griff den Soldaten am Handgelenk und zwängte sich mit ihm im Polizeigriff durch den Gang ans Ende des Waggons.

Es war Schulze.

Zwei Jungen hatten auf der Spree unterhalb der Strafanstalt Bautzen eine bunt schillernde Ölschicht entdeckt, die sich langsam ausbreitete. Sie berichteten es ihren Eltern. Die Väter der beiden waren Angler, die sich um ihre Fischbestände sorgten. Sie meldeten es ihrem Verein, und der erstattete Anzeige bei den zuständigen Behörden. Die Polizei sperrte das Umfeld ab, Taucher wurden eingesetzt, und wenig später zog ein Kran der Feuerwehr einen Kübelwagen mit SS-Kennzeichen an Land. Durch die Entlüftung war Wasser in den Tank eingedrungen und hatte das leichtere Benzin nach oben gedrückt. Das Fahrzeug war leer, außer einem Koffer ohne Inhalt auf dem Rücksitz. Er war aufgeklappt, als hätte ihn jemand vor kurzem erst geöffnet und Kleidungsstücke entnommen.

Einen Tag darauf entdeckte ein städtischer Arbeiter in Bautzen beim Leeren der Abfallkörbe eine zusammengeknautschte SS-Uniform. Er konnte zwar die Dienstabzeichen nicht unterscheiden, vermutete aber, dass es sich bei dem Besitzer um einen Offizier handeln musste. Den Stoff hätte seine Ehefrau gut zu einem Kleidungsstück für die Kinder umarbeiten können. Alles war knapp in diesen Zeiten. Den Namen des Besitzers auf dem Reinigungsetikett hätte sie einfach herausgetrennt. Aber wo hätte er die Achselstücke und die Ordensschnalle hinwerfen können? Außerdem hätten die Leute über das schwarze Uniformtuch gemutmaßt. Sowas hat sonst keiner. Zu riskant. Er entschied, den Fund zu melden. So gelangte die Uniform nach kürzester Zeit wieder in den Besitz der SS.

Kramer erhielt sofort Kenntnis. Er musste die causa Mülder jetzt schleunigst aus der Welt schaffen. Schulze wurde abkommandiert, sich an dessen Fersen zu heften und ihn so unauffällig und spurlos wie möglich zu liquidieren. Mülder musste verschwinden.

Schulze ging logisch vor. Er kannte die Privatanschrift Mülders. Bautzen lag in dieser Richtung. Mülder benutzte klugerweise seinen Dienstwagen nicht. Für die Feldjäger ein Leichtes, den zu finden. An den Bodensee gab es keine andere Fernverbindung als die Reichsbahn. Der Schalterbeamte wurde leicht mit ein paar versteckten Drohungen zum Reden gebracht. Ein Blinder wollte nach Lindau! Überhaupt: wer wollte von Bautzen nach Lindau? Außer Mülder niemand. Der Ausfall mehrerer Züge durch die kaputten Gleise bei Radebeul hatte Mülders Vorsprung schmelzen lassen. Er könnte noch in Bautzen sein, kalkulierte Schulze. Und mit der Armbinde war er leicht zu entdecken. Schulze nahm den ersten Zug, der Bautzen verließ, und seine Rechnung war aufgegangen. Jedenfalls bis hierhin. Er hatte ihn gefunden. Allerdings in einem voll besetzten Zug. Er konnte ihn unmöglich im Abteil zwischen den anderen

Reisenden abknallen. Aber die Gelegenheit würde sich bieten. Wenn er Mülder ausgeschaltet hätte, würde er sich um den Transport kümmern. So war es mit Kramer abgemacht.

Der Zug rollte im Morgengrauen problemlos in den Hauptbahnhof Leipzig ein. Die alliierten Bomber hatten es dieses Mal auf den Stadtteil Heiterblick abgesehen, wo die Firma Erla Jagdflugzeuge baute. Mülder wartete, bis sich der Zug geleert hatte, steckte die Sonnenbrille in die Jackentasche und streifte die gelbe Binde vom Ärmel seines Mantels. Die Armbinde und den weißen Stab ließ er im Abteil liegen. Sie wurden unter Angabe von Zugnummer und Funddatum für die vorgeschriebene Zeit im Fundbüro des Bahnhofs aufbewahrt. Er öffnete die Tür der falschen Seite und sprang mit der Reisetasche und dem Picasso auf den Schotter. Auf dem Nachbargleis stand ebenfalls ein Zug, er konnte von keinem der Bahnsteige gesehen werden. Der Zug war leer. Er stieg das Trittbrett hinauf, öffnete eine Tür und stieg wieder hinab. Die schweren Stützen aus genietetem Stahl, die das Dach trugen, boten Schutz vor neugierigen Blicken aus den Zugfenstern. Stütze für Stütze arbeitete er sich an die Spitze des Zuges vor, wo die Dampflokomotiven an den Prellböcken angehalten hatten. Dann verhüllten ihn die Dampfschwaden der beiden schweren Maschinen.

Wo würde Schulze ihn erwarten? Vor ihm in der Querhalle des Kopfbahnhofes lagen immer noch Feldgleise für die Loren, gefüllt mit dem Schutt des Bombenangriffes vom letzten Juli. Ein direkter Treffer hatte das Dach einstürzen lassen. Das war seine Chance. Er musste zu den Trümmern des Daches gelangen und in deren Schutz den Abend abwarten. Dann im Schutz der Nacht hinaus in die Stadt und in einem der zerbombten Wohnhäuser ein Versteck suchen. Es war waghalsig, aber eine bessere Idee hatte er nicht.

Mülder fluchte. Die Dampfschwaden zwischen den Loks versperrten ihm die Sicht auf den Bahnsteig. Wo war Schulze? Wo würde er sich positionieren, um ihn abzufangen? Durch das offene Dach fegte ein Windstoß die Schwaden zur Seite. Er duckte sich hinter den Prellbock. Menschen strömten zum Ausgang. Dann entdeckte er Schulze hinter der Anzeigetafel, bevor der Dampf ihn wieder einhüllte, ihm die Sicht nahm. Warten. Lange Minuten vergingen. Dann wieder ein kräftiger Hauch. Der

Bahnsteig war leer, und Schulze war weg. Mülder schnappte die Tasche und den Picasso und stieg über den Prellbock auf den Querbahnsteig der Kopfhalle. Er musste schnell von der Bildfläche verschwinden, denn das große Paket im Packpapier würde ihn verraten. Er schlüpfte durch die Absperrung vor dem zerbombten, herabgestürzten Dach, übersah dabei die Warnschilder.

›Kein Zutritt - Einsturzgefahr‹

›Blindgänger - Lebensgefahr‹

Im Halbdunkel der bizarr verbogenen Stahlkonstruktion fand er ein vorläufiges Versteck. Es kam ihm vor wie eine kleine Höhle. Durch die zerfetzte Dacheindeckung konnte er die Querhalle und die Bahnsteige übersehen, ohne selbst gesehen zu werden. Er wollte warten, ob Schulze trotz seiner Täuschung hier vorbeikäme. Er wollte nicht von Schulze vor sich hergetrieben werden, nicht ständig über die Schulter sehen müssen.

Schulze hatte sich Namen und Einheit des aufbegehrenden Gefreiten notiert und ihn einfach stehen lassen. Ein kleiner Fisch, der seinem Ärger Luft machen wollte. Dann schob er sich durch den überfüllten Zug bis in den Waggon hinter der Lok. Er war als erster ausgestiegen. Mülder würde in der Menge untertauchen und sich von den Reisenden zum Ausgang schieben lassen. Schulze versteckte sich hinter einer Anzeigetafel, wo der Bahnsteig in die Querhalle mündete. Durch das zerstörte Dach fiel feiner Nieselregen. Der Morgen war grau, so war die allgemeine Stimmung. Die Menschen gingen mit gesenkten Köpfen und steinernen Mienen ihres Weges. Wegen seiner auffallenden Uniform wollte er Mülder in großem Abstand folgen. Er bereute, nicht Zivil zu tragen. Zu seiner Linken fauchte die Lok seines Zuges, daneben noch eine. Der Bahnsteig leerte sich. Mülder war nicht dabei. Schulze dachte nach.

›Übersehen habe ich ihn nicht. Der ist noch im Zug und wartet, bis ich aufgebe. Oder er versteckt sich in einer Toilette.‹

Er stieg in den ersten Waggon, riss die Toilettentür auf, die nächste, die nächste. Er rempelte den Reinigungstrupp zur Seite, schrie die Leute an »Aus dem Weg!« Hastete weiter. Dann sah er die offene Tür auf der falschen Seite.

»Scheiße!«

Er lehnte sich hinaus, hoffte den weglaufenden Mülder mit seinem auffälligen Paket zu entdecken. Nichts. Den Zug entlang nahmen die mächtigen Stahlstützen den freien Blick. Schwierig zu gehen. Aber genau gegenüber stand eine Tür des Nachbarzuges offen.

›Mülder, der Fuchs. Aber darauf falle ich nicht herein.‹

Er folgte seinem Instinkt. Er stieg nicht in den Zug, er würde auch nicht an die Spitze des Zuges gehen, sondern ans Ende. Dort endeten die Bahnsteige, und man hatte freies Feld zur Flucht. Nach Stunden betrat Schulze den Bahnhof vom Seiteneingang her. Seine Körperhaltung zeigte Mülder, dass er die Suche abgebrochen hatte. Sein Gesichtsausdruck war enttäuscht und wütend. Er ging am eingestürzten Dach vorbei, wenige Meter von Mülder entfernt, sah die Warnschilder nur beiläufig, blickte kurz über den riesigen Schrottberg auf dem Boden der Halle und verließ den Bahnhof. Mülder atmete auf und wartete bis zum Einbruch der Dunkelheit.

26

Es hatte begonnen fein zu regnen. Die leeren Säcke, mit denen sie sich gegen den Fahrtwind schützten, sogen die Feuchtigkeit auf. Mit dem Kohlenstaub bildete sich ein unangenehmer Schmierfilm. Ihre Glieder fühlten sich steif an, ihre Hände waren klamm, als der Lastwagen die stillgelegte Kokerei im Osten Tschenstochaus erreichte. Es war früher Abend. Ohne Licht fuhr er unter ein rostiges Vordach. In den flachen Pfützen des Fabrikhofes spiegelten sich die Backsteinmauern einer alten, heruntergekommenen Werkhalle. Der Fahrer führte die beiden wortlos über eine Eisentreppe in den Keller. Er kannte sich hier aus. In einem Flur blendeten nackte Glühbirnen. Er öffnete er eine Tür und schob die in eine Art Büro. Dann verschwand er mit seiner Fracht im Dunkel.

Hinter dem schlichten Tisch erhob sich ein Mann in Pullover mit Rollkragen, als hätte er sie genau jetzt erwartet. Er streckte ihnen die schwielige Hand entgegen. Ein Parr stechender Augen musterten die Neuankömmlinge. Sein kantiges Gesicht wirkte hart, nur die Fältchen an den Augenwinkeln verrieten die freundlichere Seite seines Charakters. Er begrüßte sie schmallippig und ohne Mienenspiel.

»Willkommen im Untergrund.«

›Feine Ironie, der »Untergrund«, hier im Keller. Aber einwandfreies Deutsch‹.

Grünzweig ließ den Mann auf sich wirken. Ein anderer lehnte lässig an der Wand und beobachtete sie aufmerksam. Als er sich von der Wand löste, wurde die Tokarew im Gürtel sichtbar. Wortlos öffnete er die Tür zu einem Nebenraum. Auch hier hing eine nackte Glühbirne von der Decke.

»Sie kennen sich ja gut genug, um den Raum miteinander zu teilen. Wir haben nur den einen. Wenn Sie fertig sind, wollen wir ein wenig plaudern«, sagte er sibyllinisch.

Auf einem Schemel Waschutensilien und Handtücher, dahinter eine offene Dusche, daneben ein Spiegel. Auf einem kleinen Tisch lagen zwei Stapel frischer Kleidung. Aus dem Spiegel sahen sie zwei Fremde an, mit Kohle verschmierte Gestalten wie Grubenarbeiter. Sie erschraken. Seit dem Bad in der Warthe hatten sie sich nicht mehr waschen können. Die Dusche wärmte ihre Körper und weckte ihren Lebenswillen. In sauberer Arbeitskleidung gingen sie gemeinsam zurück in das ›Büro‹. Sie wurden gebeten Platz zu nehmen. Der Zweite stellte Blechtassen mit heißem Tee vor sie hin, daneben einen Teller mit Gebäck. Der Mann im Pullover saß Grünzweig gegenüber. Der Zweite zog sich einen Stuhl heran und setzte sich an die Schmalseite. Er machte sich an einem Notizblock zu schaffen.

»Wo sind die anderen achtundfünfzig Häftlinge, Herr Grünzweig?«

»Sie kennen meinen Namen? Und wie heißen Sie beide?«

Ohne zu antworten, schob er eine Liste mit sechzig Namen über den Tisch, alphabetisch geordnet. Grünzweig kannte nur wenige der Namen, aber er sah, dass Gretas und seiner abgehakt waren. Es musste die Liste der Häftlinge vom Bauzug sein.

»Das weiß ich nicht. Sagen Sie es mir.«

Sein Gegenüber sprang vom Stuhl, schlug mit der flachen Hand auf die Tischplatte und blieb vornüber gebeugt stehen. Grünzweig fürchtete, er könnte nach vorn fallen und wich zurück.

»So, so, Sie wissen es nicht. Sie organisieren einen Ausbruch von sechzig Häftlingen. Sie führen sie vom Bauzug weg in Deckung. Dann überlassen Sie die armen Teufel ihrem Schicksal und bringen sich und ihre, äh, Begleiterin in Sicherheit. Drei Tage später lassen Sie sich von einem Lastkahn aufnehmen und setzen sich komfortabel ab. Und die Anderen? Haben Sie je etwas von denen gehört? Interessiert Sie deren Schicksal überhaupt? Schon mal was von Solidarität gehört? Nein? Soll ich es Ihnen buchstabieren? Was sind Sie eigentlich für ein arrogantes, egoistisches Arschloch!«

Augenblicklich setzte er sich wieder hin und hatte seinen Anfall von Jähzorn unter Kontrolle, so schnell wie er gekommen war.

»Entschuldigen Sie, Frau Dr. Weisz.«

Er wandte sich knapp zu Greta.

»Das war jetzt nicht gegen Sie gerichtet.«

Grünzweig schluckte. Dass er so schnell wegen seines Ausbruchs zur Rechenschaft gezogen würde, hatte er nicht erwartet. Doch er zeigte sich unbeeindruckt.

»Da Sie unsere Namen bereits kennen, wäre es wohl an der Zeit uns zu offenbaren, mit wem wir sprechen.«

Er versuchte, den Zornesausbruch angemessen zu kontern. Anstatt sich vorzustellen, kam der Mann im Rollkragen direkt zur Sache.

»Dank der peniblen Bürokratie der SS, und auch dank der Mitarbeit eines Kontaktmanns in Lebrechtsdorf hatten wir Zugang zu den Listen mit den Namen der Häftlinge. Leider lebt er nicht mehr.«

»Weitzmann?«

»Ja«, antwortete der Mann hinter dem Tisch einsilbig.

»Die haben Weitzmann ...«

»Liquidiert. Leider ja.«

Weitzmanns Tod machte ihn betroffen und traurig. Sein Ärger über den Wutausbruch war gewichen, aber Grünzweig ließ sich seine Gefühle nicht anmerken.

»Ich habe den Ausbruch nicht organisiert, wie Sie es nennen. Wie sollte ich auch.«

Er kramte in der Tasche seines frischen Arbeitsanzuges, legte das Geschoss auf den Tisch und daneben die Armbanduhr.

»Diese zwei Sachen und ein Brecheisen lagen am letzten Abend in unserem ›Schlafwagen‹, mit den besten Wünschen des Bauzugführers. Den Ausbruch zu beurteilen, steht nur dem zu, der dabei war. Ich konnte unmöglich mit einem Trupp in Stärke einer halben Kompanie durch den Warthegau marschieren, ohne uns alle gemeinsam in Gefahr zu bringen. Die Leute haben sich nach eigener Entscheidung in Gruppen aufgeteilt, jede um einen Häftling, der polnisch sprach. Wie bitteschön, hätten Sie es gemacht?«

Der Mann im Pullover war jetzt wieder völlig gefasst.

»Wie lange kennen Sie beide sich? Waren Sie gelegentlich bei Frau Weisz im Frauenlager?«

Er hielt Grünzweig grinsend eine Faust vors Gesicht. Zwischen dem Zeige- und Mittelfinger lugte sein Daumen hervor.

»Nette Spekulation. Sie könnten Greta genauso unverschämt fragen, ob sie noch Jungfrau ist. Aber fragen Sie sie doch lieber, warum sie sich freiwillig zum Schleppen von Schwellen meldete. Hätten Sie an meiner Stelle eine Frau unter den Freiwilligen vermutet?«

»Ihr Juden müsst immer mit einer Gegenfrage antworten. Ist das richtig, was Grünzweig sagt, Frau Dr. Weisz? Sie haben sich freiwillig ...?«

Greta nickte.

»Gut. Das ist geklärt.«

Der andere machte eifrig Notizen.

»Ich bin Hellmut Miller, und das ist Jakup Dabrowski. Wir sind beide Mitglieder der KPD. Ich war 1933 beim Mössinger Generalstreik gegen die PAUSA AG dabei, die zufällig einem Juden gehörte. Sieben unserer Genossen kamen ins Gefängnis, später nach Dachau. Nach dem Brand des Reichstagsgebäudes wurde die KPD verboten, und ich tauchte in Gleiwitz unter. 1934 flüchtete ich nach hier und ging in den Untergrund. Meine Gruppe arbeitet daran, nach dem Ende des Krieges in Polen den Kommunismus einzuführen.«

Er stand auf und goss aus einer Thermoskanne Tee nach.

»Sie als Deutscher in Polen? Klingt nicht gerade plausibel. Dazu ist Polen tief katholisch. Wie verträgt sich das mit dem klaren Atheismus der Kommunisten?«

»Der Kommunismus ist international und verträgt sich mit mehreren Religionen. Viele nennen das Glaubenspragmatismus. Hauptsache ist, die Kirche kommt uns nicht in die Quere. Dann werden wir ungemütlich. Übrigens befinden sich zahlreiche deutsche Genossen in Moskau und bereiten sich mit Unterstützung unserer Bruderpartei KPdSU auf ihren Einsatz im Nachkriegsdeutschland vor. Dann bin ich auch dabei.«

Damit war das Thema für ihn erledigt. Er war der Frage Grünzweigs geschickt ausgewichen und wandte sich Greta zu.

»Sie sind Physikerin und haben am Uranprojekt mitgearbeitet. Ist das richtig?«

»Ja.«

»Wo? Und was haben sie gemacht?«

»Am Kaiser-Wilhelm-Institut für Physik in Berlin und in Haigerloch am Forschungsreaktor. Wir entwickelten einen Uranbrenner für die selbsterhaltende Kettenreaktion. Nach der Sabotage an der Anlage für die Herstellung von Schwerem Wasser in Norwegen im Februar 1943 kamen unsere Arbeiten zum Stillstand. Soll ich Ihnen einen Vortrag über Moderatorsubstanzen halten? Ich brauche etwa neunzig Minuten.«

»Hören Sie auf! Ich habe keine Ahnung, wovon Sie reden.«

Er hob abwehrend beide Hände in die Luft.

»Aber es deckt sich mit meinen Unterlagen.«

»Am Ende wurden die jüdischen Mitarbeiter bezichtigt, Einzelheiten an den Feind verraten zu haben. Es begann die rassische Säuberung. Als Geheimnisträgerin wurde ich glücklicherweise nicht umgebracht, sondern kam ›nur‹ in das Arbeitslager in Lebrechtsdorf. Dort brauchte man eine Physikerin für Dynamit Nobel in Bromberg. Die berufliche Zwangsarbeit war vorerst mein Lebensretter. Vorerst. Mir war aber immer klar, dass ich am Ende auch sterben würde. So griff ich nach dem Strohhalm eines Außeneinsatzes der Männer. Den Rest kennen Sie ja. Wir leben in einer merkwürdigen Zeit. «

Jakup kam auffallend gut mit, er kritzelte Notizen in seiner eigenen Kurzschrift. Grünzweig deutete auf den Notizblock.

»Ich nehme an, Sie erstatten irgendwem Bericht. Wer ist das und was passiert jetzt mit uns?«

»Das kann ich Ihnen morgen sagen. Heute ist Sonntag. Jakup wird Ihnen Ihre Unterkunft zeigen. Sie bleiben im Gebäude und gehen auf keinen Fall hinaus. Für ein paar Tage können wir Sie hier verstecken, aber dann müssen Sie verschwinden. Sie werden jetzt für uns arbeiten. Wo und wie lange, entscheiden andere.«

Er erhob sich, das Gespräch war beendet. Jakup faltete seine Notizen zusammen, schob sie in seine Gesäßtasche unterhalb der Tokarew und gab ein Zeichen, ihm zu folgen. Er führte sie durch den endlosen Gang im Keller und an dessen Ende über eine Eisentreppe hinauf in die Halle. In einem ehemaligen Meisterbüro standen zwei aufgeklappte Feldbetten mit Wolldecken. Es kam ihnen vor wie Luxus.

Sie hatten ihren Nachtrhythmus noch nicht völlig abgelegt. An Schlaf war nicht zu denken. Grünzweig schaltete die Schreibtischlampe ein und entdeckte die polnischen Zeitungen der letzten Tage und ein deutschpolnisches Wörterbuch.

»Schau mal! Welch dezenter Wink von Miller. Er erwartet wirklich, dass wir mit seinen Leuten zusammenarbeiten.«

Die alte Werkhalle war wenig einladend für ›Spaziergänge‹ zwischen Stahlträgern, Rohrleitungen und verrosteten Maschinen. Überall hingen Spinnweben, die Nester der Schwalben an den Decken waren zu dieser Jahreszeit verlassen. Selbst am Tag war es düster. Die dreckigen Fensterscheiben in ihren Eisenrahmen ließen kaum noch Tageslicht hindurch, manche fehlten. Die riesige Halle war zugig, nass und kalt im Vergleich zu ihrem Meisterbüro. In der Dämmerung mieden sie die Halle. Düster und unheimlich hallten ihre Schritte von den Wänden wider.

Sie rückten zwei Schreibtische ans Fenster und begannen damit, die polnischen Zeitungen zu entziffern. Anhand aktueller Themen lernten sie ein paar Worte aus dem politischen Teil, dem Wetterbericht oder dem Sport. Jakup versorgte sie mit drei Mahlzeiten und der Tageszeitung. Sie fanden einen Bleistift und ein paar alte Blätter Papier und schrieben sich einen kleinen Wortschatz auf. Als er ihre Notizen bemerkte, hellte sich sein Gesicht auf. Die Neuen lernten ›seine‹ polnische Sprache! Fortan bleib er jedes Mal eine Zeitlang, um bei der Aussprache zu helfen und Fehler zu korrigieren. Sie sollten sehr bald feststellen, wie nützlich ihre autodidaktischen Versuche waren.

Am fünften Tag kam Miller am Nachmittag und ging mit ihnen vor die Halle. Dort stand ein Motorradgespann mit Fahrer. Der zog aus dem Beiwagen zwei Militärmäntel und Uniformmützen. Er trug eine Uniform der Milicja Obywatelska, der Bürgermiliz. Miller gab ihnen Anweisungen.

»Bitte Anziehen und Einsteigen! Das hier ist Juri. Er spricht wenig deutsch. Ich darf Ihnen nicht sagen, wohin Sie fahren, aber dort sind Sie absolut sicher. Machen Sie sich keine Sorgen, bei uns sind Sie in guten Händen. Alles Gute für die Zukunft und Ihr neues Leben.«

Der Milizionär trat den Kickstarter, saß auf und grüßte Miller knapp. Sie fuhren den Rest des Nachmittags und die halbe Nacht, Greta saß im Beiwagen und Grünzweig hockte auf dem Soziussitz. Juri fuhr verzwickte Umwege, um Dörfer und Siedlungen nach Möglichkeit zu meiden. Seine Route führte durch den südlichen Warthegau um den Teil Schlesiens innerhalb der Reichsgrenze herum. Grünzweig konnte Ortsnamen wie Sewerien, Dombrowa, Kattowitz und Chelmek entziffern. Juri bemerkte Grünzweigs Neugier.

»Da liegt die Stadt Oświęcim. Da haben die Deutschen auch so ein Lager hingestellt. Aber das lassen wir rechts liegen.«

Grünzweig erschrak. ›Bloß nicht wieder in ein Lager!‹

»Sie nennen es Auschwitz.«

Sie umfuhren Krakau in weitem Bogen. Die Gegend wurde hügelig, später gebirgig. Die Wälder dichter. Juri verließ die Landstraße und nahm Feldwege, dann nur noch holprige Waldpfade. Die harte Federung ließ sie jede Unebenheit spüren. Sie wurden durchgeschüttelt. Irgendwann schaltete er das Licht aus. Im ersten und zweiten Gang tastete er sich voran, doch er kannte die Umgebung. Er hatte seinen Weg im Kopf. Grünzweig glaubte, einen Grenzpfahl ›Slowakei‹ zu erkennen. Lange hatten sie keine Häuser mehr gesehen. Der ausgefahrene Waldweg wand sich die Berge hinauf. Es war nach Mitternacht, als sie ihr Ziel erreichten. Juri fuhr im Bogen vor ein großes Blockhaus, über dessen Eingangstür eine einsame Lampe gelbes Licht verbreitete. Er stoppte den Motor, stieg ab und reckte sich. Es war plötzlich still. In den Kronen der Fichten rauschte der Wind.

Sie wurden erwartet. Die Tür öffnete sich, im Rahmen erschien eine Frau mit faltigem Gesicht und winkte sie herein. Ein kurzer Flur führte zur großen Küche. Auf dem Tisch standen drei mächtige Tassen mit dampfendem Kaffee. Juri erklärte er, dass sie hier den Winter bleiben müssten. Die Blockhütte gehörte zwar Verwandten von Tadeusz, werde aber jetzt als Zentrum des Widerstands genutzt. Für ihre Bleibe müssten sie arbeiten. Er würde sofort zurückfahren, denn morgen früh hätte er wieder Dienst. Sie sollten die Anweisungen des Alten befolgen. Abhauen wäre zwecklos. Sie würden nur erfrieren, denn hier würde es saukalt, und weit und breit würde kein Mensch wohnen. Und dann gäbe es in den Wäldern Wölfe.

»Zieht die Mäntel aus, die muss ich wieder mitnehmen.«

Er ging zu seinem Gespann, verstaute die Mäntel im Beiwagen und knatterte los. Langsam verlor sich das Geräusch seines Motorrades im Wald. Wortlos zeigte ihnen die Alte ihr Zimmer. Es war nicht viel mehr als ein Abstellraum mit einem winzigen Fenster. Ein grob gezimmertes Bett füllte den Raum fast aus. Gegenüber befand sich ein Waschtisch, über dem eine Spiegelscherbe mit vier Nägeln an der Wand befestigt war. Die Wände waren aus Stämmen gefügt wie das ganze Haus. Die Decke bestand aus roh behauenen Balken und Brettern. Sie ließ die Tür offen und kam mit einer Holzschale, einem Krug Wasser und zwei Bechern zurück. In der Schale lagen deftige Brotscheiben und eine geräucherte Wurst.

»Morgen wir werden reden.«

Sie drehte sich um, schloss die Tür und ging.

»Kneif mich, sonst glaube ich's nicht.«

Das war Gretas erster Kommentar.

»Im Beiwagen war ich überzeugt, jetzt geraten wir wieder einmal in die Gewalt irgendwelcher neuer Peiniger. Zumindest haben wir jetzt ein Dach über dem Kopf und ein Bett, tausend mal besser als die Pritschen im Lager, das Schlafen im Moos und die Feldbetten in der Werkhalle.«

Er sah sie nachdenklich an, erwiderte aber nichts. Hunderte Fragen surrten durch seinen Kopf. Sieht so der polnische Untergrund aus? Wird von hier aus der Widerstand gegen die deutschen Besatzer geführt? Aus dem eisigen Winter des Tatra? Sind wir hier gefangen bis der Krieg zu Ende ist? Und was geschieht mit uns, *wenn* er zu Ende ist? Fragen, Fragen ... aber keine Antworten.

»Und wo sind wir hier?« fragte sie.

Wieder schwieg er. Es war nach zwei Uhr nachts. Sie legten sich probeweise in das breite Bett und waren im Nu eingeschlafen.

Grünzweig hob ein Augenlid und saß augenblicklich senkrecht im Bett. Er versuchte sich zu orientieren. Es war bereits hell. Er stand auf und öffnete das Fenster. Er hörte das Rauschen der Bäume. Der Geruch von Tannenharz füllte das kleine Zimmer. Sein Ruck hatte auch Greta geweckt. Behutsam öffnete er die Tür. Rechts erkannte er die Treppe nach unten, die zur Küche führte. Links führte eine Treppe nach oben. Es roch einladend nach Kaffee.

Die Alte wies ihnen ihre Plätze am Tisch zu. In der Ecke gegenüber saß ein alter Mann mit grauem Bart in einem Sessel und las Zeitung. Es gab wieder Brot, Wurst und schwarzen Kaffee. Im Spülbecken unter dem Fenster türmten sich ein Dutzend Tassen, Teller, Bestecke und anderes Geschirr.

›Hier wurde bereits gefrühstückt‹, kombinierte Grünzweig.

Ein junger Mann kam die Treppe herunter und stellte sich als Róman vor. Offenbar war der bereits über die Neuankömmlinge informiert. Ohne zu fragen, griff er nach Grünzweigs Unterarm, streifte den Ärmel hoch und sah sich neugierig die Tätowierung an. Er konzentrierte sich kurz und las mit rollendem R laut vor. »Eins-vier-drrrei-nein-vier-zwai.« Grünzweig schaute die Treppe hinauf, die Román heruntergekommen war. Dort mussten noch andere Zimmer sein.

»Du sprechen andere Sprachen als deutsch?«, fragte er.

»Englisch, Spanisch, Französisch.«

»Und du?«, zu Greta gewandt.

»Englisch und Französisch.«

Er sah den Alten an, der inzwischen die Zeitung zusammenfaltete, dann die Alte.

»Gut, gut. Wir vielleicht können brauchen. Müssen lernen Polnisch! Muss jetzt gehen.«

Ein Motorrad wurde angetreten, brüllte kurz auf, wurde leiser.

Als sie ihre Tassen leergetrunken hatten, stellte sich ihnen die Alte als Yolantha vor und erklärte, der Alte werde von ihnen allen Papa genannt. Er war die Autorität des Hauses, dagegen hatte Yolantha hier das Sagen. Das Deutsch der beiden klang steif und altmodisch, wie von ehemaligen Aussiedlern. Es war zwar lückenhaft, doch gut genug, um beim Zuhören die Zusammenhänge zu verstehen. Die Neuen mussten vorsichtig sein. Ihre Pflichten waren überschaubar. Greta war für die Arbeit im Haus zuständig, Grünzweig für das Auffüllen des Brennholzvorrats für den bevorstehenden Winter.

›Soweit überschaubar‹, dachte Grünzweig und sah sich um.

›Wie viele hausen noch da oben, außer Román?‹

Papa forderte Grünzweig zu einem Rundgang nach draußen auf. Er zeigte ihm das Plumpsklo und die vier Holzstapel. Frisches nasses Holz im ersten Stapel und trockenes im letzten, das schon verfeuert werden konnte, ohne zu qualmen. Für den Winter würden sie noch drei Stapel anlegen müssen, damit es Zeit zum Trocknen hatte. Grünzweig besah sich die Axt, dann die schwieligen Hände von Papa, dann seine eigenen. Es wollte sich keine rechte Vorfreude entwickeln. Er sah die Antenne am Blockhaus. Vom Giebel führte ein dünner Draht senkrecht hinauf in eine Kiefer und verzweigte sich dort oben zu einem breiten T, einige Meter in beide Richtungen. Er ließ sich nichts anmerken und folgte Papa zum Werkzeugschuppen.

Im Haus war Yolantha beim Vorbereiten des Mittagessens. Auf dem Herd standen zwei Töpfe, viel zu groß für zwei ältere Herrschaften und zwei Gäste. Sie schälte einen Berg Kartoffeln und wies Greta an, jetzt das Geschirr zu spülen.

27

Es klingelte an der Tür. Elsbeth Mülders schaltete das Radio aus und ging zur Tür ihrer Wohnung in der Bindergasse in Wasserburg.
»Frau Mülder?«
»Ja?«
»Dürfen wir eintreten?«
Sie zögerte einen Moment. An einen der beiden konnte sie sich vage erinnern, ein Kamerad von Roland.
»Bitte.«
Früher hätte sie Kameraden ihres Mannes stets zu trinken angeboten. Aber seit sie wusste, dass ihr Mann auf der Flucht war, hatte sich alles verändert. Die Situation war jetzt eine andere. Sie verhielt sich vorsichtig und zurückhaltend.

Sie erinnerte sich an die Abende im Kreise der Offiziere. Stets war sie umschwirrt wie das Licht von den Motten. Sie wurde angehimmelt, galant verehrt, manchmal unverblümt beflirtet, auch wenn ihr Verlobter Roland dabei war. Je länger die Abende dauerten, desto erkennbarer wurden die Unterschiede. Schnelle Beförderung und der leichte Aufstieg zum Offizier machte die SS bei ehrgeizigen Jungen einfacher Herkunft so interessant. Dai blieb neben der soldatischen Ausbildung die menschliche oft auf der Strecke. Das hatte sie damals nicht so differenziert gesehen. Die eiligen Werber abzuwehren, war ihr kein Problem gewesen. Umso mehr fiel ihr Roland auf, der ihr seine Zuneigung auf eine stillere Art zu erkennen gab. Das machte ihn anziehend. Dass er nur die Volksschule besucht hatte, und erst als Soldat Ehrgeiz entwickelte, fand sie vertretbar.

Auf sie wirkte er dadurch ernsthafter und seriöser. Und als er dann sein Offizierspatent als Untersturmführer in Händen hielt, war sie von ihm überzeugt. Gegen den Willen ihres Vaters, jedoch mit Zustimmung ihrer Mutter, einer strammen Nationalsozialistin, hatten sie geheiratet.

›Alles scheint so lange her. Alles hat sich verändert. Wir haben zwar keinen Adelstitel, kein Universitätsdiplom und kein Herrenhaus, aber wir haben vorgesorgt, materiell wenigstens. Alles Weitere wird sich finden!‹

Sie erinnerte sich an die Ratschläge ihres Mannes und konzentrierte sich auf ihren Besuch.

»Ist was mit Roland?«

»Haben Sie Post von ihm bekommen?«

»Nein, haben Sie welche dabei? Ist ihm etwas zugestoßen?«

»Wann haben Sie den letzten Brief erhalten?«

»Oh, das ist schon eine Weile her, im August.«

»Wann haben Sie ihren Mann zuletzt gesehen oder gesprochen?«

Elsbeth Mülder war klar, dies war ein Verhör. Sie wussten nichts, sonst würden sie anders fragen, anders mit ihr umspringen. Sie wurde immer ruhiger.

»Als er auf Heimaturlaub hier war.«

Sie machte große, hübsche, unschuldige Augen, als sie weiterredete.

»Aber warum fragen Sie? Ist etwas nicht in Ordnung?«

Die beiden Offiziere blickten sich an. Der Ranghöhere nickte knapp mit dem Kopf.

»Frau Mülder, wir suchen Ihren Mann. Er ist seit zwei Wochen nicht mehr auf seiner Dienststelle erschienen. Man hat sein Fahrzeug aus der Spree geborgen.«

»Oh Gott!«

Elsbeth Mülder schlug die Hände vor dem Gesicht zusammen, riss ihr schauspielerisches Talent zusammen und schluchzte herzzerreißend.

»Wir wissen nicht, ob er entführt und getötet wurde oder ob er ... «

»Ob er was?«

»Na ja, ob er noch am Leben ist.«

»Es wird ihm doch nichts passiert sein. Ich weiß ja nicht einmal, wo er im Einsatz war!«

Die Pflichttränen kamen im rechten Augenblick. Sie verschmierte sich gründlich das bisschen Wimperntusche, das man in diesen Zeiten wagen durfte aufzulegen und führte virtuos einen markerschütternden Schluchzer vor.

»Frau Mülder, wir befürchten das Schlimmste.«

Sie ließen offen, was sie für das Schlimmste hielten. Sie wollten ihr drohen. Etwas aus ihr herauslocken.

»Aber wir haben Hoffnung, Ihren Mann lebend zu finden, wenn Sie uns dabei behilflich sein könnten.«

Elsbeth Mülder geriet in Fahrt, ihre Stimme war von Tränen erstickt.

»Ja! Suchen Sie ihn, finden Sie ihn! Bitte!«

Sie hatte richtig kalkuliert. Uniformen repräsentieren die Obrigkeit, die Staatsgewalt, die Ordnungsmacht. Gefühle haben da keinen Platz. Das könnte als Schwäche ausgelegt werden, als nachgiebig, inkonsequent. Doch unter der Uniform sind Männer auch nur Menschen. Und Tränen treffen die weiche Stelle. Richtiges Verhalten im Fall von Frauentränen wird von keiner Dienstvorschrift geregelt. Also was tut man in solcher Situation? Man bläst zum Rückzug. Schnell und geordnet.

An der Tür baten sie Frau Mülder, sie zu verständigen, sobald ihr Mann sich melden würde. Sie sollte ihnen mitteilen, wo und wann sie ihn treffen könnten. Sie wollten ihm nur ein paar Fragen stellen.

»Hier ist meine Nummer.«

Jetzt wusste Elsbeth, dass sie ihren Roland jagten - und dass sie seine Spur verloren hatten. Sie war stolz auf ihren Mann und wischte sich eilends die Tränen weg.

28

Der Druck auf Kramer nahm stetig zu. In immer kürzer werdenden Abständen rief Dr. Schüssler aus dem Reichsluftfahrtministerium an und drängte auf schnellste Erledigung des Transports. Fast synchron meldete sich Dr. Hassell aus Bremen und wollte Termine. Er hatte Laderaum verbindlich reservieren lassen und musste die Frachtdokumente erstellen. Außerdem war nicht sicher, wie lange der Hafen noch offen sein würde, denn die Alliierten rückten langsam in Richtung Norddeutschland vor. Mülder war definitiv ausgefallen. Schulze war zwar der Ersatzmann, doch zuerst sollte er Mülder finden und ausschalten. Das aber riss eine Lücke in die Lagerleitung von Lebrechtsdorf. Nun meldete Schulze auch noch, dass ihm Mülder in Leipzig entwischt war. Kramers Gedanken drehten sich im Kreis.

29

Der andauernde Nordwestwind hatte die tief hängenden Wolken die Berge hinauf getrieben. An den Nadeln der Bäume war Feuchtigkeit zu unzähligen Tröpfchen kondensiert. Als letzte Nacht der Wind plötzlich nach Osten gedreht hatte, war die Temperatur unter null gefallen. Aus den Tröpfchen wurden Eiskristalle. Grüße von Väterchen Frost. Am nächsten Morgen brachen sich die Sonnenstrahlen in Millionen winziger Regenbögen, die der Wind von den Bäumen wehte.

Yolantha richtete oben die Zimmer. Greta sah sich den glitzernden, langsam zu Boden schwebenden Schleier am Küchenfenster an. Und sie beobachtete Grünzweig beim Holzhacken. Ab und zu hielt er inne, um seine Handflächen zu mustern und auf neue Blasen zu untersuchen. Papa hatte sich in den Keller verzogen, um dort die Vorräte für den nahenden Winter zu prüfen.

Greta bemerkte nicht, dass sich Roman auf Strümpfen in die Küche geschlichen hatte. Zielstrebig ging er auf sie zu und presste seinen Körper fest gegen ihren Rücken. Sie spürte seine Erregung. Er umschlang sie mit seinen kräftigen Armen. Sie war jetzt zwischen ihm und dem Spültisch gefangen. Er roch nach Wodka. Je mehr sie versuchte, sich zu befreien, desto fester hielt er sie und lachte.

»Hör auf damit! Und ich sage das nur einmal.«

Als er nicht locker ließ, drehte sie einen Holzschuh zur Seite und trat zu. Er schrie auf, verzog sein Gesicht vor Schmerz und wich zurück. Greta drehte sich blitzschnell herum, sah ihn zornig an. Sie griff hinter sich. Auf dem Spültisch lag ein Fleischmesser. Sie machte einen Schritt zur Seite, ergriff das Messer, richtete die Klinge auf ihn und zischte ihn drohend an.

»Tu das nie wieder!«

Er hielt seine schmerzenden Zehen und fauchte zurück.

»Du bist auch nur eine von diesen arroganten deutschen Weibern, die mit uns Polen nichts zu tun haben wollen. Und Jüdin obendrein!«

Schnaubend stürmte er zur Tür. Fast hätte er Yolantha gerammt, die gerade von oben kam und in die Küche trat. Sie sah in Romans rotes Gesicht, roch seine Wodkafahne, sah das Messer in Gretas Hand und wusste Bescheid.

»Du gehst hinauf, und wenn du wieder nüchtern bist, verlässt du das Blockhaus. Ich rufe deine Einheit an und sage denen, dass du kommst.«

Roman knallte die Tür hinter sich zu. Yolantha hatte am ersten Tag bemerkt, dass Roman ein Auge auf Greta geworfen hatte. Sie beschloss, sich herauszuhalten. Das ging nur die zwei etwas an. Diese Szene hatte sie nicht erwartet.

»Er ist kein übler Kerl«, sagte sie nach einigen Minuten.

»Vielleicht ungeschickt und hölzern, nicht so pfiffig und elegant wie ihr aus der Stadt. Aber er meint es ehrlich. Sicher musste er sich etwas Mut antrinken. Er fühlt sich dir irgendwie unterlegen. Dir mit deinem Doktortitel. Und zwischen dir und Paul . . . ich meine, ihr seid doch wie Bruder und Schwester. Man spürt nichts, sieht nichts, hört nichts. Oder? Ich bin zwar eine alte Frau, aber lass dir gesagt sein, ich weiß wie es bei mir war. Ich weiß, wann es rappelt. Und es muss richtig rappeln. Wenn du einmal so alt bist wie ich, musst du dir sicher sein, du hast es richtig gut erlebt und genossen, weißt du. Es muss gut gewesen sein! Denn es kommt nicht wieder.«

Während sie das sagte, hatte sie der jungen Frau intensiv und beinahe mütterlich in die Augen gesehen, die Hände in den Taschen ihrer Schürze vergraben.

»Yolantha, ich bin erst vor ein paar Tagen dem Tod von der Schippe gesprungen, davor war ich Monate lang im Lager. Was erwartest du von mir? Und was zwischen Paul und mir ist, geht euch nicht das Schwarze unter euren Fingernägeln an.«

Sie fühlte sich geborgen in Grünzweigs Nähe, schon seit dem ersten Augenblick ihrer Flucht. Er war eben ihr guter Kamerad geworden. Sie vertraute ihm. Sie brauchte ihn. Doch eine emotionale Bindung erfordert mehr. Lebensängste, Flucht, Abhängigkeit und Verfolgung sind keine gute Grundlage. Gefühle für einander müssen sich frei entfalten können, ohne äußere Zwänge. Sie war sich sicher, er dachte genauso.

›Trotzdem bin ich froh, ihn getroffen zu haben. Etwas Besseres hätte mir nicht passieren können. Yolantha versteht das nicht, sie kann sich nicht in meine Lage versetzen. Wie denn auch.‹

In diesem Moment fühlte sie sich sehr allein.

»Ach – lasst mich doch alle in Frieden!«

Sie verbarg ihre Tränen vor Yolantha, hetzte zur Tür, riss sie auf und rannte hinaus ins Freie. Grünzweig hieb verbissen und konzentriert auf einen Kloben Holz ein. Greta blieb auf halbem Wege stehen und wischte sich die Augen trocken. Dann ging sie zu ihm und besah sich die aufgeplatzten Blasen in seinen Handflächen.

»Komm mit hinein, ich suche dir ein Puder, die Blasen müssen trocknen.«

Sie sah ihn nicht an. Langsam ebbte ihr innerer Aufruhr wieder ab. Seine Nähe war angenehm, sie brauchte sie jetzt. Yolantha sah durchs Küchenfenster zu und schüttelte den Kopf. Roman stand am Fenster des Funkzimmers im Obergeschoss, wandte sich ab und ballte die Fäuste.

30

Der Vorfall zwischen Greta und Roman war eigentlich vergessen, als Papa aus der Blockhütte trat und Grünzweig heranwinkte. Er bat beide, ihm in den Funkraum zu folgen. Sie sahen sich fragend an, der Zutritt zu diesem Heiligtum war ihnen bisher strikt untersagt. Der Alte bat sie, sich zu setzen. In der Mitte des Raums stand ein großer Tisch mit mehreren Stühlen, in der Ecke stand tatsächlich ein Funkgerät mit Kopfhörern, auf dem Tisch lagen verstreute Papiere, an einem Ende ein paar Rollen, an der Wand gegenüber dem Fenster waren Notizen mit Reißbrettstiften befestigt. Der Raum sah eher aus wie ein Besprechungsraum, nicht wie ein mit Technik vollgestopfter Funkraum.

»Du hast Roman mit dem Messer bedroht. Hätte tödlich ausgehen können. Yolantha war im Haus, du hättest sie rufen müssen. Wir haben bei uns eine Regel. Ein Streit hat immer zwei Wurzeln, und beide müssen gezogen werden. Roman ist schon weg, aber auch du wirst das Blockhaus eines Tages verlassen. Wann, weiß ich noch nicht.«

Grünzweig sah den Alten erstaunt an. Er hatte keine Ahnung, was diese Bemerkung sollte. Er bemerkte auch Gretas Handzeichen nicht, die ihm sagen wollte, sie würde ihm später alles erzählen. Der Alte redete unbeirrt weiter.

»Ihr habt Miller kennengelernt. Er stammt aus Gliwice.«

Der Alte benutzte den polnischen Namen der Stadt.

»Dort begann euer Überfall auf Polen. Dann habt ihr ganz Europa besetzt, von Narvik bis Tobruk und von Brest bis Stalingrad. Jetzt stehen die Alliierten vor Aachen und die Russen vor unserer Ostgrenze. Das große Sterben hat begonnen. In diesem Jahr haben jetzt schon mehr Menschen ihr Leben verloren, als in den drei Kriegsjahren zusammen, und es werden noch mehr, Soldaten *und* Zivilisten. Auf beiden Seiten. Das Leben geht immer vorwärts, rückwärts kann man es anschauen. Unser Hauptfeind wird bald nicht mehr Deutschland sein, sondern die UdSSR. Stalin ist maßlos, und er will große Teile Polens der Sowjetunion einverleiben. Was dann übrig bleibt, wird er unter seine Kontrolle zu bringen versuchen. Er will den Weltkommunismus. Und er ist Atheist. Wir Polen wünschen sich auch ein System ähnlich dem Kommunismus. Aber wir sind Katholiken und wollen es bleiben. In diesem Punkt bin ich mit Miller nicht derselben Meinung. Der ist auch Kommunist, in der Wolle gefärbt, auch Atheist. Aber er ist kein Pole. Noch brauchen wir ihn, denn er trägt Informationen zusammen. Tadeusz fährt nicht zum Spaß mit seinem Kahn spazieren. Nicht wegen der Kohlen, sondern wegen der Neuigkeiten aus Frankfurt an der Oder, Küstrin und Berlin. Er kennt viele Leute, und Leute reden. Wir brauchen dringend die Hilfe der westlichen Alliierten, vor allem Amerikas. Bukarest hat sich bereits im August mit den Westalliierten verbündet. Wir wollen das auch. Dafür brauchen wir euch beide.«

Es wurde ein langer Monolog über die Geschichte Polens und der Ukraine, die Ansprüche der Zaren auf Ostpolen, die Eroberungen Peters des Großen, die Einflüsse Schwedens und die Augusts des Starken von Sachsen vor gut zweihundert Jahren. Am Ende stand seine Befürchtung, dass die Russen viele Polen aus den östlichen Teilen des Landes von ihren Höfen, aus ihren Dörfern und Städten vertreiben würden.

»Was können wir zwei denn dabei tun?«

»In den Hügeln um das Blockhaus haben wir mehrere Funkstationen, die den gesamten Funkverkehr abhören. Wir sammeln diese Daten und andere Informationen und leiten sie an unsere Exilregierung in London weiter. Doch das wird immer schwieriger. Wir brauchen Kuriere, die nicht sofort als Polen zu erkennen sind, die mehrere Sprachen sprechen, und die Vertrauen erwecken. Ihr beiden seid solche Leute. Ihr Juden seid international vernetzt. Hier im Grenzgebiet mit der Slowakei nutzt ihr wenig. Aber da draußen könnt ihr uns von großer Hilfe sein.

Europa muss wieder ein Kontinent freier souveräner Staaten werden, und Polen will und muss dazugehören. Wenn ihr das respektiert, können wir zusammen ein Plan ausdenken. Wir haben euch dabei geholfen, euer Leben zu bewahren. Tadeusz, Miller, Jakup und wir hier. Wir wollen keinen Dank, wir wollen eure Freundschaft. Wir brauchen eure Hilfe. Am Ende steht dafür eure Freiheit für ein neues Leben.«

Grünzweig war überrascht über Papas Eloquenz, über seine Hingabe an seine Idee und seine Liebe zu seinem Land. Der sonst so wortkarge Alte hatte sich ihnen gegenüber geöffnet und ihnen einen Blick in seine komplexe Gedankenwelt gewährt.

Greta sprach als erste.

»Die Zukunft Europas sehe ich genauso. Diktaturen waren noch nie von langer Dauer. Nicht das Römische Reich war es, nicht das Heilige Römische Reich deutscher Nation, nicht Napol ...«

Der Alte fiel ihr ins Wort.

»Dich müssen wir sowieso den Amerikanern überstellen, oder den Russen. Mit deinen Kenntnissen von der Uranphysik, oder wie das heißt, sind die interessiert, mit dir zu reden. Aber wir können dich nicht alleine laufen lassen. Das wäre viel zu gefährlich. Ihr müsst zusammen weg.«

»Ich bin dabei!«

Mehr sagte Grünzweig nicht.

»Gut so.«

Der Alte kam um den Tisch, gab Grünzweig die Hand, dann Greta.

»Dann gehört ihr jetzt zu uns.«

Die Unterredung war beendet. Ohne ein Wort ging er hinaus. Die beiden folgten ihm und nahmen ihre Arbeit wieder auf.

Nach dem Abendessen holte Grünzweig wie an jedem Abend einen Armvoll Holzscheite von draußen, damit sie über Nacht neben dem Ofen trocknen konnten, seine letzte tägliche Pflicht. Er liebte diesen Moment. Er sog seine Lungen noch einmal mit der kalten Waldluft voll und lauschte den Waldgeräuschen. Außer dem Rauschen des Windes in den Baumkronen war es still. Er genoss die Abwesenheit menschlicher Geräusche. Irgendwo in der unbekannten Bergwelt hörte er hatte Wölfe heulen, beruhigend weit weg. Dabei dachte er an Juris Bemerkung.

›Vergiss die Wölfe nicht.‹

Er ging und füllte den Ofen nach. Morgen früh musste genug Glut darin sein. Dann zog er sich in das gemeinsame Zimmer zurück, wo schon das Polnische Wörterbuch auf ihn wartete. Er fand, er machte mäßige Fortschritte.

Dann kam auch Greta nach getaner Küchenarbeit herein.

»Was war das für ein Vorfall mit Roman?«

Sie antwortete ausweichend. Grünzweig schwieg, sah sie forschend an. Sie bemerkte seinen Blick, und nach einigem Zögern erzählte sie, dass sie ihn mit dem Messer bedroht hatte, und wie es dazu gekommen war.

»Das hätte ins Auge gehen können.«

»Na ja, eher in den Bauch.«

»Das war nicht witzig. Die hätten uns auch rausschmeißen können.«

»Soll ich hier jedem zu Diensten sein, dem in seiner Wodkalaune nach mir ist? Soll ich mir mein Asyl als Blockhausmatratze verdienen? Ist das mein Preis für unser Überleben? Ist es das, was du verlangst? Dann gehe ich lieber in den Wald und erfriere.«

Sie schaute ihn zornig an. Grünzweig stand auf, nahm sie in den Arm und hielt sie fest. Sie drückte sich an ihn. Dann erwähnte sie Yolanthas Bemerkung über sie als ›Bruder und Schwester‹. Er ließ sie los, stand vor ihr und starrte zur Wand, als suchte er dort die richtigen Worte.

»Ich liebe eine Frau, und ich komme davon nicht los.«

Greta schluckte trocken. Sie hatte das befürchtet.

»Bist du verheiratet?«

»Nein. Aber wir wollten.«

»Wieso wollten? Warum habt ihr es dann nicht getan?«

»Sie ist tot.«

»Das tut mir leid! Warum hast du mir das nicht erzählt?«

»Es hat sich nicht ergeben. Seit einer Begebenheit im Lager habe ich immer wieder Lisa vor Augen und frage mich, was sie dächte oder täte, wäre sie in manchen Situationen dabei und könnte mit mir reden. Ich hatte das schon fast verarbeitet. Und weißt du, was vor kurzem im Lager geschah?«

»War sie etwa auch im Lager? Um Gottes Willen!«

»Nein, nein. Sie ist verunglückt. Es ist schon einige Monate her. Nein, es war etwas ganz anderes. Mülder zeigte mir in seiner Amtsstube ein Gemälde, die Kopie eines Picasso, die Lisa während ihres Studiums angefertigt hat. In jenem Moment ist bei mir alles wieder aufgebrochen.«

»Paul, das tut mir leid.«

»Das muss es nicht. Im Gegenteil. Es tut mir leid. Ich hätte mein trauriges Innenleben nicht vor dir ausbreiten sollen.«

»Grünzweig, sei nicht tapferer und männlicher als du sein musst. Immer dieses *Jungen weinen nicht*. Ich bin froh, dass du es mir erzählt hast. Jetzt verstehe ich vieles besser, und es ist gut so.«

Grünzweig setzte sich auf die Bettkante und ließ die Erinnerung an den Ausbruch aus dem Bauzugwagen noch einmal vor seinem inneren Auge ablaufen.

»Ich war in einer blöden Lage unter dem Waggon. Ich wollte allein fliehen, ohne Rücksicht auf andere, ohne Mitverantwortung und ohne das Risiko einer Gruppe. Einer baut immer Mist. Dann ist deine Jacke zerrissen, weil du zu ängstlich warst, dich durch das Loch fallen zu lassen. Dein Auftauchen gab meiner Flucht eine Wendung, die ich erst jetzt richtig erkenne. Unsere gemeinsame Flucht hat jetzt einen Sinn. Heute freue ich mich, dass es so gekommen ist. Heute mehr als in jener Nacht.«

»Habe ich nicht gut durchgehalten?«

Sie setzte sich neben ihn.

»Dafür bewundere ich dich. Heute glaube ich, ohne dich wäre ich nicht hier.«

»Blödsinn! Wie kommst du denn darauf.«

»Von einem einzelnen Mann geht immer Gefahr aus. Wenn einer flieht wie ich, steht er mit dem Rücken zur Wand. Im Ernstfall tut er Dinge, die er später bereut. Er will nichts weiter als überleben! Eine Frau tötet aus Eifersucht, ein Mann aus Hunger.«

»So habe ich das noch nie gesehen.«

Eine Weile sah er sie nachdenklich an.

»Irgendwie bin ich in diesem Augenblick Roman und Yolantha sogar dankbar, dass ich aus der Reserve kommen musste, und ich bin froh, dass es heraus ist.«

»Was ist mit dem Bild?«

»Ich wollte herausfinden, wie Mülder an das Bild gekommen war. Doch er hat es nicht gesagt. Ich weiß nur, dass sie es meiner Tante Sarah abgenommen haben. Geklaut. Mülder wusste nicht mal, wer Picasso ist. Ich habe ihm vorgelogen, es sei echt. Und der Simpel glaubt das. Dabei ist das Original fast doppelt so groß wie Lisas Kopie.«

»Eines Tages wird er sich wundern.«

»Er wird mir den Teufel an den Hals wünschen. Stolz darauf bin ich nicht. Aber er verdient es nicht besser.«

»Hättest du es gern zurück?«

»Aber sicher! Doch ich mache mir keine Hoffnung. Irgendwann wird die Rote Armee in das Lager eindringen, die Häftlinge befreien und die SS-Leute gefangen nehmen. Dann nimmt ein russischer Offizier das Bild als Andenken mit nach Hause. Ich werde wohl nie wissen, wo ihr Bild mit dem schönen Goldrahmen an der Wand hängen wird.«

Im Blockhaus herrschte reges Kommen und Gehen. Die Besucher kamen zu Fuß, mit dem Motorrad, manche mit dem Lkw. Sie kamen mit Dokumenten und Papieren, aber auch mit Lebensmitteln. Manchmal brachten sie kistenweise erbeutete Konserven mit deutscher, ungarischer oder österreichischer Aufschrift. Später kamen amerikanischen Etiketten dazu. Einige Besucher blieben nur für eine Nacht, andere länger.

Die ›Neuen‹ wurden seit dem Gespräch mit dem Alten in die Abläufe einbezogen. Bald gehörten sie zur Stammbesatzung der Blockhütte. Es bildeten sich Freundschaften. Sah man sich wieder, war die Freude oft groß, denn immer brachten sie Neuigkeiten mit ›von da draußen‹. Mit Hilfe des Wörterbuchs aus dem Funkraum und mit dem Studium der Zeitungen hatte sich Grünzweigs Polnisch verbessert. Wenn polnische Begriffe fehlten, benutzte er englische.

Auch Juri kam mit seinem Motorrad und einem Gast im Beiwagen immer öfter herauf. Dann umarmte er Paul herzlich. Er bestellte jedes

Mal Grüße von Tadeusz. Der wollte wissen, wie es seinem Mädchen gehe und ob sie sich einsam fühle dort oben. Der Lastkahn sei jetzt vertäut, es treibe zu viel Eis auf der Warthe. Es war jetzt tiefer Winter, und hier oben in den Bergen war es kalt. In der Wärme der Hütte begann Juris Gesicht zu glühen, wenn er sich bei Kaffee und einem oder zwei Wodka aufwärmte, während die Blockhausbesucher tiefe Gespräche führten. Meist fuhr er sie danach wieder zurück.

Greta und Grünzweig fühlten sich wohl, hatten zugenommen und machten ausgedehnte Spaziergänge in den verschneiten Wäldern, wenn es ihre Zeit zuließ. Sie wurden gebeten, an den Gesprächen teilzunehmen und wurden nach alten Kontakten gefragt, gelegentlich auch nach ihrer Einschätzung des abgehörten Funkverkehrs. Ihre Englischkenntnisse waren dabei für die Polen von großem Wert.

Nachrichten kamen aus allen Teilen Polens. Viele Kontakte waren Amateurfunker, die ihre privaten Ansichten und Erlebnisse mitteilten, oft in sehr persönlichem Stil mit unwichtigen Einzelheiten, doch immerhin frei von politischer Propaganda. Aus all dem musste ein sachliches Bild der Lage entwickelt werden. Und diese Lage erregte Besorgnis. Die Rote Armee stand nahe vor Warschau. Auch hier im Süden Europas rückte sie näher. Das wurde zwar begrüßt, endete damit doch die lange Besetzung durch die Deutschen. Aber die Polen waren besorgt über ihre Zukunft. Roosevelt hatte Stalin zu viele Zugeständnisse gemacht, meinten sie, zu Lasten Polens.

Yolantha und der Alte, da waren sie sich sicher, wollten den Russen keinesfalls in die Hände fallen. Ihre vielen Kontakte zu den westlichen Alliierten würden die Politkommissare bestimmt misstrauisch machen. Der Vorwurf der Spionage gegen die UdSSR war allzu leicht aufzustellen. Sie erwarteten die Verschleppung in ein Arbeitslager hinter dem Ural. Bei ihnen entwickelte sich so etwas wie Panik.

›Was dann?‹, fragte sich Grünzweig. Die Zeit im kuscheligen Blockhaus wäre vorbei, ihr Schicksal ungewiss. Da sie nun Teil des Ganzen waren, würden sie den Russen ebenso verdächtig vorkommen wie alle anderen. Es hatte sich herumgesprochen, dass das System Stalins mit Verdächtigen nicht viel Federlesens machte. Die großen Säuberungen waren allgemein bekannt.

Trotzdem die Anzahl polnischer und ausländischer Besucher stetig zugenommen hatte, warteten Greta und Grünzweig ungeduldig darauf, dass die Andeutungen des Alten Wahrheit würden und sie das Blockhaus verlassen könnten. Ihr anfängliches Gefühl der Geborgenheit wich der unruhigen Erwartung. Wochen später kam ein Besucher, der Grünzweig und Greta fotografierte. Sie sollten Pässe bekommen. Ihre Hoffnung bekam neue Nahrung. Endlich!

31

Schulte war am Schrotthaufen im Querbahnsteig vorbeigegangen, hatte das Warnschild gelesen, das Gebäude verlassen und spazierte ziellos in der Umgebung herum. Es gab nicht einmal ein Café als Ansitz. Alles war zerstört. Leere Fensterhöhlen gähnten ihn an. Es wurde früh dunkel, die wenigen Straßenlaternen, die stehen geblieben waren, gaben kein Licht. Wie sollte er unter diesen Umständen Mülder auflauern? Und dann seine auffällige Uniform!

Er hatte sich erkundigt, der Anschlusszug in Richtung Lindau ging am Vormittag ab. Keine Zeit, sich Zivilkleidung zu besorgen. Vermutlich würde Mülder den Zug nehmen. Nach seiner bisherigen Route sogar sehr wahrscheinlich. Er prüfte den Gedanken.

›Wo sonst soll er hin? Was würde ich an seiner Stelle tun? Genau das. Denn in meiner Heimat könnte ich mich am besten verstecken.‹

Er nahm sich ein Hotelzimmer in der Nähe des Hauptbahnhofes.

»Sie haben sich völlig richtig verhalten. Wir können das nicht in aller Öffentlichkeit regeln. Ich möchte nicht, dass die Gestapo oder die Polizei durch unüberlegte Aktionen auf uns aufmerksam gemacht werden.«

Kramer war ruhiger als Schulze erwartet hatte. Er kam sich vor wie ein Versager. Er wollte die Panne korrigieren und Mülder auf den Fersen bleiben.

»Auf gar keinen Fall. Ich brauche Sie in Lebrechtsdorf. Lassen Sie Mülder vorerst laufen. Er soll sich in Sicherheit wiegen, wird unvorsichtig und wird Fehler machen. Dann reagieren wir mit chirurgischer Präzision und schnell. Fahren Sie zurück!«

Mülder ärgerte sich über den Verlust seines Vorsprungs. Er hatte den Kübelwagen drei Tage zu früh versenkt. Jetzt hatte er Schulze am Hals. Er hockte in seinem stählernen Versteck und war zufrieden darüber, wie er Schulze abgehängt hatte. Jedenfalls bis jetzt.

›Kramer hat also Schulze losgeschickt, anstatt die Feldjäger und die Polizei mit ihrem dichteren Netzwerk auf mich anzusetzen. Das ist das Positive. Schulze hat allenfalls zwei bis drei Helfer. Wahrscheinlich ist er sogar allein. Ausgerechnet den! Wenn der die Gelegenheit dazu bekäme, würde er mich abknallen wie einen Hasen.‹

In der beginnenden Dämmerung wagte er sich aus dem Versteck. Er ließ den Picasso im Goldrahmen und seine Reisetasche zurück. Im nahen Umkreis war keine schwarze Uniform zu sehen, nur das Dunkelblau der Eisenbahner. An einem der provisorischen Schalterhäuschen, die sie nach dem Einsturz des Daches gezimmert hatten, erkundigte er sich nach den Zugverbindungen nach Bremen und dem nächsten Halt. Personenzüge hielten in Schkeuditz, Eilzüge erst in Halle an der Saale.

Den Leipziger Bahnhof musste er meiden. Zu riskant. Mülder holte die Sachen aus dem Versteck und deponierte sie zwischen den verkohlten Mauern eines ausgebombten Wohnhauses in einer Seitenstraße. Am nächsten Morgen sprach er den Fahrer eines Lastwagens an. Der Mann war hilfsbereit, Mülder hatte eine Mitfahrgelegenheit nach Halle. Der Opel ›Blitz‹ hielt in der Delitzscher Straße, in der Nähe des Halleschen Bahnhofs. Mülder stieg aus. Er konnte die weite, geschwungene Kuppel der Bahnhofshalle mit dem quadratischen Grundriss und den verspielten Ecktürmchen sehen, fast unbeschädigt. Die Zerstörungen durch Bomben lagen mehr zur Stadtmitte.

Das Patrizierhaus in der Hansestadt, in dem die *Atlantico GmbH* ihre Büroräume hatte, lag in der Altstadt zwischen Stadtgraben und Weser, nur wenige Meter vom Bremer Roland entfernt. Mülder hüpfte in der ersten Etage aus dem Paternoster und öffnete die Eingangstür. Eine Angestellte führte ihn in das Besuchszimmer. Auf einem ovalen Tablett brachte sie duftenden Kaffee. Auf der Tischplatte aus Palisander lag eine Firmenbroschüre. Mülder sah Fotos von Frachtschiffen, Hafenkranen, Tabellen und Statistiken, die das internationale Ansehen der Gesellschaft darstellen sollten. Auf der hinteren Innenseite fand er ein Foto seines Gesprächspartners, Direktor Dr. Hassell im Kundengespräch. Dann ein Bild des Panamakanals mit einem schleusenden Frachter, ein paar Bilder aus Südamerika. Die Broschüre atmete die große weite Welt, brillante Farben, keine Spur von Krieg oder Zerstörung. Hassell bemaß die Zeit bis zu seinem Eintreten so, dass der Besucher in Ruhe bis zur letzten Seite vordringen konnte. Und schon öffnete sich die Tür.

Ein strahlender, für seinen gedrungenen Körper sehr agiler Fünfziger mit Glatze und ovaler Nickelbrille schritt durch die Tür. Das Jackett des grauen Zweireihers war offen. Auf der Weste schaukelte eine Uhrkette bei jedem Schritt, die violette fein gestreifte Krawatte zeigte Geschmack. Forschende, kluge Augen musterten den Besucher. Der joviale Gesichtsausdruck Hassells überspielte die kleinen, abwärts gerichteten bitteren Fältchen an seinen Mundwinkeln. Er kam um den Tisch herum, streckte seinem Gast die Hand entgegen. Mülder stand auf.

»Herr Fugli! Wie ich mich freue, Sie kennenzulernen nach ihrem so kurzfristig geäußerten Besuchswunsch. Sie sehen, wir sind flexibel. Alles ist möglich. Dienstleistung ist unser Geschäft. Nehmen Sie doch bitte wieder Platz. Noch einen Kaffee?«

»Vielen Dank, dass Sie es ermöglichen konnten. Gern noch einen Kaffee. Er ist vorzüglich. Selten anzutreffen heutzutage. Kompliment!«

»Bremen ist die Stadt des Kaffee-Imports. Wenn *wir* keinen rösten und brühen könnten, *wer dann*? Bevor Sie gehen, gebe ich Ihnen noch ein Pfund mit für Ihre werte Gattin. Sie sind doch verheiratet?«

»Selbstverständlich. Meine Frau heißt Johanna.«

»Welch schöner Name. Kinder?«

»Leider noch nicht. Der Beruf, wissen Sie.«

Das hätte er besser nicht gesagt. Jetzt nicht verplappern! Hassell nutzte das Versehen geschickt für seine nächste Frage.

»Womit verdienen Sie sich Ihren Kaviar? Ähem. Kleiner Scherz.«

»Äh, ich bin im Personalbereich tätig. Meine Ehefrau handelt mit Antiquitäten und Schmuck.«

»Personal, wie? Sehr gute Zeit dafür. Deutsche Fachleute ins Ausland abwerben ist die Idee der Stunde. Machen wir auch, allerdings nur in begrenztem Maßstab für den Bedarf unseres Konzerns. Gut ausgebildete Fachleute werden weltweit gesucht. Wo sind Sie denn in der Schweiz zuhause?«

Mülder hatte gleich zu Beginn der Unterhaltung seine alemannische Mundart zu benutzen versucht, stellte aber fest, dass er aus der Übung war. Seine Kameraden hatten ihn damit gehänselt, und er hatte sehr schnell Hochdeutsch angenommen. Und er bemühte sich angestrengt, den militärischen Jargon zu vermeiden.

»Rheinfelden. In direkter Nachbarschaft zu Badisch Rheinfelden. Gerade mal über die Rheinbrücke. Dort ist das Schweizerdeutsch nicht so ausgeprägt.«

»Ich hatte das schon bemerkt, Sie sprechen ausgezeichnet Deutsch, Herr Fugli. Nicht alle Schweizer können das. Respekt! Darf ich Sie noch etwas fragen? Sie müssen darauf nicht antworten. Hatten Sie beim Militär gedient? Sie sprechen sehr - sagen wir - diszipliniert.«

»Natürlich habe ich gedient wie jeder Schweizer. Aber das ist schon etwas her.«

»Jetzt habe ich Sie genug ausgefragt. Was können wir für Sie tun?«

Hassell lehnte sich zurück. Er hatte sich einen vorläufigen Eindruck seines Gegenübers verschafft. Viele Fragen blieben offen. In jedem Fall würde er seine Schweizer Kontakte spielen lassen. Doch das hatte Zeit. Jetzt war Fugli an der Reihe zu sagen, was er wollte.

Mülder alias Fugli hatte in Bezug auf Rheinfelden geschwindelt, denn Elsbeth wickelte ihre Geschäfte über Konstanz ab. Von diesen kleinen geografischen Unterschieden hat ein Fischkopf keine Ahnung, dachte er. Seine Frau wolle ihr Geschäft ins Ausland verlegen, erklärte er Hassell, da für die nächsten zehn, zwanzig Jahre in Mitteleuropa damit kein Geld zu machen sein würde.

»Sie sagten Schmuck und Antiquitäten. Auch Gemälde? Hat Ihre Gattin 1939 in der Galerie Fischer in Luzern auch mitgeboten?«

»Leider haben wir nicht die Räumlichkeiten und Voraussetzungen für Gemälde, wie Klimatisierung zum Beispiel«, wich Fugli aus.

»Ich frage nicht ohne Grund. Wir bereiten gerade einen größeren Transport vor. Den hätten wir mit Ihrer Sammlung verbinden können.«

Fugli täuschte Unkenntnis vor. »Ach ja? Gemälde aus Luzern?«

»Möglich. Oder aus der Hauptfeuerwache Berlin-Kreuzberg. Ihnen ist die Aktion sicher bekannt. Die ganze Kunstwelt redet über die beiseite geschafften Werke. Doch das will ich gar nicht wissen. Diskretion.«

»Sicher verraten Sie mir nicht, welche Galerie Ihr Auftraggeber ist. Müssen Sie auch nicht. Und in welches Land geht die Sendung?«

»Nach Peru. Dort haben wir Geschäftsverbindungen, wie Sie der Broschüre entnehmen konnten. Sie hatten ein Paket bei sich, das wie ein Gemälde aussieht. Ich will nicht neugierig sein, aber dürfte ich mir das ansehen? Soll das auch verschifft werden? «

Fugli-Mülder zögerte eine Sekunde, aber es blieb ihm nichts übrig als zuzustimmen. Ablehnung würde Hassell stutzig machen. Außerdem könnte eine zweite Meinung nicht schaden, nach der ersten Beurteilung durch diesen Grünzweig. Hassell war bereits aufgesprungen und ließ das Paket holen.

»Und noch einen Kaffee für Herrn Fugli.«

Am Ende des Gesprächs sagte Dr. Hassell zu, Fugli ein Angebot zu unterbreiten über zwei Schiffspassagen nach Lima, den Seetransport des Hausrats, der Sammlung von Antiquitäten und Schmuck ebenso nach Lima, während der Picasso als Sonderfracht mit dem erwähnten größeren Posten an Gemälden fachmännisch verpackt, verladen und in Puerto Chicama entladen würde, einem kleinen Hafen der Muttergesellschaft vierhundert Seemeilen nördlich von Lima. Dort wäre auch die kundige Zwischenlagerung garantiert.

»Bevor ich es vergesse, wir sind verpflichtet, bei Reservierung von Passagen, der Reederei die Nummern Ihrer Reisepässe bekanntzugeben. Würden Sie die meiner Sekretärin geben? Dort wartet auch das Päckchen Kaffee, das ich Ihnen versprochen hatte.«

Hassell hatte eine Droschke bestellen lassen, die Herrn Fugli zum Bremer Hauptbahnhof brachte. Er ließ sich die Abschriften der beiden Pässe vorlegen und schloss sie in seinen Schreibtisch ein. Er fragte sich, warum Fugli so viel Aufhebens um eine Picasso-Studie machte, die er auch noch für echt hielt. Er hatte es nicht übers Herz gebracht, ihm die Wahrheit zu sagen. Er war der Kunde. Es war dessen Glück, an dem er nicht kratzen wollte. Das darf man niemandem wegnehmen. Aber einen »echten« Picasso in Packpapier durch ganz Deutschland zu schleppen, fand er schon etwas schräg.

Roland Mülder alias Franco Fugli fuhr unbehelligt von Norden nach Süden durch das Deutsche Reich, den Picasso sorgfältig im Gepäcknetz verstaut, stets im Blick. Sein Ziel war Tettnang nördlich des Bodensees. Sein alter Schulfreund Klaus Gehrling im Nachbarort Bechlingen stellte nicht viele Fragen und konnte schweigen. Zu Elsbeth waren es zwölf Kilometer und zu seiner Schwiegermutter zwei. Er wollte sein Fahrrad im Keller wieder flottmachen. Seit seinem Eintritt in die SS hatte es dort unbenutzt gestanden. Er würde zu Elsbeth radeln. In der gemeinsamen Wohnung zu wohnen war ihm zu riskant. Kramer brauchte nur zwei seiner gehorsamsten Leute zu schicken, und sie hätten ihn abgefangen, bevor er würde sagen können ›Willkommen am Bodensee, Kameraden‹.

»Nicht schlecht die Moustache. Fehlt noch das Barrett. Komm rein.«

Das war Klaus' ›wortreiche‹ Begrüßung. Mülder gefiel die Idee mit der Baskenmütze. Er würde sich eine besorgen, um seine Tarnung zu verbessern. Klaus bot ihm das Gartenhaus an.

»Das haben wir vor dem Krieg als Ferienwohnung vermietet.«

Zum Bodensee waren es keine zehn Kilometer, dazu lag Bechlingen in einer Region des Obst- und Hopfenanbaus, ein Erholungsgebiet für Naturfreunde. Klaus war alleinstehend. Er hatte nicht viel für Frauen übrig, was wohl wegen seines krummen Rückens auf Gegenseitigkeit beruhte. Durch den Schaden an der Wirbelsäule war er wehruntauglich.

»Wo ist deine schneidige Uniform, Roland? Du und dein Ehrenkleid, ihr wart doch unzertrennlich. Darf ich raten: Du bist abgehauen. Hast die Schnauze voll, oder.«

Mülder schwieg. Wenn er Klaus die volle Wahrheit erzählen würde, könnte er seine Sachen packen. Er fühlte einen Schatten auf die alte Freundschaft fallen. Er war jetzt nicht aufrichtig. Aber er konnte nicht anders. Er brauchte Klaus' Hilfe. Er würde ihm später alles erzählen. Doch er ahnte, dieses Später würde es nicht geben. Er wusste, er würde zu feige sein, seinem alten Freund die ungeschminkten Tatsachen seines Lebens zu offenbaren.

32

Im Blockhaus ging alles sehr schnell. Zwei Besucher kamen in einer geschlossenen Limousine. Sie waren in lange Ledermäntel gekleidet, einer von ihnen trug eine Reisetasche. Grünzweig legte die Axt aus der Hand, sah zu ihnen hinüber und dachte für einen Moment an Geheimagenten. Diese beiden hatte er noch nie im Blockhaus gesehen. Der Alte öffnete ihnen und ließ sie ein. Nach ein paar Minuten kam er wieder heraus und winkte Grünzweig. Er ging mit Greta und ihm in den Funkraum. Allein. Jetzt trug *er* die Reisetasche und stellte sie auf den Tisch.

»Sie haben euch neue Kleidung mitgebracht. Zieht euch bitte um und versteckt dies bitte am Körper. Es sind zwei identische Mikrofilme. Einer für jeden, falls einer nicht durchkommt. Die beiden Ledermäntel bringen euch an die jugoslawische Küste. Von dort bringt euch ein Schiff über die Adria in den von den Amerikanern befreiten Italiens. Dort sucht ihr Stéfan Komorowski. Die Amerikaner helfen euch dabei. Komorowski, merkt euch den Namen. Ihr erkennt ihn nur mit einer Losung. Ihr sagt ›Warschau‹, und er muss mit ›Ghetto‹ antworten. Tut er das nicht, ist er nicht Komorowski. Die beiden Ledermäntel wissen nichts davon, das müssen sie auch nicht. Aber in ihrer Gegenwart überreiche ich euch die offiziellen Dokumente. Die zeigt ihr Stéfan Komorowski. Er *muss* nach den Mikrofilmen fragen, sonst rückt ihr sie nicht heraus.«

»Wo finden wir den?«

»In Ancona. Wie gesagt, ihr müsst euch bei den Amerikanern zu ihm durchfragen. Nun zieht euch um. Ich erwarte euch unten.«

Grünzweig spürte Aufregung. Sein Magen kribbelte plötzlich. Es kam so plötzlich. Er umarmte Greta spontan.

»Es geht los!«

Sie schlang die Arme um seinen Hals und küsste ihn. Während sie sich auszog, sah er verstohlen zu ihr hinüber.

›Ich wünschte, wir hätten jetzt Zeit für einander ...‹

Von den Ledermänteln bekamen sie einen polnischen Pass, einen amerikanischen und einen Passierschein in Serbisch.

»Der ist für die Kontrollen, falls wir auf Titos Partisanen treffen.«

Der Alte überreichte Grünzweig in sehr offizieller Pose einen prall gefüllten Umschlag.

»Ihr wisst, was zu tun ist. Und nun gute Reise. Irgendwann sehen wir uns wieder. Hoffentlich noch in diesem Leben.«

Er umarmte Grünzweig und klopfte ihm auf den Rücken.

»Wie sagt man bei euch? Shalom Alejchem.«

»Alejchem Shalom«, erwiderte Grünzweig.

Die raue Yolantha in ihrer Schürze umarmte sie beide herzlich.

»Ihr werdet mir fehlen. Wer macht jetzt Brennholz? Wer hilft mir in der Küche?«

»Lass gut sein, Yolantha«, antwortete Papa. »Wir kriegen neue Leute. Der Widerstand lebt. Bald kommt die Rote Armee.«

Draußen stellten sich die beiden im Ledermantel vor. Ihre Namen klangen serbisch oder kroatisch, jedoch nicht polnisch, und Grünzweig konnte sie sich nicht merken. Grünzweig und Greta saßen hinten im Wagen. Er versuchte, sich zu orientieren. Ihre grobe Fahrtrichtung war Südwest. Um die Adria zu überqueren, mussten sie zur Hafenstadt Pula in Istrien oder nach Rijeka in Kroatien. Es würde eine lange Autofahrt werden. Ortsnamen sah er nur wenige, und die Schilder waren entweder zerschossen oder umgefallen. Sie fuhren den Rest des Tages und die ganze Nacht. Alle zwei Stunden lösten sich die beiden Fahrer ab.

Grünzweig war eingenickt. Plötzlich bremste der Wagen scharf. Er schreckte hoch. Greta klammerte sich an ihm fest. Der Beifahrer bat sie, sich ganz ruhig und entspannt zu verhalten.

»Partisanen. Auf unserer Seite. Kein Problem.«

Vor dem Wagen fuchtelte eine Taschenlampe auf und ab. Rechts und links erkannte er etwas abseits vom Straßenrand dunkle Gestalten mit Maschinenpistolen, die Mündung auf den Wagen gerichtet. Der mit der Taschenlampe kam heran und leuchtete das Innere des Wagens ab und dann nacheinander die vier Gesichter. Grünzweig kniff die Augen.

»Passport!«

Der Fahrer reichte die vier Pässe mit den Passierscheinen hinaus. Die Lampe schwenkte viermal vom Pass zum Gesicht. Dann wurden dem Fahrer die Papiere durch das Fenster gereicht. Er erhielt Anweisungen für die Weiterfahrt, dann legte er den Gang ein.

Sie fuhren durch die Slowakei nach Ungarn und überquerten die Donau auf einer Fähre bei Győr, nördlich von Budapest. Am südlichen Ufer des Plattensees vorbei ging es weiter nach Südwesten in Richtung Kroatien. Noch dreimal wurden sie von serbischen Partisanen angehalten und kontrolliert. Mit jeweils neuen Angaben über sichere Wege gelangten sie am nächsten Morgen nach Istrien.

Vor ihnen ragte der Felsrücken von Koper auf, mit der befestigten Altstadt, die die Italiener Capodistria nennen. Die Adria war bleiglatt und lag tiefgrau in der Morgendämmerung. Der Wagen steuerte in weitem Bogen um den Hügel zu einem abgelegenen kleinen Anleger außerhalb des Hafens, an dem Fischkutter vertäut lagen. Greta und Grünzweig mussten im Wagen bleiben, während die beiden Ledermäntel an Bord eines der Kutter verschwanden.

Grünzweig kurbelte sein Fenster herunter und zog das Gemisch aus Meeresbrise, Fisch und Dieselöl in seine Lungen.

»Der Duft der Freiheit.«

»Ja«, antwortete Greta.

»Zum seekrank werden. Ich dachte, Freiheit riecht klar und rein.«

Die Ledermäntel erschienen an Deck des Kutters und winkten sie heran. Auf der Pier verabschiedeten sie sich und wünschten auf Serbisch gute Reise. Auf die niedrige Reling gestützt beobachtet Grünzweig, wie der Wagen in einer feinen Staubwolke verschwand.

Der kleine Kutter dünstete denselben Duft der Freiheit aus. Dazu kam der beißende, schwarze Qualm des Auspuffs, nachdem der Motor startete. Der Skipper löste die Leine, und die achterliche Brise ließ die dunkle Rauchfahne am Schiff festkleben. Unter Deck war kein Platz, sie setzten sich auf die kleine Bank an der Rückseite des Steuerhauses. Zuvor hatte sich der Fischer als Pedrag vorgestellt, klemmte sich hinter sein Steuerrad und schloss die Tür. Vom stämmigen Mast hinter ihnen ragten dünne Ausleger über die Bordwand hinaus, zur Tarnung hingen an deren Enden Netze, jederzeit bereit zum Auswerfen. Sie fuhren zur Westspitze Istriens, dann änderte sich der Kurs auf Süd, und sie fuhren dicht unter Land an Pula vorbei. An der Südspitze der Halbinsel steuerte er eine versteckte Bucht an, stoppte die Maschine und warf den Anker aus. Es war jetzt Nachmittag. Der Skipper legte sich auf dem Vordeck in eine Rolle Seil und schlief ein. Greta und Grünzweig dösten in der Sonne vor sich hin, noch müde von der Autofahrt. Es war kühl, Greta fror und kuschelte sich an Grünzweig. Er legte seinen Arm um ihre Schulter und zog sie an sich.

Bei Sonnenuntergang lichtete der Skipper den Anker und startete den Motor. Allmählich verschwand die Küste, sie tuckerten hinaus auf die offene Adria. Kurz darauf schaltet er die Positionslichter aus. Die fade Beleuchtung des Kompasses ließ das faltige, von Wetter und Salzwasser gegerbte Gesicht mit dem grauen Schnauzbart wie eine Maske aussehen. Grünzweig öffnete die Tür zum Steuerhaus. Vor dem Steuerrad hatte der Skipper eine Seekarte auseinandergefaltet und zeigte auf Ancona. Sie fuhren ziemlich genau nach Süden.

»Noch hundertfünfzig Seemeilen. Bei Sonnenaufgang sind wir da. Venedig ist genauso weit, etwa dort.«

Er zeigte nach Steuerbord.

Greta hatte sich auf die Reling gestützt und betrachtete den letzten roten Schimmer der untergegangenen Sonne. Über ihr wurden die ersten Sterne sichtbar.

»Gestern noch tief verschneite Wälder, und jetzt diese laue Nacht. Würde es nicht so stinken, könnte man meinen, wir wären auf einer Seereise in der Karibik.«

»Die könnten wir ja eines Tages nachholen«, erwiderte Grünzweig.

»Wie bitte?«

Die Dämmerung verbarg den erstaunten Ausdruck in ihrem Gesicht.

»War nur so ein Gedanke.«

»Ich könnte mich an den Gedanken gewöhnen. Sag mal, wer bezahlt eigentlich diese Überfahrt?«

»Indirekt du. Ich nehme an, die Amerikaner sind ganz scharf auf dein Wissen von der Uranspaltung.«

Plötzlich stoppte der Motor. Der Skipper legte den Zeigefinger auf seine Lippen und lauschte nach fremden Schiffsgeräuschen. Außer dem Glucksen der Wellen an der Bordwand war nichts Verdächtiges zu hören. Nach ein paar Minuten fuhr er weiter. Je näher sie der italienischen Küste kamen, umso öfter legte er Lauschpausen ein. Allmählich mischte sich ein neues Geräusch in die Stille, das sie vorher nicht gehört hatten. Ein dumpfes Grollen, es schwoll an, verebbte, schwoll an. Immer wieder.

»La Guerra«, sagte der Skipper. Der Krieg.

Der Geschützdonner erinnerte sie daran, dass die Amerikaner nach Norden vorrückten in Richtung Alpen, zur Südgrenze des Reiches. Im Morgengrauen erreichten sie den kleinen Hafen von Torette in der Bucht von Ancona. Der Kutter umrundete den Wellenbrecher und steuerte den nächsten Anleger an. Bei laufendem Motor kletterten sie von Bord. Der Skipper reichte ihre Tasche auf die Pier und legte sofort wieder ab. Mit den Netzen an den Auslegern sah es so aus, als würde er gerade zum Fischen auslaufen. Er hatte nicht einmal ein Tau um den Poller gelegt.

Etwas verloren standen sie mit ihrer Reisetasche auf dem Anleger. Jetzt hieß es, Komorowski zu finden. Der Ort schien noch zu schlafen. Über dem Meer schob sich die Sonne herauf. Sie gingen zur Uferstraße und dann nach links in Richtung Stadt. Zehn Kilometer hatte der Skipper geschätzt. Zwei Stunden. Außer ihnen war niemand unterwegs.

Ein Jeep überholte sie. Die Bremslichter leuchteten auf, er hielt am Straßenrand. Neugierig fragte der schwarze Fahrer, was sie zu dieser frühen Stunde hier täten, Einheimische wären sie sicher nicht. Grünzweig zeigte ihm seinen amerikanischen Pass.

»Wenn Sie nett zu uns sind, setzen Sie uns an der nächsten Cafeteria ab. Fürs Mitfahren laden wir Sie zu einem Espresso ein.«

»Erstens ist noch keine offen, zweitens sind Sie keine Amerikaner und drittens bringe ich Sie zu meiner Einheit. Dort bekommen Sie einen

Kaffee. Army-Brühe. Wo haben Sie Spaßmacher eigentlich Amerikanisch gelernt? Jedenfalls nicht in den US of A.«

Er fuhr so schnell, dass das Abspringen lebensgefährlich sein würde, sollten sie es versuchen. Für ihn waren die beiden deutsche Spione mit einem ziemlich deutschen Akzent. Er brachte sie in ein Zeltlager der US Army außerhalb Anconas. Das einzige gemauerte Gebäude war das der Wache. Sie wurden dem Wachhabenden vorgeführt. Der sperrte sie ohne Fragen in eine Zelle. Kein militärischer Auftrag, keine Zugehörigkeit zu einer Einheit, vermutlich gefälschte Pässe. Tür zu, und der Schlüssel knarzte im Schloss. Die amerikanischen Pässe behielt der Offizier.

»Toller Empfang«, stellte Greta nüchtern fest.

»Wir sind wieder Häftlinge.«

»Ich melde mich wieder zum Bauzug«, sagte Grünzweig.

»Welch feine Ironie, aber ich schleppe nie wieder Schwellen.«

Nach zwei Stunden drehte sich der Schlüssel, die Tür ging auf, und vor ihnen stand ein Offizier.

»Major Korn. Guten Morgen.«

Tadelloses, akzentfreies Deutsch.

»Tut mir leid, aber die Armee ist äußerst vorsichtig mit unbekannten Zivilisten. Bitte folgen Sie mir.«

Dann saßen sie in seinem Armeezelt. Korn ließ ihnen Kaffee und Sandwiches kommen.

»Nun erzählen Sie mal.«

Grünzweig und Greta schilderten abwechselnd, sich ergänzend. Korn hörte ihnen konzentriert zu, ohne zu unterbrechen, machte sich Notizen. Als fertig waren, schüttelte er den Kopf.

»Abenteuerlich. Unfassbar.«

›Glaubt der uns nicht? Zweifelt der unsere Geschichte an?‹

Korn schrieb etwas auf ein Formular und rief seine Ordonanz. Er murmelte ihm etwas zu, worauf der das Zelt verließ.

»Wo soll ich anfangen ...

Zuerst einmal: Hier haben Sie Ihre Pässe wieder.«

Er schob sie über seinen Schreibtisch.

»Bewahren Sie sie als Andenken. Es sind meisterliche Fälschungen. Der die gemacht hat, versteht sein Handwerk. Was Sie an Dokumenten sonst noch bei sich tragen, will ich gar nicht sehen. Entscheiden Sie selbst, was Sie damit machen. Ich gehöre nicht zur kämpfenden Truppe, sondern arbeite für den Nachrichtendienst. In den befreiten Gebieten bin ich für alles zuständig, was für meine Regierung von Interesse ist. Wir sind bestens vorbereitet. Wir haben im Vorfeld eine Menge ausspioniert. Sie, Frau Weisz, stehen auf der Liste gesuchter Personen. Sagt Ihnen der Begriff Manhattan-Projekt etwas? Sie werden in die Staaten geflogen. Man wird Sie ausquetschen wie eine Zitrone. Vielleicht bekommen Sie dort sogar einen Job. Das entscheiden die drüben.«

Grünzweig stand der Mund offen. Dieser Korn spulte das alles ab wie einen völlig normalen Geschäftsvorgang. Nüchtern. Schnörkellos. Kalt. Dabei ging es hier um Menschen, ihre Hoffnungen, Befürchtungen nach einer teilweise abenteuerlichen Reise. Korn sprach ungerührt weiter.

»Herr Grünzweig, Sie stehen auf der Liste eines Herrn Wittman oder Wissmann ...«

»Weitzmann. Sie wissen von Weitzmann?«

Korn blätterte in seine Unterlagen.

»Stimmt. Sie kennen ihn?«

»Ja. Ich traf ihn in Lebrechtsdorf. Sie haben ihn nach unserer Flucht umgebracht.«

»Das wissen Sie also auch schon. Woher?«

»Von Miller in Tschenstochau.«

»Sie sind viel herumgekommen. Sie brauche ich hier in Europa. Ihre Andeutungen über den Diebstahl von Kunstgegenständen Ihrer Tante sind sehr interessant. Darüber haben wir eine Menge von Informationen. Doch das vertiefen wir später. Jetzt brauche ich erst mal die Namen der Leute im Blockhaus. Name, Vorname, Tätigkeit und Zugehörigkeit zu Einheiten, Truppenteilen und Organisationen.«

Grünzweig wurde plötzlich klar, dass er nur die Vornamen kannte und über alles andere im Dunkeln gehalten worden war.

»Ok. Das hilft uns nicht weiter. Was sollen Sie Stéfan Komorowski übergeben? Wir kennen ihn, aber Sie können ihn zurzeit nicht treffen. Ich verspreche Ihnen, dass er alles erhält, was Sie ihm übergeben sollen.«

»Ich habe zugesagt, es ihm nur persönlich ...«

Korn fiel ihm ins Wort.

»Schon gut. Jetzt bin ich Komorowski. Den Umschlag!«

Grünzweig kramte in der Tasche und zog ihn heraus.

»Und jetzt die Mikrofilme.«

»Warschau.«

»Ghetto.«

»Gut, Herr Komorowski, aber ...«

»Ich weiß, dass Sie sie am Körper versteckt haben. Ich gehe jetzt für ein paar Minuten hinaus, damit Sie sich ausziehen können.«

Greta nickte Grünzweig zu. »Sein Wort.«

Als er sein Zeltbüro wieder betrat, lagen die zwei kleinen versiegelten Umschläge auf seinem Schreibtisch.

»Komorowski bekommt die Originale. Ich habe Ihnen *nicht* gesagt, dass wir uns Kopien der Unterlagen machen werden. Wir müssen *alles* wissen.«

Die Ordonanz kam mit einem Umschlag zurück, aus dem Korn zwei vorläufige amerikanische Reisedokumente fischte.

»Ihre Identität. Sie können sich ab jetzt wieder frei bewegen.«

»Wie frei ist frei, Herr Major? Ich unterstelle, Sie wollen mich in die USA fliegen. Richtig? Und was, wenn ich bei Grünzweig bleiben will?«

Greta sah ihn herausfordernd an.

Korns Gesicht wurde steinern.

»Das ist die *conditio sine qua non*, Frau Weisz. Als künftige Bürgerin der USA haben sich Ihre Interessen den Sicherheitsbedürfnissen unseres Landes unterzuordnen. Als Deutsche müsste ich Sie festnehmen. Es ist Krieg. Zweitens besitzen Sie einen gefälschten amerikanischen Pass, dort in Ihrer Jackentasche. Das ist ein Vergehen gegen geltendes Recht. Sie haben die Freiheit der Wahl. Ich denke, ich habe mich klar ausgedrückt.«

Betrachten Sie das nicht als vorweggenommene Siegerjustiz, sondern als ein faires Angebot meines Landes. Sie besitzen wertvolle Kenntnisse über die Uranspaltung. Die brauchen wir sofort, nicht in ein paar Monaten oder wenn es Ihnen genehm ist. Jedes Wissen hat nur - wie würden Sie es nennen? - begrenzte Halbwertzeit. Nun fahren wir zu unserer Militärbasis Chiaravalle und kümmern uns um Ihre Ausreise.«

Er war aufgestanden. Im Hinausgehen drehte er sich zu ihnen um.

»Ich weiß, das kommt alles ein bisschen schnell. Als meine Eltern Anfang 1935 beschlossen, Ihr Land zu verlassen, Juden wie Sie und ich, stand auch ich plötzlich vor neuen Prioritäten. Ich habe mich sehr schnell für Frieden, Gerechtigkeit und Freiheit entschieden und meine Karriere als Jurist unterbrochen. Nun bin ich hier und tue meinen Job.«

Nach zwanzig Minuten waren sie auf dem Vorfeld des Flugplatzes. Das Wetter hatte umgeschlagen. Heftiger Westwind blies vom Apennin. Die zerrissenen Wolken gaben ab und zu einen Fetzen Himmel frei, durch den die Wintersonne ihre schrägen Strahlen zwängte. Ihr Licht spiegelte sich blass in ein paar Regenpfützen, verstärkt vom Reflex der roten Blinklichter unter dem Rumpf der vorbeirollenden Flugzeuge. Der Lärm der Motoren und Propeller wurden von den Böen zerrissen. Es roch nach Abgasen und Benzin. Zwei Piloten schlenderten vom Hangar zu ihrer Dakota in Tarnfarbe, sie prüften die Wetterdaten auf ihren Klemmbrettern.

Mit gemischten Gefühlen sah Greta auf das Flugzeug, aus dessen Bauch eine Aluminiumleiter herabgelassen wurde. Die Maschine war jetzt zum Einsteigen bereit. Alles geschah so schnell.

›Korn hat mich ganz schön zusammengefaltet. Er hätte ebenso sagen können: Halt die Klappe, blöde Kuh! Und er hat Recht. Ich komme hier raus und kann neu anfangen. Ich bekomme eine zweite Chance. Aber was wird aus Paul? Heute werden unsere Wege getrennt. Werde ich ihn wiedersehen?‹

»Du schaust betrübt. Freust du dich nicht?«

Grünzweig legte seinen Arm um ihre Schultern, hielt sie fest.

›Sehe ich sie wieder? Ist das ein Abschied für immer? Grässlicher Gedanke. Was wären jetzt die richtigen Worte?‹

Sie hingen beide ihren Gedanken nach, ließen die letzten Wochen und Monate Revue passieren. Ihre Mäntel flatterten im Wind. Korn trat zu ihnen und stellte ihnen Oberst Rob Henshaw vor.

»Sie fliegen zusammen. Ziemlich windig. Das wird bockig. Sind Sie seefest, Greta? Rob wird auf Sie aufpassen. Übrigens, wenn Sie beide sich schreiben wollen, wird das schwierig. Wer weiß, wo Sie wohnen werden. Benutzen Sie mich als Briefkasten. Ich weiß verlässlich, wo Sie beide zu erreichen sind.«

Sie gingen zusammen bis zur Maschine, umarmten sich.

»Greta, du wirst mir fehlen.«

»Gib auf dich Acht. Ich will dich wiedersehen, Paul Grünzweig.«

Henshaw stand bereits im Flugzeug an der offenen Luke.

»Können wir? Der Pilot will oben sein, bevor der Wind zunimmt. Ich werde auf Ihre Greta aufpassen, Ehrenwort. Wir werden viel Spaß haben auf dem langen Flug. Sie soll mir Skat beizubringen, ich zeige ihr Poker. Haben Sie ihr ausreichend Kleingeld mitgeben? Ich bin Spitze im Mogeln.«

Augenzwinkern.

»Drüben wird sich meine Frau um Greta kümmern, und wenn die Sehnsucht gar zu schlimm wird, hat die immer eine Flasche Bourbon zur Hand.«

Henshaw zeigte sein breitestes Grinsen und half ihr, über die Leiter in den Rumpf der DC-3. Die Innenbeleuchtung funzelte gelbliches, schwaches Dämmerlicht. Sie winkte zaghaft aus der dunklen Öffnung. Nur das Helle ihrer Handflächen war sichtbar. Sie war nachdenklich, konnte die Ereignisse kaum verarbeiten.

›Alles war so schnell beängstigend gegangen. Diese Amis machen Nägel mit Köpfen. Was sie wollen, setzten sie durch und grinsen dabei auf eine jungenhafte Art. Das macht mir Angst, wirkt aber erfrischend. Ich bin ihre Gefangene, trotzdem fühle ich mich frei. Merkwürdig.‹

Sie schaute auf Grünzweig neben Korn auf dem Vorfeld. Die beiden Offiziere salutierten. Dann wurde die Leiter in den Rumpf gezogen. Der Kopilot verriegelte die Tür. Knatternd zündeten die Motoren.

33

Mülder hatte den Kübelwagen erwartet. Der kantige VW Typ 82 mit dem SS-Kennzeichen und dem Ersatzrad auf der schräg abfallenden Haube parkte eine Straße von seiner Wohnung in Wasserburg entfernt. Das Stoffverdeck war geschlossen, hinter der beschlagenen Rückscheibe erkannte er zwei Köpfe. Er hielt Ausschau nach einem zweiten Wagen, vergeblich. Unauffällig und mit beruhigtem Grinsen schlenderte er in die nächste Straße. Unerkannt.

›Sie haben die Kettenhunde *nicht* eingeschaltet, die Feldgendarmerie bleibt außen vor. Kramer will sein Problem intern lösen. Er hat Angst, dass man ihm auf die Schliche kommt, und dass sein Transport auffliegt. Die beiden Deppen im Kübel müssen also verdeckt handeln. Das ist gut. Sollen die sich ruhig den Arsch abfrieren.‹

Er fuhr mit dem Rad nach Bechlingen zurück und verabredete sich für den nächsten Tag mit Elsbeth in der Wohnung ihrer Mutter. Dann radelte er im Schutz der Dämmerung nach Tettnang, huschte an der Rückseite des Hauses zur Terrasse und klopfte an die Scheibe. Er wollte heute schon mit seiner Schwiegermutter sprechen. Allein.

»Mann, Roland! Hast du mich erschreckt. Warum klingelst du nicht vorne? Und wieso trägst du Zivil?«

Mit dem Paket unter dem Arm schlüpfte er flugs an ihr vorbei ins Wohnzimmer.

»Trotzdem. Schön, dass du da bist. Setz dich, ich hole Gläser und Wein. So ein seltener Gast muss ordentlich begrüßt werden, vor allem wenn es der Schwiegersohn ist, gell?«

Sie zwinkerte ihm schelmisch zu. Sie war froh, ihren Schwiegersohn zu sehen. Sie hatten sich von Anfang an verstanden. Und sie war froh, dass Elsbeth den Mann nicht verloren hatte, wie so viele andere Frauen. Viel zu oft hatte sie von Bekannten erfahren, dass der Ortsgruppenleiter der NSdAP das ominöse Schreiben mit dem standardisierten Wortlaut überreichte.

›Ich habe die traurige Pflicht, Ihnen mitzuteilen, dass Ihr Mann ..., Dienstgrad ..., am ... in soldatischer Pflichterfüllung für Führer, Volk und Vaterland den Heldentod fand.‹

Sie war mit sich im Reinen, dass für das Neue Deutschland Opfer gebracht werden mussten. Aber wenn möglich, durch andere. Sie war davon überzeugt, dass die Guten, die Klugen, die Geschickten überleben würden. Und Roland gehörte zu ihnen. Seit dem Desaster der 6. Armee in Stalingrad hatte sie die bitteren Nachrichten ausgeblendet. Sie glaubte standhaft an den Erfolg und hatte sich in einem Kokon eingesponnen, von dem alles Negative abperlte. Sie wollte es nicht hören.

»Ich muss mit dir reden, Mutter. Du setzt dich bitte hin und hörst mir zu, bis ich fertig bin. Kein Unterbrechen. Kein Wenn. Kein Aber.«

»Erst mal auf deine Gesundheit, Junge. Du hast dich gut geschlagen. Mach weiter so! Das wird schon. Zum Wohl!«

Sie hob ihr Glas und nippte daran.

»Wird es nicht! Die Wahrheit sieht anders aus. Du weißt, was ein Zwangsarbeitslager ist? Ein Konzentrationslager?«

Sie schüttelte den Kopf.

»Du willst es nicht wissen. Aber alle wissen es. Weißt du auch, was wir mit den Häftlingen machen? Nein? Du *ahnst* es, aber ich *weiß* es. Ich war nicht im glorreichen Fronteinsatz, ich habe solch ein Lager geleitet. Weit hinter der Front. Hast du gelesen, dass die Rote Armee bereits vor Warschau steht? Es ist nur eine Frage von Wochen, bis sie mein Lager einnehmen. Dann ...«

Er fuhr sich mit der flachen Hand über die Kehle.

»... dann ist Elsbeth Mülder, geborene Scherf, Witwe. Und ich bin oder war des Verbrechens gegen die Menschenrechte schuldig. So oder ähnlich. Bestenfalls komme ich nach dreißig Jahren Kriegsgefangenschaft aus einem sibirischen Lager als Krüppel zurück. Das tue ich mir nicht an. Ich bin abgehauen. Nix mit Heldentum, Ruhm und Ansehen. Meine Uniform steckt in irgendeinem dreckigen Abfallkorb, mit allen Orden und Ehrenzeichen.«

Frau Scherf war blass geworden.

»Bring mir bitte einen Cognac, und gieß dir auch einen ein.«

»Und worauf trinken wir, Mutter?«

»Was ist bloß aus dir geworden? Aus uns? Aus unserem Reich, aus unseren Träumen? Aus dem Endsieg? Hast du den Glauben verloren? Das kannst du Elsbeth und mir nicht antun. Sei nicht undankbar! Was du bist, bist du durch das Reich geworden.«

»Das Reich gibt alles, das Reich nimmt alles. Mich hat man bereits abgeschrieben. Die in Berlin kümmern sich um sich selbst. Mutter, es ist Zeit aufzuwachen. Der Traum ist vorbei. Unser Reich? Ich bin auf dem langen Weg nach hier quer hindurch gefahren. Viel ist nicht übrig. Wir haben es mit deutscher Gründlichkeit vergeigt. Und jetzt habe ich Angst vor der Siegerjustiz. Nun ja, ich lebe noch. Darauf können wir trinken. Und, dass ich Elsbeth morgen wiedersehe. Sie kommt nach hier zum Mittagessen. Koch uns was Gutes, ich habe jetzt schon Hunger.«

»Das waren doch alles Untermenschen im Lager, oder? Das müssen die Russen doch genauso sehen.«

»Wir hatten Juden im Lager, Kommunisten, Sozialisten und alle, die uns nicht passten. Polen, Tschechen, Deutsche und eben auch Russen. Da hört bei der Roten Armee die Geduld sicher sehr schnell auf. Ich war lange unterwegs, allein. Da hatte ich Zeit zum Nachdenken. Kann sein, dass wir mit unserer Politik durchgekommen wären, aber nur wenn wir den Krieg gewonnen hätten. Haben wir aber nicht. Die Herrenrasse hat sich scheinbar nicht durchgesetzt. Wenn der Krieg vorbei ist, werden uns die Sieger dafür bezahlen lassen, schlimmer noch als im Vertrag von Versailles nach dem Ersten Weltkrieg. Ich habe kein gutes Gefühl.«

»Roland, du bist völlig resigniert! So kenne ich dich überhaupt nicht. Du musst Urlaub machen und dich erholen! Dann kommst du auf andere Gedanken. Fahrt zusammen weg. Macht Skiurlaub.«

Mülder stellte ernüchtert fest, dass seine Schwiegermutter immer noch unverrückbar in den alten Kategorien dachte.

»Mutter, hier heulen nachts keine Sirenen, gefolgt vom Brummen der Bomber. Hier gibt es in der Nacht keinen Feuerschein und am Morgen darauf neue Ruinen, deren leere Fensterhöhlen dich angaffen. Hier gibst es keine ›Ausgebombten‹, keine Verletzten oder Toten. Wir träumten von neuem Lebensraum im Osten. Jetzt müssen wir um den Erhalt des alten Lebensraums bangen. Du lebst auf einer Insel.«

»Du wolltest also mit Elsbeth den Erfolg genießen. Jetzt, wenn das alles so ist wie du es schilderst, macht ihr euch vom Hof, lasst unsere Volksgemeinschaft im Stich. Was wollt Ihr denn machen?«

»Mein Vorgesetzter hat mich gelehrt, dass jetzt jeder für sich selbst sorgen muss. Wir gehen ins Ausland, wenigstens für ein paar Jahre.«

»Und wovon wollt Ihr leben?«

»Das wird sich zeigen. Es hängt vom Ausland ab.«

Mehr wollte er seiner Schwiegermutter nicht verraten. Er musste ja zuerst Elsbeth noch für seine Pläne gewinnen. Ebenso schwieg er über den Schatz im braunen Packpapier, der am Wohnzimmerschrank lehnte. Ihre sprudelnden ›Nebeneinnahmen‹ aus den Erpressungen der Häftlinge waren von Anbeginn ihr gemeinsames, beharrlich gehütetes Geheimnis. Wie schwer diese gruselige Hypothek auf ihrer Beziehung lasten sollte, würde sich später zeigen.

34

Der Rehbraten duftete aus der Röhre. Die Doppelfenster waren vom Kochen mit Eisblumen überzogen. Trotzdem hielt sich Mülder von den Fenstern fern. Ab und zu blinzelte er durch die Gardinen, aber draußen tat sich nichts. Durch Beziehungen hatte Frau Scherf die Zutaten für das Mittagessen organisiert. Wer in diesen Zeiten auf Lebensmittelmarken angewiesen war, hatte das Nachsehen. Der Tisch war noch nicht gedeckt. Mülder erwachte auf dem Sofa. Seit langem hatte er nicht mehr so gut geschlafen. Es klingelte. Er schreckte hoch.

»Wer ist das?«

»Geh ins Schlafzimmer, während ich nachschaue. Das muss Elsbeth sein. Viel zu früh! Ich bin noch nicht fertig.«

Frau Scherf strich die Decke auf dem Sofa glatt, um für alle Fälle die Anwesenheit einer zweiten Person zu verschleiern und ging zur Tür.

»Elsbeth, komm rein, er ist schon da.«

Elsbeth schaute sich draußen noch einmal um, ob ihr jemand gefolgt war und schloss die Tür.

Frau Scherf hatte eine schlechte Nacht. Wenn sie kurz eingeschlafen war, plagten sie Alpträume. In ihre Freude, dass Roland noch lebte mischte sich Unbehagen. Ihr Schwiegersohn war Deserteur! Damit war sie überhaupt nicht einverstanden. Als gute Nationalsozialistin hätte sie ihren Dienst nie verlassen, glaubte sie. Ihre Ideale hätte sie tapfer bis zum bitteren Ende verteidigt, davon war sie überzeugt. Doch nun war es so wie es war, und da ihr das Schicksal ihrer Tochter am Herzen lag, machte sie gute Miene zum bösen Spiel.

Sie fragte sich, wie Elsbeths Zukunft nun aussehen würde. Rolands Karriere war zu Ende, vorbei der schöne Traum von Ansehen, Sicherheit und gutem Einkommen. Wie jeder Mutter war ihr das Wohlergehen ihrer Tochter wichtig. Dieser schneidige Offizier war ihr von vornherein als Schwiegersohn willkommen gewesen. Ganz anders Elsbeths Vater. Die gesamte Nazi-Bande, wie er sie nannte, war ihm vollkommen zuwider. Und die Diktatur dieser Partei war dem Universitätsprofessor ein Gräuel. Er liebte den freien, offenen Disput, ohne ständig nach ungebetenen Lauschern über die Schulter schauen zu müssen. Und dann hielt dieser Emporkömmling um die Hand seiner Tochter an, der nicht einmal das Abitur besaß. Ihr Blick schweifte zweifelsschwer zum gerahmten Foto ihres verstorbenen Mannes im schwarzen Rahmen.

›Otto, vielleicht hattest du doch Recht.‹

Der Vater hatte Elsbeth verwöhnt, sein einziges Kind. Sie war hübsch, sportlich und intelligent, hatte das Gymnasium besucht. Sie war Mitglied des Tennisvereins und hatte ein paar Pokale geholt. Sie hatte alle Möglichkeiten einer ›guten Partie‹, und dann kamen die jungen Männer mit ihren schneidigen Uniformen in den Club. Die Mädels ließen sich beeindrucken. Auch Elsbeth.

Die Mutter hatte ihre Tochter verteidigt. Es kam zu Diskussionen mit ihrem Mann. Noch während der Hochzeitsfeier war ihm seine strikte Abneigung anzumerken. Seitdem war Elsbeth verschlossen, auch wenn die Mutter noch so geschickt Fragen stellte. Sie ging ihren eigenen Weg.

Mülders Offiziersgehalt war auskömmlich. Sie konnte die Wohnung geschmackvoll einrichten, sie gingen aus und genossen die Abende in der Gemeinschaft seiner Kameraden, deren Komplimente ihr schmeichelten. Dann kam der Krieg, und Roland war im Einsatz irgendwo im Osten. Was er tat, blieb auch ihr ein Geheimnis. Er war zu striktem Schweigen verpflichtet worden.

Dann beobachtete die Mutter Elsbeths viele Reisen in alle möglichen Städte in ganz Deutschland, deren Gründe sie nie erfahren hatte. Hin und wieder trug sie erlesenen Schmuck, dessen Herkunft ihr unerklärlich blieb. Elsbeth hütete ihr Geheimnis, Fragen blieben unbeantwortet. Wenn sie bei Roland nachbohrte, wich er stets aus. Schließlich hörte sie auf zu fragen.

Mülder kam aus dem Schlafzimmer und umarmte seine Frau.

»Endlich.«

»Wie lange bist du schon hier?«

»Seit gestern.«

Sie trat einen Schritt zurück und sah ihn von oben bis unten an.

»Du siehst schlecht aus. Dein Anzug schlottert dir ja am Körper. Ich kenn dich fast nicht wieder mit deinem Bärtchen.«

»So Kinder, nun helft mir bitte aufdecken, es wird Zeit, dass dieser junge Mann etwas zwischen die Zähne bekommt.«

Bei Tisch wollte kein rechtes Gespräch aufkommen. Frau Scherf war in Gedanken versunken, sie musste das Gehörte erst noch verarbeiten. Mülder war unruhig und aß wenig, obwohl der Braten und die Knödel vorzüglich waren. Er machte ihr ein Kompliment, aber sein Magen war nicht mehr an so gutes Essen gewöhnt. Elsbeth schaute zwischen beiden hin und her und wartete lieber, bis sie mit Roland allein sprechen konnte. Sie wollte als Erste in seine Pläne eingeweiht werden.

Frau Scherf war eine kluge Frau. Sollten doch die jungen Leute erst einmal ausgiebig miteinander reden. Einmischungen in deren private Angelegenheiten hatte sie sich abgewöhnt. Sie empfahl den beiden, einen Spaziergang zu unternehmen, während sie aufräumte und das Geschirr spülte. Es gäbe ja noch Kuchen, und ein bisschen echten Bohnenkaffe hätte sie auch ergattert.

»Ihr habt euch bestimmt eine Menge zu erzählen.«

»Danke, Mutter. Wir gehen nur kurz auf die Terrasse an die Luft.«

Sie zogen sich ihre Mäntel über und wählten die geschützte Ecke mit der geringsten Einsicht von der Straße.

»Kommst du heute Abend nach Hause?«

»Auf keinen Fall! Die sind hinter mir her. Kramer hat Schulze auf mich angesetzt. Solange du allein bist, sind wir sicher. Sobald ich einen Fuß in unsere Wohnung setze, schnappt die Falle zu.«

Elsbeth zitterte.

»Ist dir kalt?«

»Ich möchte mit dir schlafen. Komm heute Nacht zu mir. Dann sieht dich keiner. Ich lass ein Fenster offen. Komm nicht an die Haustür.«

Ihm gefiel der Gedanke, bei seiner eigenen Frau durchs Fenster zu steigen und vor dem Morgengrauen heimlich wieder zu verschwinden. Wie früher. Er zögerte mit der Antwort.

»Ich weiß gar nicht mehr, wie das geht«, scherzte er. »Nein. So gern ich möchte. Lieber nicht. Viel zu gefährlich. Genau das ist es, was die erwarten. In diese Falle tappen wir nicht.«

Dann erklärte er Elsbeth seinen Plan.

»Fahr vor der Dämmerung nach Hause, wie nach einem normalen Besuch der Mutter. Bring mir morgen meine Angelklamotten und die Gummistiefel hierher und die zerlegbare Angel in dem grünen Futteral. Dann fährst du wieder nach Hause.«

»Und wenn du erst einmal allein verschwindest?«

»Mach dir keine Hoffnungen. Du wirst keine ruhige Minute haben, nicht vor der SS und nicht vor den Alliierten. Irgendwann sind alle müde vom Krieg. Dann wird sich eine neue Ordnung breitmachen. Sie werden Deutschland besetzt halten und nach Schuldigen am Krieg suchen und an Deutschen, die sie öffentlich anklagen können, ein um Exempel zu statuieren. ›Ihr bösen Deutschen, tut so was nie wieder! Seht her, was wir mit euren Verbrechern machen!‹ Ich werde auch dabei sein. Danach kommen alle Geschädigten und alle die, die wir auszurotten versuchten und werden Wiedergutmachung von den Deutschen fordern. Da bist du dabei. Wenn ich allein verschwinde, finde ich vor Sorgen um dich keine Ruhe.«

Sie musste einsehen, sie hatte keine Gegenargumente. Sie war seine Komplizin. Sie saßen in einem Boot, und sie musste mit rudern.

»Was hast du vor?«

»Wir machen einen neuen Anfang, du und ich. Ich habe für uns Schweizer Pässe besorgt. Wir haben eine neue Identität. Wir setzen uns so schnell wie möglich ab, bevor sie nach Ende des Krieges die Schweiz zwingen, alle Konten und Depots zu sperren und die Inhaber zu melden. Bitte komm mit!«

»Habe ich eine Wahl?«

»Elsbeth, ich kann und will dich nicht zwingen. Aber ohne dich hat das alles doch keinen Sinn. Ich brauche dich, Liebling. Ich liebe dich. Pack deinen Koffer, verstecke alle Unterlagen am Körper. Morgen nimmst du die erste Fähre nach Konstanz. Nimm bloß mit, was du leicht und bequem tragen kannst, bitte auch das Paket. Du gehst allein auf die Fähre und siehst dich nicht nach mir um. Ich werde da sein. Die Pässe werde ich dabeihaben.«

35

Utikal gefiel seine Aufgabe überhaupt nicht. Den gerade beförderten Sturmbannführer Schulze quer durch Deutschland zu fahren war nicht das Problem. Aber über Wochen in einer billigen Pension in Wasserburg zu übernachten, in einem Städtchen, in dem er keinen kannte, immer nur mit Schulze reden zu müssen und stundenlang Mülder aufzulauern, das war nicht sein Ding. Es hing ihm zum Halse heraus. Eines Tages hatte Schulze frustriert seine Taktik geändert. Sie hatten sich aufgeteilt. Schulze wollte sich die Fluchtwege in die Schweiz vornehmen, während Utikal in Wasserburg blieb, um letztlich Mülder festzunehmen. Er hatte sich Zivil besorgt und streifte durch die Gassen. Er sollte Mülder Handschellen anlegen, ihn in seinem Zimmer in der Pension festhalten und Schulze sofort benachrichtigen. So lautete der Befehl.

Immer wieder stellte sich Utikal vor, wie die Begegnung mit Mülder ablaufen würde. Er war sein letzter Vorgesetzter, und er war der bessere. Schulze war in seinen Augen ein kaltes Arschloch. Mülder festnehmen? Ihn mit dem Lauf seiner Pistole in den Rippen zur Pension vor sich her gehen lassen? Die Hände auf dem Rücken gefesselt? Er stellte sich das bildlich vor und war sich nicht sicher, ob er das bringen würde. Lustlos stand er herum und beobachtet das Haus, in dem Frau Mülder wohnte. Er dachte an Schulze, der wahrscheinlich am Ufer des Bodensees die schöne Aussicht genoss.

Der erstattete Kramer aus einer Telefonzelle einen Zwischenbericht. Kramer missfiel das alles, es dauerte ihm einfach zu lange. Mülder musste weg. Danach musste sich Schulze um den Transport kümmern.

»Ich gebe Ihnen noch zwei Tage Zeit.«

»Jawohl.«

Kramer versetzte sich in Mülders Lage. Die neutrale Schweiz wäre der wahrscheinliche Fluchtweg. Da musste er Schulze Recht geben

»Standartenführer, ist noch was?«

Schulzes respektloser Ton hatte ihm schon immer missfallen. Der meint, als Südwestafrikaner wäre er etwas Besonderes. Deutscher als die Deutschen.

»Lassen Sie Straßen, Bahnhöfe und Busse nicht aus den Augen. Wenn Sie ihn gefunden haben, wissen Sie was zu tun ist.«

»Todsicher, Standartenführer.«

Schulze verließ die Telefonzelle.

›Mülder ist noch hier. Ich rieche das geradezu. Ich hab's im Urin. Busse hin, Bahnhöfe her, ich schaue zuerst bei den Fähren nach.‹

Die Fähre war die Nacht über am Anleger vertäut gewesen. Der Platz vor der Rampe war menschenleer. Die Besatzung bereitete das Schiff zur Einfahrt der wenigen Autos vor, die vor der rotweißen Schranke warteten. Bis zur Abfahrt blieb noch eine halbe Stunde. Oben vom kleinen Steuerhaus aus beobachtete der Schiffsführer die Arbeiten. Er nickte zufrieden und drehte sich zur Seite.

»Na, schon was gefangen? Beißen sie heute oder willst du den Köder nur baden?«

»Leise, Mann! Du verscheuchst die Fische mit deinem Geschrei.«

Der Angler starrte wieder auf das Wasser. Ihm passte nicht, dass der Kapitän mit seinem lauten Organ auf ihn aufmerksam machte. Denn gegenüber dem Anleger rollte gerade ein Militärauto auf den Parkplatz. In Meersburg eine Seltenheit, da die Militärs eher die Rüstungsschmiede Friedrichshafen besuchten. Seine Augen wanderten zwischen Angel und Wagen hin und her. Dann wurde der Sichtkontakt von den Passagieren verdeckt, die in kleinen Gruppen von der Bushaltestelle auf die Fähre schlenderten. Unter ihnen eine junge Frau mit einem Koffer in der Hand und einem flachen Paket unter dem Arm.

Auf dem Parkplatz gegenüber stieg Schulze aus dem Wagen und strich seine Uniform glatt. Er sah die Frau. Ein Ruck ging durch seinen Körper. Er war hellwach.

›Da ist ja unser blondes Engelchen. Sie trägt das Gemälde unter dem Arm, also haben sich die beiden getroffen. Aber wo? Was haben Utikal und ich übersehen? Egal. Mülder ist nicht weit. Sie gehen vorsichtshalber getrennt. Der wird gleich nachkommen. Ich gehe ihm ein Stück entgegen, weg vom Schiff, und fange ihn ab. Kein Aufsehen bei den Passagieren auslösen. Von dort kam sie.‹

Elsbeth Mülder hatte ihn aus den Augenwinkeln bemerkt, ging direkt auf die Rampe und betrat das Schiff, ohne sich umzudrehen. Schulze ging in die Richtung, aus der Mülders Frau gekommen war. Langsam glitt seine Hand zur Waffe. Von der Fähre ertönte ein kurzes Signal, die Schranke schloss, und die Rampe hob sich. Dann wurden die Leinen losgeworfen, und das Schiff legte ab. Mülder kam nicht. Schulze wurde unruhig, sah sich irritiert um, hielt Ausschau. Nichts.

›War der vor seiner Frau auf der Fähre? Das hätte ich bemerkt.‹

Er schaute dem Fährschiff nach, sah wie es schnell Fahrt aufnahm. Im Hintergrund leuchtete die Bergkette des Säntis in der Morgensonne.

›Die fahren getrennt. Natürlich. Mülder nimmt die nächste Fähre.‹

Er beruhigte sich wieder, ging zum Anleger, um den Fahrplan zu studieren. Sein Finger glitt über die Abfahrtszeiten. Fünfzig Minuten. Er würde den Wagen anderswo parken, weniger sichtbar, und sich dann auf die Lauer legen. Sein Blick wanderte vom Fahrplan zum Wasser und über die Mole.

»Hier hat doch eben noch einer geangelt. Die Sachen stehen noch da. Neugierig lief er hin. Er fand eine Angel, aber weder Eimer, Köder oder Anglerwerkzeug. Die Angel noch immer in Position. Warten auf den Biss. Schulze zog die Angelschnur aus dem Wasser. An deren Ende baumelte statt eines Hakens mit Wurm ein Bleigewicht. Neben der Angel lag ein leeres Futteral mit den Initialen R.M. Roland Mülder.

»Verdammt noch mal! Das Arschloch hat mich reingelegt. Der hat gar nicht geangelt. Er ist mir entwischt! So eine Scheiße!«

Zornentbrannt schlug er mit der Faust auf das Geländer. Überlegte. Mit dem Auto um den Überlinger See herum zum Konstanzer Anleger zu fahren, dauerte zu lange. Die Feldjäger einzuschalten hatte Kramer verboten. Mülder war entwischt. Wütend fuhr er nach Wasserburg, um den wartenden, frierenden Utikal einzusammeln.

»Nichts, Herr Sturmbannführer.«

»Weiß ich, Utikal. Wir statten der alten Dame in Tettnang einen Besuch ab. Fahren Sie schon los.«

Frau Scherf blieb in der offenen Tür stehen, sah keinen Grund, ihn hereinzubitten. Dieser Mann schien schlechte Laune zu haben. Aus der Fragestellung war ihr sofort klar, was der Offizier von ihr wollte. Er hatte ihre Tochter und Roland verpasst und versuchte sein Glück bei ihr. Sie fühlte sich erleichtert. Es ging sie offiziell nichts an, was ihre Tochter in Konstanz wollte. Und in wessen Begleitung sie war.

»Nein, Bekannte oder Verwandte in Konstanz haben wir nicht, die meine Tochter besuchen würde. Aber man kann dort gut einkaufen.«

»Warum hat sie die Fähre genommen?«

Schulze war grantig, seine Stimme klang barsch.

›Dieser Mann ist unangenehm. Kein Benehmen.‹

»Wahrscheinlich ist es zu kalt zum Schwimmen?«

Sie konnte sich ein subtiles Grinsen nicht verkneifen. Schulze fand die Bemerkung nicht lustig. Er war nicht zu Späßen aufgelegt.

»Frau Scherf, wenn sie nicht kooperieren, kann ich durchaus andere Methoden anwenden, um Sie zum Sprechen zu bringen.«

»Junger Mann, ich kenne meine Rechte, wenn Sie als Offizier mir die noch zugestehen wollen. In Deutschland kennen wir keine Sippenhaft. Auch wenn Sie Ihre Lagermethoden anwenden sollen, kann ich Ihnen nur sagen, was ich weiß, nämlich nichts, nicht einmal eine Adresse auf der anderen Seite des Sees. Sie können meine Unterlagen durchsuchen, das ist ja wohl das nächste, was Sie tun werden. Stellen Sie meinetwegen meine Wohnung auf den Kopf, Sie werden nichts finden. Aber eines vorweg: Als Parteimitglied werde mich zu wehren wissen.«

»Sie decken Ihre Tochter.«

»Reden Sie keinen Quatsch! Sie sind nicht hinter meiner Tochter her, sondern hinter meinem Schwiegersohn. Warum auch immer. Haben Sie einen Durchsuchungsbefehl oder ist dies persönlich? Reden Sie erst mal Klartext, und sagen Sie mir, was los ist. Sie kommen hier hereingeschneit und setzen mich unter Druck. Was bilden Sie sich eigentlich ein?«

Schulze war klug genug, den Rückzug anzutreten. Er verließ Frau Scherf grußlos.

36

Elsbeth Mülder hatte die Tür des Schlafzimmers leise geöffnet und war auf die Terrasse hinausgetreten. Sie sog die klare Morgenluft tief in ihre Lungen. Sie genoss das atemberaubende Panorama. Tief unter ihr floss der Vorderrhein in seinem engen Bett durch das Städtchen Ilanz. Schräg gegenüber lagen die wenigen Bauernhöfe von Falera. Auf einem Sattel etwas außerhalb des Ortes konnte sie den gedrungenen Bau der Sankt-Remigius-Kirche erkennen. Die andere Seite des Tals lag bereits im vollen Licht der Morgensonne, die sich gerade über die Rätischen Alpen schob, während hier die verschneiten Fichten noch lange blaue Schatten warfen. Es roch nach Harz.

Mülder hatte die schlichte Bleibe mit Bedacht gewählt. Abgeschieden oberhalb der kleinen Stadt, weitab von viel begangenen Wegen waren sie vor neugierigen Augen geschützt. Er hatte für acht Wochen im Voraus bezahlt. Sie bewohnten das Chalet allein. Um der Neugier der Bewohner keine Nahrung zu geben, kleideten sie sich nach der Mode der Schweizer. Die merkten schnell, dass das Ehepaar kein Schweizerdeutsch sprach. Die auffällig alemannische Einfärbung ihrer Aussprache deutete auf die Einwohner Basels hin, die die Schweizer Schwaben nennen.

Mülder schlief morgens länger als früher, was seine Frau irritierte. Sie war Frühaufsteherin und morgens sehr aktiv. Die gleiche Eigenschaft hatte sie früher an ihrem Mann geschätzt. Doch sie ließ ihn schlafen und ordnete es als Nachholbedarf ein. Er würde schon wieder zu seiner alten Frische und Agilität zurückfinden.

Mehr noch irritierte sie, dass er jetzt notgedrungen in Zivil herumlief. Sie liebte Uniformen. Sie strahlten Schneid und Männlichkeit aus. Lange

Ordensspangen zeugten von Draufgängertum und Mut. An den Zeichen konnte man die Stellung eines Offiziers leicht erkennen, und die Höhe des Soldes. Es war ihr stets ein unerklärbares Vergnügen gewesen, ihren Roland aus dem ›Ehrenkleid‹ zu schälen und dann leidenschaftlich in ihre Arme zu schließen. Das war vorbei.

Sie war eine attraktive Erscheinung, nach der sich mancher Mann mehr oder weniger ungeniert umdrehte. Unter ihrem gepflegten blonden Haar zeigte sich ein Gesicht äußerst femininer Ausstrahlung mit einem fröhlichen, herausfordernden Zug um den Mund. Ihr federnder Gang ließ eine exzellente Tänzerin vermuten. Sie war eine Frau zum Herzeigen, zum Angeben, geeignet den Neid anderer Männer zu erregen.

Nachdenklich folgten ihre Augen dem grünen, kalkhaltigen Wasser des Flusses, der weit weg in den Niederlanden in die Nordsee mündete. Sie begriff allmählich, dass die Seifenblase ihrer Illusionen geplatzt war. Ihr Land wurde zunehmend zerstört, ihre eigene Zukunft war ungewiss. Noch weigerte sich ihr Verstand zu akzeptieren, dass sie fortan unter falschem Namen in fremden Ländern von einem gestohlenen Vermögen zu leben haben würde, wenigstens für eine unübersehbar lange Zeit. Sie fröstelte und ging wieder ins Zimmer. Mülder war aufgewacht.

»Guten Morgen. Wie spät ist es denn?«

»Nach neun. Ich hol uns frisch gebrühten Kaffee.«

Sie wunderte sich, wie selbstverständlich dieser Luxus war, den sie im Deutschland der letzten Jahre schmerzlich vermisst hatte. Er räkelte sich, stand auf und trat an die Balkontür. Elsbeth stellte die beiden Tassen ab und schlang ihre Arme von hinten um seinen etwas zu mageren Körper.

»Roland, wie genau geht es nun weiter?«

»Lass mir noch etwas Zeit.«

»Wie lange?«

»Ich muss in den nächsten Tagen ein paar Telefongespräche führen. Dann weiß ich mehr.«

In ihren Armen drehte er sich zu ihr herum. Er roch an ihrem Hals, doch er konnte das Parfum nicht erraten, wie er es früher tat. Vielleicht hatte der teilweise penetrante Gestank im Lager seine empfindliche Nase verändert. Oder er war schlicht aus der Übung. Früher hatten sie viel Zeit für einander. Doch in den wenigen gemeinsamen Stunden während der letzten Jahre hatte sich ihr Beisammensein auf die körperlichen Begierden reduziert. Sie wussten nie, ob und wann es ein nächstes Mal gab. Er strich über ihren Rücken, nestelte an ihrer Bluse. Jetzt hatten sie Zeit, doch sie wehrte ihn ab.

»Bitte, Roland. Ich habe mich schon zurechtgemacht.«

Der Neubeginn konnte für beide Mülders nicht unterschiedlicher sein. Er war mit Freude und Elan dabei gewesen. Es ging rasch aufwärts, er gehörte ›dazu‹. Was in der Geschichte den adligen Söhnen vorbehalten war, wurde bei der SS auch einfachen bürgerlichen Männern möglich. Innerhalb weniger Jahre schaffte er es vom Volksschüler zum Major. Alle Achtung, sagten viele. Er war jemand. Zu spät hatte er realisiert, dass ihn das System benutzte, dass er sich hatte benutzen lassen. Er hatte verfehlt, rechtzeitig über den Tellerrand zu schauen. Wie so viele. Gebildetere Leute als er teilten die Ideologie, also konnte sie doch nicht falsch sein. Freiwillig und begeistert hatte er sich ihr hingegeben, wurde er Teil des Systems.

Als erkennbar wurde, dass das Reich sich in Aufgaben, Zielen und Ausgaben überdehnt hatte, den Weg der Humanität verlassen hatte und die Ächtung der Welt auf sich gezogen hatte, war eine Umkehr nicht mehr möglich. Jetzt kam die Rechnung, und der Preis war hoch. Für alle. Mülder war ausgestiegen und schaute nach vorn, für sich allein.

Elsbeth hatte ihr Leben gedankenlos genossen. Durch ihre Ehe mit einem Offizier im gehobenen Dienst war sie nicht nur materiell bestens versorgt. Sie genoss Ansehen. Ihre Herkunft aus einem akademischen Elternhaus verband sich gut mit dem Stand ihres Mannes. Sie ›passten gut zusammen‹, sagten die Leute. Während Mülder irgendwo in der Ferne dem Reich diente, war Elsbeth das Aushängeschild dieser Ehe in der Heimat. Wie viele Deutsche sahen sie ihre eigentliche Bestimmung in der Zeit nach dem Endsieg, wenn sich das künftig um neuen Lebensraum vergrößerte Land neu finden und organisieren würde. Sie waren Teil des wahnwitzigen Paktes zwischen Führung und ›Volksgemeinschaft‹.

»Gehorcht uns jetzt bedingungslos, rastlos, kritiklos, und wir bereiten euch ein besseres Leben.«

Gehorsam war das Gebot der Stunde. War verbindlich nicht nur für Wehrmacht und Verwaltung, es erlangte Gültigkeit bis in die kleinsten Verästelungen der Gesellschaft, Firmen, Vereine, Familien, Ehen. Ohne zu überlegen suchte Elsbeth die Adressen auf, die Roland ihr laufend geschickt hatte. Sie klingelte an fremden Türen, stellte sich unbekannten Menschen vor und überreichte ihre Visitenkarte.

Elsbeth Mülder
Wasserburg/Bodensee
Bindergasse 16

Dann übergab sie die Umschläge, deren Inhalt sie nicht kannte, die Bittbriefe, Promessen, Schuldscheine, Versprechungen, die sie nie gelesen hatte. Sie wurde gebeten, hereinzukommen, Platz zu nehmen. »Kaffee?« »Tee?« Sie sah, wie die Umschläge geöffnet wurden. Das Erstaunen in den Gesichtern. Der Kommandant und seine Gattin als helfende Engel! Geduldig wartete sie, während die Besuchten in Nebenzimmern kramten. Papier raschelte, Schnüre wurden verknotet. Schließlich übernahm sie die fertigen Pakete mit der Aufschrift ›*An den werten Herrn Kommandanten*‹ oder ähnlich zuvorkommend und fuhr wieder nach Hause. Von Zeit zu Zeit war sie mit dem Bus nach Meersburg gefahren, von dort mit der Fähre nach Konstanz. Vom Anleger in Staad nahm sie die Linie über den Rhein in die Altstadt. In der Emmishofer Straße war sie ausgestiegen. Über die »Grüne Grenze« nach Kreuzlingen waren es ein paar Minuten. Sie kannte sich aus. Roland hatte sie angewiesen, nicht durch den Zoll zu gehen. Die Bank, bei der die »Präsente« in einem Schließfach deponiert wurden, lag gut erreichbar in der Schweizer Kleinstadt Kreuzlingen. Es wurden viele Pakete, Kartons und Päckchen. Als das Fach überquoll, ging sie zu einer anderen Bank, eröffnete ein Konto, zahlte einen bescheidenen Betrag ein und mietete ein weiteres Schließfach. Und so weiter. Der eine oder andere Bankangestellter nannte es ›Safe‹. Das hörte sich internationaler an, klang aber lustig im Schweizerdeutsch.

Zwei Jahre lief das so. Dann hatte sie Post aus Frankfurt am Main erhalten. Eine der besuchten Frauen bat höflich um Auskunft, wann denn ihre Angehörigen das Lager endlich verlassen könnten. Sie hätte ihren Teil der Vereinbarung erfüllt und Schmuck und Wertgegenstände an die ›sehr verehrte Frau Kommandantin‹ übergeben. Als Gegenleistung war die Freilassung zugesagt worden. Die betreffenden Personen hätten sich aber bislang nicht bei ihr gemeldet. Stattdessen hätte ein SS-Trupp in ihrer Abwesenheit - sie war ein paar Wochen wegen der Luftangriffe bei Freunden im Taunus gewesen - ihre Eingangstür aufgetreten und ihre Wohnung durchsucht. Es könnte sich einem der Gedanke aufdrängen, hier bestünde eine Verbindung, hatte sie behutsam formuliert. Doch das vornehme Auftreten der sehr achtbaren Frau Kommandantin verböte, solche Gedanken auch nur in Erwägung zu ziehen. Mit vorzüglicher Hochachtung.

Elsbeth war erschrocken. Diese Frau hatte um Auskunft gebeten, die sie nicht geben konnte. Genau betrachtet war der Brief eine Mahnung. Die Frau hatte zwar keinen Termin für eine Antwort gesetzt, der Brief enthielt auch keine Androhung von Konsequenzen, sollte der Termin verstreichen. Aber das war das Beunruhigende für Elsbeth. Was würde sie tun? Kannten sich die Besuchten untereinander? Sie alle hatten ihre Visitenkarte. Würde sie weitere solche Briefe erhalten? Sie hatte tiefes Unbehagen gespürt. Was genau steckte dahinter? Hatte Roland diesen Leuten Versprechungen gemacht?

Sie hatte dunkel geahnt, dass etwas nicht stimmte, diese Ahnung aber verdrängt. Sie passte nicht in ihr Selbstverständnis. Wo nichts Böses sein durfte, gab es das nicht. Sie vertraute darauf, dass alles was Roland tat, seine Richtigkeit haben müsste. Am nächsten Tag schrieb sie ihm, er solle dieser Frau direkt antworten. Von da an erhielt Elsbeth keine Adressen mehr, die Besuche hatten ein Ende. Auch aus Frankfurt am Main kam keine weitere Post. Ihr Unbehagen blieb.

Rolands Entschluss hatte sie abrupt aus ihrem angenehmen Leben herausgerissen. Jetzt fehlten ihr die Besuche bei der Mutter, das Plaudern mit ihren Freundinnen im Café, die Abende im Tennisverein. Wie würde man über ihr plötzliches Verschwinden tuscheln? Würden die Leute gar wilde Vermutungen anstellen? Würde sich ihr Ansehen verschlechtern? Vor wenigen Tagen noch war sie die Professorentochter und Gattin eines höheren Offiziers. Und nun? Das beschäftigte sie sehr. Eine plausible Erklärung musste her, die ihre Mutter diskret verbreiten sollte, überlegte sie. Bevor Gerüchte kursierte, die man nicht mehr einfangen konnte.

Sie sprach mit ihm darüber. Er schlug als Ausrede vor, sie habe einen amerikanischen Offizier kennengelernt und sei ihm in die USA gefolgt. Doch das sah ihr zu sehr nach Überlaufen aus. Sie entschied sich für ein Landgut auf Sizilien und einen feurigen Italiener. Die standen auf blonde Frauen. Ein Europäer immerhin, das klang plausibler. Und reich dazu. Sie rief ihre Mutter an, worauf die für die geschickte Verbreitung der Neuigkeit sorgte. Und sie hatte gleichzeitig etwas auszusagen, sollte sie von den Feldjägern in die Mangel genommen werden. Sizilien war von den Alliierten besetzt und für Nachforschungen durch die deutschen Organe inzwischen unerreichbar geworden.

Ihr gemeinsames Vorhaben war jetzt, die gesammelte Beute in Ilanz zusammenzubringen und zu verpacken. Sie fuhren zu den verschiedenen Depots in der Schweiz und trugen alles zusammen, Schmuck, Devisen, Wertpapiere, Kunstgegenstände. Es wurde sortiert, verpackt, bewertet und aufgeschrieben. Eine lange Liste entstand. Anschließend war der Transport zu Hassells Außenstelle in Liechtenstein zu organisieren, und die Passage nach Peru stand an. Sie hatten alle Hände voll zu tun. Zum Grübeln blieb wenig Zeit.

Jetzt fiel Elsbeth das braune Paket wieder ein, ein vergleichsweise sperriger Gegenstand. Sie schälte den Goldrahmen aus dem Papier. Wie andere zeitgenössische Maler gehörte Picasso nicht zum Bildungskanon ihrer Zeit, spätestens seit seinem Gemälde ›Guernica‹ aus dem Jahre 1937 war er zur *persona non grata* des Dritten Reiches geworden. Doch Elsbeth hatte sich in der Schulbibliothek über den spanischen Künstler, der im südfranzösischen Exil lebte, informieren können, bevor die Behörden die Nachschlagewerke und Bildbände entfernen ließen. Sie stellte die Dryade an eine Wand und ging ein paar Schritte zurück.

»Es ist wunderschön! Eigentlich hatte ich es mir größer vorgestellt.«

Anscheinend war auch Elsbeth von der Echtheit überzeugt. Mülder dachte an Grünzweig und war beruhigt. Der konnte nicht mehr ausplaudern, dass er und Elsbeth nun die neuen Besitzer dieses Picassos waren. Er war sich sicher, dass Schulzes Suchtrupps die sechzig Häftlinge in kürzester Zeit gefunden und erschossen hatten. Eine so große Gruppe konnte sich nirgendwo verstecken. Falls nicht, würden die Polen das erledigen oder sie waren irgendwo erfroren.

›Grünzweig kann ich abhaken.‹

Mülder vereinbarte mit Hassell einen Termin der Übergabe seiner Effekten und ließ sich den Namen des Frachtschiffes geben, auf dem seine Sendung versandt werden sollte. Dann rief er die Reederei an.

»Ja, die ›Valdivia‹ hat Kabinen für zwölf Passagiere. Das Schiff legt am 12. Dezember in Bremen ab und fährt über Lissabon und durch den Panamakanal zur Westküste Südamerikas bis nach Valparaiso. Aber Sie können erst in Lissabon zusteigen. Abfahrt am 20. Dezember.«

Ihm wurde außerdem mitgeteilt, dass er leider in Puerto Chicama nicht aussteigen könne. Dort werde nur Fracht gelöscht, da dieser ein Privathafen der Lassalle & Cie. mit Sitz in Lima sei und kein offizieller Einreisehafen. Er müsse bis Callao weiterreisen und dann im Lande nach Puerto Chicama fahren. Das sei überhaupt kein Problem, sagte er der Angestellten am Telefon und buchte eine Zweibettkabine von Lissabon nach Callao.

Nach drei Wochen wurden die Sachen abgeholt. Er rief in Bremen an und bat um die Anschrift der Lagerhalle in Trujillo. Er notierte die Anschrift. Anfang Februar könne er sein Eigentum dort abholen. Die Frage Hassells, wie und wann das Ehepaar Fugli nach Peru reisen wollte, beantwortete Mülder nicht.

Die Mülders stiegen in Ilanz in die Rätische Bahn. Durch das enge Tal des Vorderrheins fuhren sie bis Chur, von dort mit der SBB nach Zürich. Hier bestiegen sie den Nachtzug nach Lissabon. Bis zur Abfahrt des Frachters blieben ihnen gut vier Wochen Zeit.

37

In Koblenz holte Lena die gesammelte Post für den Bauzug ab. Nach langer Zeit war wieder ein Brief von Lehmanns Onkel Richard aus den USA dabei. Der war während der Wirtschaftskrise aus Thüringen in die Neue Welt ausgewandert. Ledig und kinderlos fiel ihm das leicht. Seine Bindung an die Familie war immer schon locker, er war unabhängig und ein Einzelkämpfer. Zu viel Nähe mochte er nicht. Außer zu seinem Lieblingsneffen Gert, zu dem er eine Art Vatergefühl spürte. Richard war für Gert wiederum Ersatz für seinen leiblichen Vater, der im Ersten Weltkrieg gefallen war. Gert war sechzehn, als Richard auswanderte und fühlte sich von ihm verlassen.

›Wenn du erwachsen bist, kommst du nach.‹

Richard kam nie wieder nach Deutschland, aber ein winziger Keim Fernweh hatte sich im jungen Lehmann festgesetzt. Briefe von Richard kamen sporadisch. Jeder Brief lockte ihn erneut, aber Lehmann konnte sich nicht aufraffen. Er zog sein Studium durch und wurde nach dem Examen Beamter bei der Reichsbahn. Als Krieg drohte, nahm er die Stelle als Bauzugführer an. Zwei Tage später heiratete er, und ein Jahr später war Olaf geboren. Der Traum USA rückte in immer weitere Ferne.

Richard lebte in Maine, im Nordosten der Staaten. Er besaß eine Farm und brauchte tatkräftige Unterstützung. Regelmäßig sandte er Farbfotos und verlockende Beschreibungen, immer mit der Einladung, zu ihm auszuwandern. Gert sollte die Kosten für die Schiffspassagen vorstrecken und einfach abreisen. Die Formalitäten würde Richard bei der Ankunft erledigen. Er hätte bereits zwei Bürgen benannt, schrieb er.

Seine Frau hatte auch diesen Brief an den Bauzug weitergeleitet. Nun verfasste Lehmann eine Antwort.

Dieses Mal war es anders. Er sah aus seinem Abteilfenster und ließ die letzten drei Wochen an sich vorbeiziehen, seine Einsätze in Dresden, Leipzig, Schweinfurt und Frankfurt-Höchst. Jetzt rollte der Bauzug nach Mechernich in der Eifel, um Material aufzunehmen. Von dort ging es zum nächsten Einsatz nach Rheda in Westfalen. Das Tal des Mittelrheins lag hinter ihm, sie näherten sich Köln. Wenig später überquerten sie den Rhein auf der Hohenzollernbrücke. Obwohl die Innenstadt fast vollends zerstört und der Dom schwer beschädigt war, stand die Brücke noch. In der weiten Bahnhofshalle war keine Glasscheibe mehr ganz.

›Nimmt der Irrsinn denn überhaupt kein Ende? Wie viele Jahre wird es dauern, bis das alles wieder aufgebaut ist. Wie viel verlorene Jahre.‹

Der Anblick der Stadt bestärkte ihn in seinem Entschluss. Er würde nun doch zu Onkel Richard in die Staaten auswandern und hoffte auf die Zustimmung seiner Frau.

Der Weihnachtsurlaub war jetzt schon gestrichen worden, wieder einmal. Wieder einmal kein Familienfest mit seiner Frau und den Jungs unter dem Tannenbaum. Wieder einmal kein Urlaub für seine Männer. Einige hatten lange nichts von ihren Familien gehört und fragten sich, ob die noch lebten, wie und wo. Der Begriff ›ausgebombt‹ hatte seinen Platz in der Umgangssprache eingenommen. Und das alles für den ›Endsieg‹, der nicht kommen wollte.

Im Bahnhof von Mechernich wurde der Bauzug auf ein Abstellgleis geschoben. Sie hatten Zeit, sich auf ihren Einsatz vorzubereiten, ihre Materialvorräte zu ergänzen und den Proviant aufzufüllen. Lena besorgte ein paar Kisten Rotwein aus dem Ahrtal, Vorrat für das Weihnachtsessen im Mannschaftswagen.

38

Letzte Nacht waren sie im Güterbahnhof Rheda angekommen. Sie wurden auf ein abgelegenes, lange nicht benutztes Abstellgleis rangiert. Unter dem Gewicht der schweren Vierachser mit den neuen Schienen sackte der Unterbau ab, zwei Waggons entgleisten, und der Bauzug ließ sich nicht mehr bewegen. Sie steckten fest.

Bei Tageslicht sah sich Lehmann das Ausmaß der Zerstörung an. Die Alliierten hatten ganze Arbeit geleistet. Weichen waren herausgerissen und lagen hundert Meter entfernt als Schrott. Lokomotiven von über einhundert Tonnen Gewicht lagen mit zerrissenen Kesseln auf der Seite. Zwei Loks standen wie ein Dreieck in der Luft, ihre Vorderteile bizarr ineinander verkeilt. Der Anblick schien unwirklich.

Lehmann begann, seine Arbeit zu planen. Sein Bauzug musste wieder flott gemacht werden, sonst wäre er blockiert. Er brauchte einen Kran, um die schweren Vierachser wieder auf die Schienen zu heben. In der Bahnhofsleitung fand er die Büros leer. Er setzte sich an einen freien Schreibtisch und versuchte zu telefonieren Die zuständige Dienststelle befand sich in Münster. Die musste die Prioritäten setzen. Doch das Bahntelefon war defekt. Er hatte die Bauarbeiten zu koordinieren, bevor er beginnen konnte. Aber mit wem? Die ersten zwei Tage ließ er mit Aufräumarbeiten ausfüllen. Zu tun gab es genug, doch der eigentliche Auftrag war noch immer unbekannt. Die Sirenen gaben zweimal täglich Luftalarm, ihm wurde die Gefahr für seinen Bauzug bewusst. Am Tage flogen amerikanischen Bomber, nachts hörte er das drohende Brummen der Briten. Sie suchten ihre Ziele in Berlin, Braunschweig, Hannover und

Salzgitter. Was sie an Bomben nicht ins Ziel brachten, warfen sie auf dem Rückflug ab, auch über Rheda.

Er suchte weiter und wartete vergebens. Am Bauzug standen seine Leute und diskutierten. Sie warteten auf Anweisungen von Lehmann. Sie wollten möglichst schnell mit den Reparaturen beginnen und dann nichts wie weg. Der Anblick dieser Zerstörungen verstärkte ihre Sorgen um die Heimat und ihre Familien. Lehmann trat zwischen seine Männer und lauschte ihren Gesprächen lange und aufmerksam.

»Alle mal herhören, Leute. Wir sind zusammen tausende Kilometer durch halb Europa gefahren. Wir haben gute Arbeit gemacht. Ihr habt immer treu zu mir gestanden. Schaut euch draußen um, und ihr werdet mir zustimmen, viel Sinn macht das im Augenblick nicht.«

Schlatter unterbrach ihn mit einer Durchhalteparole.

»Gerade jetzt müssen wir unsere Treue zum Füh...«

»Ich war noch nicht am Ende, Kollege Schlatter. Trotzdem danke für Ihre Wortmeldung. Wir erinnern uns an die Runde, die Sie ausgaben, nachdem wir September 39 den ersten Kilometer russischer Gleise auf unsere Spur umgebaut hatten. Ich bin heute sicher, die Schienen stehen wieder an ihrer alten Stelle.

Unser Land hat versucht, Europa zu verändern. Das ist gelungen. Doch schaut hin, mit welchem Ergebnis! Unser schönes Land ist nicht wiederzuerkennen. Überall brennt es, alte Männer und große Kinder versuchen, die Brände zu löschen. Tausende Zivilisten sterben, schuldige und unschuldige.

Dieser Bauzug war eine kleine Welt für sich, unsere Welt. Jetzt ist Zeit für jeden von uns, wieder dorthin zurückzukehren, woher er kommt. Wir haben Mitte Dezember, und es ist höchste Zeit, dass wir uns wieder um unsere Familien zu kümmern. Die letzten zwei Weihnachten waren wir nicht bei ihnen. Ich hoffe, sie sind alle wohlauf und gesund. Ich habe meinen Bruder Martin an der Front verloren, meine Mutter starb in Mylau bei einem Fliegerangriff auf dem Weg zum Arzt. Ich hoffe sehr, euch erging es besser.«

Wieder unterbrach Schlatter.

»Wir müssen alle Opfer bringen für das neue Deutschland.«

»Unsere Kinder sind Deutschland, Schlatter, und ein Volk besteht aus Familien. Sie haben keine Frau und keine Kinder, Sie können das kaum nachempfinden. Ihr anderen haltet bitte zusammen, was von ihnen übrig ist. Deswegen ordne ich an, dass Ihr einen Teil eures aufgelaufenen Urlaubs nehmt. Schlagt euch nach Hause durch zu euren Familien. Die werden euch brauchen. Lena hat Euch Urlaubsscheine ausgestellt, holt sie morgen früh bei ihr ab. Am Mittwoch, den dritten Januar seid ihr wieder hier. Vielen Dank, Männer, und gesegnete Weihnacht!«

Lehmann zog sich in sein Abteil zurück, um seinen Brief an Onkel Richard zu beenden. Die Männer begannen, ihre Sachen zu packen, ein paar von ihnen blieben zusammen im Mannschaftswagen und redeten.

Unerwartet wurde die Tür aufgerissen und ein Offizier trat forsch ein, schwarze Uniform, glänzende neue Rangabzeichen.

»Gibt es hier einen Schlatter?«

Es wurde plötzlich sehr still.

›Jetzt kommt das Nachspiel‹, dachten alle.

Schlatter dreht im Sitzen den Kopf in Richtung der Stimme.

»Jawoll. Das bin ich.«

Meurer antwortete spitz.

»Ich habe Sie gar nicht anklopfen hören. Und ›Heil Hitler‹ hent Sie auch nicht gesagt. Aber wenn Sie schon so sportlich in unsere privaten Räume eindringen, darf man dann auch Ihren Namen erfahren?«

»Hauptsturmführer Schulze.«

Schlatter sah die Uniform und erhob sich von seinem Stuhl, nahm Haltung an. Schulze wandte sich ihm zu.

»Sie haben am dritten Oktober den Empfang von sechzig Häftlingen quittiert. Ist das richtig?«

»Jawohl.«

»Wo sind die?«

»Das wissen Sie doch. Die sind in der Nacht ausgebrochen.«

»Würden Sie bitte mitkommen. Sie sind vorläufig festgenommen.«

Schlatter wurde blass.

Schulze legte einen Zettel auf den Tisch und ging mit Schlatter fort.

»Unter dieser Nummer können Sie mich erreichen.«

Er packte Schlatter am Arm und verließ den Waggon. Die Tür schlug zu. Der Vorfall dauerte keine zwei Minuten.

Lehmann hatte währenddessen in seinem Büroabteil gesessen. Von dem kurzen Auftritt Schulzes hatte er nichts mitbekommen. Lena ging zu ihm und berichtete. Er kam heraus, sah sich den Zettel an, zerknüllte ihn und warf ihn in den Mülleimer.

»Hauptsturmführer Schulze. Nie gehört. Nie getroffen. Hat sich mir nie vorgestellt.«

Am nächsten Morgen quittierten die Männer die Urlaubsscheine im Bautagebuch. Lehmann verabschiedete sich von jedem mit Handschlag. In kleinen Gruppen stolperten sie über die zerstörten Gleise, um eine Mitfahrgelegenheit zu erwischen. Gedankenvoll sah ihnen Lehmann nach. Plötzlich war alles Leben aus dem Bauzug gewichen, es war still und unheimlich. Hier drinnen, aber auch draußen rührte sich nichts. Lena widmete sich überflüssigen Beschäftigungen, sie räumte hier auf, ordnete dort ihren Schreibtisch, öffnete und schloss Schubladen, stapelte Papiere, während Lehmann ihr zuschaute. Sie waren allein.

›Vor fünf Jahren haben sie mich als Schreibkraft eingestellt und zu diesem Bauzug versetzt. Dies ist mein Zuhause. Ich war Gerts Sekretärin, Köchin, Reinmachefrau, Einkäuferin und Geliebte. Ich habe kein anderes Heim. Mein möbliertes Zimmer in Bochum habe ich damals aufgegeben. Vielleicht steht das Haus schon gar nicht mehr. Und nun?

»Was machst du jetzt, Gert Lehmann?« Sie dreht sich zu ihm um.

»Ich sehe dir zu.«

»Mir ist nicht nach Späßen.«

Ihre Fröhlichkeit war verflogen.

»Komm, wir trinken noch einen.«

Er griff in seinen Schreibtisch und holte die angefangene Flasche Cognac und zwei Gläser heraus.

»Ja. Ich möchte mich besaufen«, sagte sie.

Sie setzte sich ihm gegenüber an den Schreibtisch und setzte das Glas an die Lippen. Sie hatte den alten Lippenstift gefunden, den sie in Gegenwart der Männer nie benutzt hatte. Nun waren sie alle weg.

»Was wohl aus den Häftlingen geworden ist.«

Sie versuchte ein Gespräch, sie wollte seine Stimme hören und sich einprägen. Lehmann schwieg.

»Hast du ihnen ein Brecheisen gegeben?«

»Wirklich, ich möchte nicht darüber reden.«

»Warum?«

»Es war das mindeste, was ich für sie tun konnte. Und dennoch war es so wenig.«

Er schenkte ihr nach.

»Wenigstens hatten sie eine Chance.«

Er wollte wirklich nicht und schwieg.

»Was wird Schlatter tun?«

»Grollen.«

»Der wird dich anschwärzen. Hast du keine Angst?«

»Vor dem nicht, aber vor seinem System. Aber davon ist wohl nicht mehr viel übrig geblieben, oder?«

»Mag sein.«

»Irgendwie tut er mir leid. Für ihn bricht ein Glaube zusammen.«

Lehmann ging nicht darauf ein.

»Woran glaubst du«, wollte sie wissen.

»An mich.«

Das mochte sie so an ihm. Er war ihr ruhender Pol. Sie kam langsam um den Schreibtisch und setzte sich auf seinen Schoß. Sie wollte ihn noch einmal spüren, seinen Achselschweiß riechen, ihn hören. Sie spürte die Wärme des Weinbrands, begann sein Hemd zu öffnen. Er zog sie an sich, küsste sie, dann schob er die Arme unter ihren Körper und trug sie in sein Abteil. Die Stille tat gut, und die Tatsache, dass sie allein waren. Zum ersten Mal waren sie im Bauzug unbeobachtet und ungestört. Sie brauchten sich dieses eine Mal, dieses letzte Mal keine Zeit zu stehlen.

Die Abteiltür, die Lehmann mit dem Ellenbogen aufgestoßen hatte, blieb offen. Die Zeit gehörte ihnen. Alles Dienstliche war gewichen, und sie lachten und scherzten. Sie ließen es eine Ewigkeit dauern, sich gegenseitig ihre Kleider Stück für Stück abzustreifen. Immer mehr ihrer Körper kam ans Licht. Es war, als würden sie sich zum ersten Mal entdecken. Sie fühlten sich, ließen sich wieder los, betasteten sich, schmeckten sich. Lena spürte ihn in sich und ihr war, als glitten sie rhythmisch über die unendlichen Gleise Europas.

Enttäuschung und Hoffnung, Trauer und Freude, Bitterkeit und Wollust, Zweifel und Zuversicht, Verzicht und Verlangen entluden sich in ihrem letzten gemeinsamen aufbäumenden Stöhnen, das langsam im Bürowaggon verhallte. Erschöpft und schweißgebadet lagen sie in seinem zerwühlten Bett und schliefen mit verschränkten Armen und Beinen ein.

Als sie erwachten, war Mittag vorbei. Lena zog sich wortlos an und verließ den Bauzug, ohne sich noch einmal umzudrehen.

39

Lehmann ging zur Waggontür und hörte das gedämpfte Brummen der Bombermotoren durch die Wolkendecke. Er ließ alles unverändert. Die fast leere Flasche, die Reste in den Gläsern und das benutzte Bett blieben wie sie waren. Nur sein Tagebuch mit allen Eintragungen nahm er an sich. Vielleicht interessierte sich einer seiner Jungen dafür, wenn sie erwachsen waren. Er hatte einen Rucksack mit Proviant gepackt und genehmigte sich noch einen gewaltigen Schluck aus der Flasche. Dann verschloss er die Tür mit dem Vierkantschlüssel.

Es war ungemütlich kalt, dünner Regen fiel. Die seltsam verbogenen Schienen ragten nass glänzend in den grauen Himmel wie eine stumme Mahnung. Der Cognac wärmte nach. Lehmann drehte sich noch einmal um. Da stand sein Bauzug, der ihm fünfeinhalb Jahre lang Geborgenheit gegeben hatte. Als der Krieg ausbrach, bekam er diesen Auftrag. Seine älteren Kollegen waren froh, ihn vorschieben und in ihren Amtsstuben bleiben zu können. Ihm ersparte dieser Auftrag, zum Dienst bei der Wehrmacht eingezogen zu werden.

›Ich bin kein Pazifist‹, reflektierte er.

›Ich bin nur zu feige, Soldat zu sein.‹

Er hatte genau hingesehen, als die Truppen von Ostpreußen aus in Russland einfielen. Er hörte das dumpfe Wummern der Geschütze, sah die Verwundeten und Toten, die sie in Lazarettzügen zurückbrachten. Er sah Dörfer und Ernten brennen. Damals lag sein Einsatzgebiet weit draußen hinter der stetig nach Osten vorrückenden Front. Er sprach mit einfachen Soldaten und Berufsoffizieren. Zuerst hörte er Triumphgeheul, später dann immer häufiger Schmerz, Blut und Tränen. Teilnahmslose

Männer sah er zitternd auf Bahren liegen, notdürftig verbunden, mit einem Bild ihrer Liebsten zwischen den blutverkrusteten Fingern. In ihren Blicken waren sie bereits tot.

Später schlug alles um. Der Vormarsch wurde zum Rückzug. Seine Aufgaben im Osten waren vorbei. Jetzt waren die Bombenschäden im Westen zu reparieren. Er fand sich mit den Zerstörungen seines Landes konfrontiert. Auf seinen Baustellen sah er keine leidenden oder toten Menschen mehr, die lagen in Krankenhäusern oder auf Friedhöfen. Er sah sein leidendes Land.

Sein kostbarster Besitz war der spartanische Komfort des Bauzuges, in den er sich verkriechen konnte wie in eine geschützte Höhle. Die Welt da draußen blieb an der Tür zurück. Er genoss die Abgeschiedenheit seiner kleinen Welt und – gestand er sich ein – die Annehmlichkeiten einer Frau. Mit Lena wagte er, seine Beobachtungen und Gedanken zu teilen. Sehr tiefgründig waren ihre Gespräche nie, das lag ihr nicht. Doch sie war seine verschwiegene Verbündete, seine Komplizin. Sie vertrauten sich.

›Lehmann, das war dein Beruf als Eisenbahner. Die werden dich ans Kreuz nageln, weil du den Bauzug ohne Genehmigung von oben und ohne Bewachung vor Ort abgestellt hast. Aber meine Entscheidung war richtig. Die Direktion hätte das nie genehmigt! Dort haben sie alle die Hosen voll. Schade, dass das so enden musste.‹

Er drehte sich noch einmal um. Aus der Entfernung sah der Bauzug jetzt ziemlich klein aus.

›Komm, Junge, nun werde nicht sentimental! Du hast diese Episode soeben abgebrochen, bevor andere sie beenden würden. Vielleicht ist dort wo der Bauzug steht, morgen schon ein großer Bombentrichter.‹

Er überquerte die Gleise des Güterbahnhofs, stieg über verbogenen Schienenschrott, umrundete Bombenlöcher und wäre beinahe auf einen Blindgänger getreten. Er lief zwischen umgestürzten Güterwagen und Lokomotiven mit zerschossenen Kesseln hindurch auf der Suche nach jemandem, den er fragen konnte. In seiner Manteltasche fühlte er kaltes Metall, das kleine russische Geschoss.

»Wohin fahrt ihr?«

Er hatte eine Lok unter Dampf auf einem intakten Gleis gefunden. Sie wurde gerade an einen Kohlenzug gekoppelt.

»Bremen.«

Er zückte seinen Dienstausweis und bekam einen Platz auf der Lok zugewiesen, an dem er nicht störte.

»Es sei denn, sie bevorzugen das Bremserhäuschen. Aber das können wir einem hohen Beamten der Reichsbahn wie Ihnen kaum zumuten.«

»Lehmann.«

»Henders«, erwiderte der Lokführer mürrisch.

»Zietlow, Heizer.«

In Bremen wurde die Lok vom Kohlenzug getrennt und musste zum Freihafen. Dort bekam Henders einen neuen Fahrbefehl ins Führerhaus gereicht.

»Wohin geht es?«

»Nach Goslar. Aber das darf ich Ihnen gar nicht sagen. Hier steht STRENG GEHEIM! Wir sind zum Schweigen vergattert. Wir stehen ab sofort unter dem Kommando der SS. Sie müssen die Lok verlassen. Tut mir leid, Herr Kollege.«

Lehmann überlegte kurz und kletterte hinunter.

»Welchen Zug übernehmen Sie denn?«

»Da drüben, drei Gleise weiter. Mit den gedeckten Güterwagen. Aber kommen Sie ja nicht auf die Idee, da einzusteigen. Wir dürfen niemand mitnehmen, steht fett unterstrichen hier auf der Anweisu ...«

Lehmann war schon weg. Er hatte drei Männer entdeckt, die sich an besagtem Zug unterhielten, zwei SS-Offiziere und ein Zivilist in Mantel und Nickelbrille. Einer der Offiziere war Schulze. Lehmann hatte ihn weder auf der Baustelle in Polen, noch bei der Verhaftung Schlatters im Bauzug zu Gesicht bekommen. Den anderen Offizier kannte er ebenso wenig. Es war Kramer.

›Goslar hatte Henders gesagt. Das liegt perfekt auf meiner Strecke. Da muss ich mit. In den Zug zu kommen ist kein Problem. Wenn die aber Munition geladen haben, lasse ich das lieber. Ich stelle mal meine Lauscher auf.‹

Er schlich sich auf der Rückseite des Zuges heran, um in Hörweite zu gelangen. Doch zu spät! Die drei verabschiedeten sich mit Handschlag und gingen auseinander. Lehmann folgte der Nickelbrille und holte den Mann ein.

»Oberinspektor Lehmann, Deutsche Reichsbahn. Darf ich Sie kurz sprechen?«

Er zog seinen Dienstausweis.

Dr. Hassell sah ihn sich genau an.

»Ich bin beauftragt, mich um den Zug nach Goslar zu kümmern«. Lehmann log, ohne mit einem einzigen Gesichtsmuskel zu zucken.

»Durch Bombenschäden müssen wir ihn leider über Braunschweig umleiten. Die Fahrt dauert einige Stunden länger als gewöhnlich. Sind Sie davon betroffen?«

»Das ist ja etwas ganz Neues! Seit wann ist denn die Reichsbahn so fürsorglich, wenn es Verspätungen gibt? Und was ist in diesen Zeiten gewöhnlich? Sicher wissen Sie, dass der Zug leer nach Goslar muss. Die beiden SS-Männer sind der eigentliche Kunde. Die laden dort Ware ein und schicken den Zug nach hier zurück. In spätestens vier Tagen muss ich die Ware auf ein Schiff umladen. Den Termin müssen Sie einhalten!«

»Das sollten wir schaffen, wenn uns die da oben lassen.«

Er meinte die Bombergeschwader.

»Export?«

»M.S. Valdivia nach Peru.«

»Herr Dr. Hassell, ich hätte noch eine private Frage.«

Skeptisch beobachtete Henders die Gruppe von seinem Führerstand aus. Er sah, wie sich Lehmann und der Zivilist angeregt unterhielten. Das Gespräch dauerte einige Minuten und schien in guter Atmosphäre zu verlaufen. Sie verabschiedeten sich mit Handschlag, und der Zivilist gab Lehmann etwas.

›Sieht aus wie eine Visitenkarte,‹ mutmaßte er.

Lehmann ging zur Lok hinüber und stieg wieder auf.

»Die Mitfahrt ist genehmigt«, schwindelte er.

»Goslar liegt genau auf meiner Strecke.«

Er verkroch sich hinter dem Schanzkleid des Tenders und verschlief die Fahrt. Gegen drei am folgenden Morgen erreichten sie ein altes Bergwerk in den Vorbergen des Harz. Die letzten dreihundert Meter fuhr der Zug rückwärts. Über eine Weiche schob Henders den Zug behutsam in einen beleuchteten Stollen.

»Lassen Sie sich dort nicht blicken. Springen Sie vor dem Stollen ab und verschwinden Sie. Die wollen keine neugierigen Augen. Tun Sie besser, was ich sage.«

Lehmann beherzigte Henders Warnung und schlug sich in den Wald. Die beiden Offiziere aus Bremen waren mitgefahren und kommandierten im Stollen die etwa zwanzig abgemagerten Leute in Häftlingskleidung, die Holzkisten in die offenen Waggons wuchteten. Die Aufschriften der Kisten konnte er aus der Distanz nicht entziffern, er sah die schwarzen Reichsadler mit den ausgebreiteten Schwingen und dem Hakenkreuz in den Krallen. Kommandos wurden gebrüllt, die Arbeiter wurden zur Eile angetrieben. Er zählte die verladenen Kisten mit, bei zweihundert hörte er auf und machte, dass er wegkam. Er ging zu Fuß nach Goslar. Langsam wurde es hell. Er war müde und fror erbärmlich. Auf der Lok war es wärmer gewesen. Er wollte jetzt nur noch nach Hause.

Er genoss die Zeit mit seiner Familie. Es war Anfang Dezember. Olaf war jetzt vier, der kleine Anton fast ein Jahr alt. Er stellte sich vor, wie die Jungen auf der Farm des Onkels leben würden. Vielleicht würden sie ihm beim Ausmisten zusehen, oder wie er Kälbern die Brenneisen ins Fell drücken würde. Sie würden ganz natürlich Englisch sprechen lernen, aber zuhause würde er strikt deutsch mit ihnen reden.

›Ich muss dringend mit Anna reden!‹

Auf ihren Spaziergängen diskutierten die Lehmanns ihre Zukunft. Anna konnte sich mit der Auswanderung nicht anfreunden. Den Onkel kannte sie nicht. Und wenn ihnen das Leben auf der Farm nicht zusagte? Dann wären sie allein in einem fremden Land. In Deutschland gäbe es genug zu tun für Leute mit seinem Beruf. Sie hätten die Verantwortung für ihre Kinder und müssten sehen, dass etwas Ordentliches aus ihnen würde.

Er dachte an Lena.

›Die hätte nicht eine Sekunde gezögert, mich in die Arme genommen und mich vor Begeisterung geküsst. Ich vermisse sie.‹

Er verwarf den Gedanken sofort wieder und nahm sich vor, Anna behutsam zu überzeugen. Auch wenn sie eigentlich gar keine Wahl hatte. In seiner Welt traf der Mann die wichtigen Entscheidungen. Trotzdem wollte er sie nicht überrumpeln, allenfalls überreden. Sollte sie bei ihrem Nein bleiben, würde eben nichts aus Onkel Richards schönem Angebot. Es würde irgendwie weitergehen.

Nach einer Woche erhielt er die Aufforderung, sich umgehend bei seiner Direktion melden. Schlatter hatte Beschwerde gegen ihn erhoben. Von der Ausgabe von Essen an Volksschädlinge bis zum Verlassen des Bauzuges in Rheda und der Missachtung der Urlaubssperre war alles dabei, was er gegen Lehmann hatte vorbringen können. Auch die sexuelle Beziehung zu seiner abhängig angestellten Sekretärin war enthalten. Er gab Lehmann die Schuld an seiner Festnahme durch die SS und an den folgenden Verhören, gerade weil sie ihm juristisch kein Fehlverhalten nachweisen konnte. Die Reichsbahndirektion forderte nun Lehmanns Bericht an. Bis zur endgültigen Klärung der Vorwürfe war er vorläufig in den Bürodienst versetzt. Bis dahin sollte Schlatter den Bauzug führen.

Jetzt waren für Lehmann die Würfel gefallen. Er würde auswandern. Er berichtete Anna von den Vorgängen im Bauzug, dem Beschuss durch den russischen Flieger, vom Zustand der Häftlinge und von den rüden Methoden der SS. Er erzählte von den Verwüstungen durch die Bomben und begründete, warum er den Bauzug abstellte und verließ. Und er beichtete ihr seine Liaison mit Lena.

Anna war niedergeschlagen. Über ihrer kleinen friedlichen Welt hing unerwartet ein dunkler Schatten. Plötzlich war alles anders. Rundherum wurde über Seitensprünge gemunkelt. Ehen zerbrachen, Liebschaften entstanden, Kriegerwitwen wurden beobachtet und Frauen beneidet, die sich Vorteile erschliefen oder einfach nur Spaß hatten.

›Kriegerische Zeiten haben ihre eigene Moral‹, dachte sie.

»Wo ist Lena jetzt?«

»Ich habe keine Ahnung.«
»Wirst du sie wiedersehen?«
»Nein. Das ist vorbei.«
»Du bleibst bei mir?«
»Ja.«

Anna weinte keine bitteren Tränen. Sie wollte sich nicht in trübe, von Selbstmitleid getragenen Gefühle treiben lassen. Dafür war sie zu klug. Sie war nicht einmal sonderlich überrascht. Ihr Gert war auch nur ein ganz normaler Mann.

›Ich kann zwar für mich behaupten, dieser Moral nicht nachgegeben zu haben, aber was nutzt es? Nichts! Die Hauptsache ist, er bleibt bei mir und den Kindern. Was hilft es, wenn ich ihn hinauswerfe? Irgendwann werde ich ihm verzeihen. Wenn die Affäre mit dieser Lena nachweislich vorbei ist.‹

Viel schlimmer wogen für sie die beruflichen Schwierigkeiten ihres Mannes. Hoffentlich würde er da sauber herauskommen. Sie teilte sein Entsetzen über die Behandlung dieser Häftlinge, und sie billigte, dass er sie verpflegen ließ. Das war nur normal. Sie Sache mit dem Brecheisen fand sogar ihre tiefe Bewunderung.

›Das ist mein Gert. Er achtet Menschenwürde, und er hat Sinn für Gerechtigkeit. Dass ihm daraus jetzt ein Strick gedreht werden soll, ist einfach widerlich.‹

Auf dem Esstisch lag das unscheinbare russische Geschoss, das er aus der Tasche gezogen hatte. Behutsam, fast ehrfurchtsvoll nahm sie es zwischen ihre Finger und stellte sich vor, wie er unter dem Waggon lag und das tak-tak-tak des Bordgeschützes hörte und das Geschoss ins Rad einschlug blieb statt in seinen Schädel..

»Dann lass uns neu anfangen. Wir fahren in die Staaten.«

Er verlängerte seinen Urlaub und fuhr nach Bremen, um mit Dr. Hassell zu reden.

40

Lehmann saß in Dr. Hassells Büro.

›Der Kaffee ist noch besser als im Bauzug‹, stellte er fest.

»Als Arbeiter auf einer Rinderfarm? Wozu haben Sie dann studiert? Das Angebot Ihres Onkels finde ich ja sehr generös, aber das hat seinen Grund. Die Tüchtigen gehen in die Städte, die Untüchtigen in die Army. Mit Respekt, Herr Lehmann, Ihr sehr verehrter Herr Onkel findet keine Leute. Er will Sie an sich binden. Ist er dort verheiratet? Hat er Kinder? Also Erben? Amerikanische Erben? Wer bekommt die Farm, wenn er stirbt? Denken Sie nach. Sie haben schließlich Verantwortung für zwei Söhne.«

›Annas Worte‹, dachte Lehmann.

»Die nächsten Jahre in Deutschland werden hart und bitter. Es wird Armut und Hunger geben. Wer Geld besitzt, hält es zusammen. Und die Reichsmark wird nichts mehr wert sein. Die Siegermächte denken jetzt schon daran, Deutschland zu einem Agrarstaat zu machen, von dem nie wieder eine Gefahr ausgeht. Der Morgenthau-Plan. Bauingenieure wird es dann mehr geben als benötigt. Und um Scheunen und Ställe zu bauen, braucht man keine Ingenieure. Die Reichsbahn wird Sie nach dem Krieg nicht mehr brauchen, weil es keine Industrie mehr gibt, wenn die ernst machen, und damit auch keinen Güterverkehr.«

Während Hassell vor Lehmann wortgewandt sein düsteres Szenario entwickelte, dachte der an seine Versetzung in den Bürodienst.

»Ich habe ein viel besseres Angebot für Sie. Kommen Sie zu uns und arbeiten Sie für die Lassalle & Cie. in ihrem erlernten Beruf. Unserem

Konzern gehören mehrere Zuckerfabriken, Erzminen, der Abbau von Guano, Fischmehlfabriken und einiges mehr. Besonders die Hazienda Gran Sausal, eine Zuckerfabrik im Norden Perus soll stark modernisiert werden. Dafür brauchen wir Fachleute wie Sie.

Unsere Muttergesellschaft in Lima hat mich beauftragt, Fachleute in Deutschland anzuwerben. Wir bieten Fünf-Jahres-Verträge, ein gutes Gehalt in Peru und Gratifikationen in Dollar auf ein Schweizer Konto für Ihre laufenden Verpflichtungen in der Heimat, denn eines Tages kommen Sie ja vielleicht zurück. Sie bekommen ein Firmenhaus in einem Wohnpark, den sie ›Casino‹ nennen, und Ihre Frau hat Bedienstete im Haushalt. Die Hazienda besitzt ein Hospital mit bestens ausgebildeten Ärzten, in dem fast alle Wehwehchen geheilt werden, schließlich wohnen dort 25 000 Menschen, die Beschäftigten und ihre Familien. Das Wetter in Gran Sausal ist sogar besser als in Lima. Ich kann das bestätigen, ich war oft genug drüben. Gehen Sie in das Besprechungszimmer, schauen Sie sich die Fotoalben an und machen Sie sich selbst ein Bild. Noch einen Kaffee?«

Ihn faszinierte der Besprechungstisch aus massivem Palisander. Alles hier schien exotisch, Dr. Hassell eingeschlossen, und dennoch real.

›Ich sollte schon mal beginnen, Spanisch zu lernen.‹

Er nahm sich Zeit mit den Alben und ging zurück in Hassells Büro.

»Lassen Sie Ihre Möbel zurück. Packen Sie Hausrat, Wäsche und Kleidung zusammen. Wir verpacken das hier seefest und übernehmen den Transport. Ich rufe kurz die Reederei an und frage nach Passagen. Einen Moment.«

Er legte den Hörer auf die Gabel.

»Also, die günstigste Verbindung ist die ›Valdivia‹ am 20. Dezember von Lissabon. Sie als Eisenbahner finden sicher eine Lösung, mit dem Zug nach Portugal zu fahren. Ich brauche ein Gesundheitszertifikat, ein polizeiliches Führungszeugnis und Ihre Pässe. Die schicken wir Ihnen mit den Passagen und ein bisschen Taschengeld für die Reise zu Ihnen nach Hause.«

41

Zufrieden mit sich und der Welt suchte Schlatter seinen Weg zum Bauzug durch die zerstörten Gleise in Rheda, um seinen neuen Posten anzutreten. Nun war er der Bauzugführer, wenn auch nur kommissarisch. Immerhin! Er kam am Stellwerk vorbei und stieg die Stufen hinauf, um sich beim Fahrdienstleiter vorzustellen.

»Herzlichen Glückwunsch zum Geburtstag! Nachträglich.«

Breit grinsend streckte er Schlatter die Hand entgegen.

Der verpasste die Ironie.

»Ich hab doch erst im Mai ...«

»Ihr wart gerade zwei Tage weg, da haben die Engländer auf dem Heimflug noch mal kräftig abgeladen. Das wäre sehr böse ausgegangen. Gut, dass ihr weg wart, sonst hätten sie euch von den Schienen kratzen können. Aber schau selber ...«

Schlatter verließ das Stellwerk und zuckte zusammen, als er wenig später vor ›seinem‹ Bauzug stand. Der erste Vierachser und der Mannschaftswagen waren von einer Bombe getroffen worden. Seine Leute warteten bereits auf ihn und standen an den verbrannten Trümmern des Mannschaftswagens. Von den Männern fehlte ein Drittel, Lena war nicht wiedergekommen. Er hatte sich zur Begrüßung eine kurze Ansprache zurechtgelegt, aber er war plötzlich nicht mehr in Stimmung. Er wollte etwas über einen Neubeginn sagen, doch war angesichts der Trümmer fehl am Platz gewesen.

»Da ist meine Leica drin«, brachte er nur leise heraus.

»Tja, wir müssen alle Opfer bringen«, sagte einer bissig.

Er sagte es so laut, dass alle es hören konnten. Einige der Männer grienten verstohlen. Andere hatten Tränen in den Augen.

»Wann kommt Lehmann?«

Schlatter drehte sich zu dem Fragenden herum.

»Der kommt nicht mehr.«

Das Grinsen verschwand. Alle sahen Schlatter ungläubig an.

»Wollen Sie uns sagen, dass Sie ab jetz ...«

Schlatter unterbrach Meurer.

»So ist es.«

»*Sie könnet viel an mi na-schwätze*. Ich arbeite zwar für die Reichsbahn, aber in erster Linie schaff ich für den Lehmann. Zeigen Sie mir erst mal den offiziellen Aushang mit Unterschrift und Siegel.«

»Der kommt mit der Post. Den muss die Lena ...«

Schlatter brach den Satz ab.

Meurer fuhr fort.

»Ihr seht doch, wir haben keinen Bauzug mehr. Ich nehme ab heute meinen restlichen Urlaub. Meine Familie ist ausgebombt, ich muss mich um sie kümmern.«

Er drehte sich um und ging. Etwa zwanzig Männer folgten ihm.

42

Hassell hatte sich Zeit genommen, das Ablegen der ›Valdivia‹ im Bremer Hafen persönlich zu verfolgen. Bald glitt der Frachter mit kleiner Fahrt die Weser hinab in Richtung Nordsee. Hassell ging in sein Büro und rief Kramer an. Er war guter Laune.

»Herr Standartenführer, ich melde Vollzug. Die Sendung ist auf dem Weg. Am 28. Januar wird sie - wie besprochen - entladen und eingelagert. Mein Auftrag ist damit erledigt. In ein paar Tagen werde ich Ihnen meine Rechnung zuschicken.«

»Sehr gut, Dr. Hassell. Ich danke Ihnen.«

»Was ich noch fragen wollte, haben Sie Mülder schon gefunden?«

»Leider nein, aber wir suchen weiter. Wir werden ihn finden.«

»Na, dann viel Erfolg. Auf Wiederhören.«

›Da könnt ihr lange suchen‹, schmunzelte er und legte auf.

Kramer beschlich das unbestimmte Gefühl, Hassell hatte ihm etwas vorenthalten.

43

»Nennen Sie mich Sam.«

»Paul, wie Sie wissen.«

Major Korn und Grünzweig saßen seit ihrer Rückkehr von der Basis Chiaravalle in seinem Bürozelt. Regelmäßig waren die Kaffeebecher von der Ordonanz nachgefüllt worden, während Grünzweig von Deutschland erzählte, seinen Eltern, seinem Leben, seiner Ausbildung, von Lisa, von seiner Tante Sarah in Frankfurt und nicht zuletzt vom Leben im Lager. Korn war ein extrem guter Zuhörer. Notizen machte er sich nicht, sein Gedächtnis war phänomenal.

»Lisas Bild ist ein interessantes Detail. Wir beobachten die deutsche Kunstszene seit der Ausstellung ›Entartete Kunst‹ im Jahr 1937 in den Hofgarten-Arkaden in München und der Versteigerung 1939 in Luzern. Im selben Jahr wurden nach Angaben offizieller Stellen im Hof einer Feuerwache in Berlin eintausend Gemälde und mehr als dreitausend Grafiken verbrannt. Unglaublich! Barbarisch! Aber im Gegensatz zur geltenden Ideologie gab es in höheren Nazikreisen durchaus Liebhaber der modernen Kunst. Die Angaben über das Geschehen im Hof der Feuerwache werden angezweifelt. Viele Werke wurden angeblich beiseite geschafft. Wo sind die?

Heute funkte das Blockhaus, dass dreißig Häftlinge aus Ihrem Lager zu einem Sondereinsatz nach Berlin gefahren wurden. Die berichteten, sie hätten fast dreihundert Kisten von Berlin in den Harz transportiert und dort auf einen leeren Zug geladen, der nach Bremen fahren sollte. Sie sehen, wir haben für Weitzmann einen Nachfolger finden können.

Interessant ist, Mülder ist nicht mehr Kommandant. Er ist weg, und mit ihm sein Bild im Goldrahmen. Niemand weiß, wohin er abberufen wurde. Das hängt doch alles zusammen. Ich weiß, das Original befindet sich in der Hermitage, aber dass die Kopie bei Mülder auftaucht, lässt einen doch aufhorchen. Woher hat er es? Wo ist es jetzt?«

Grünzweig horchte auf.

›Dann wird es *nicht* Andenken eines russischen Offiziers.‹

»Ich denke darüber nach, ob und wie wir diese Spur verfolgen sollen. Aber jetzt essen wir zu Abend, und danach zeige ich Ihnen Ihr Fünf-Sterne-Zelt.«

Die Zeltleinwand flatterte heftig, der kalte Wind aus dem Apennin hatte nicht nachgelassen. Grünzweig lag lange wach auf seinem Feldbett. Er dachte an Lisa. Und an ihre Kopie. Wo wird sie wieder auftauchen? Wie sollte man sie suchen? Würde er das Bild noch einmal zu Gesicht bekommen? Dann fragte er sich, ob Greta einen guten Flug gehabt hatte. Seefest war sie jedenfalls nicht. Mit diesem Gedanken schlief er ein.

44

»Auf, auf! Sie sind nicht zum Vergnügen hier.«

Samuel Korn trat lachend ein und warf aus dem Handgelenk eine Broschüre auf den Tisch. Er setzte sich auf den Klappstuhl daneben. Grünzweig rieb sich die Augen.

»Dies ist mein Plan. Ich bringe Sie nach Chiaravalle zurück. Auf der Fahrt lesen Sie unsere Verfassung durch und lernen die Nationalhymne. Sie werden US-Bürger. Danach durchlaufen Sie im Schnellverfahren die Grundausbildung zum Offizier. Anschließend werden Sie zum Leutnant der US Air Force vereidigt. So was geht nur in Kriegszeiten. Aber ich brauche Sie. Ihr Schweigen deute ich als *acceptance by silence*. Danke, Paul. In zehn Minuten hole ich Sie zum Frühstück ab, dann stelle ich Ihnen ein paar Leute vor.«

Schon war er wieder draußen. Grünzweig schüttelte verschlafen und verdutzt den Kopf.

›Was war das denn eben?‹

Er schälte sich aus seiner Wolldecke und schaufelte sich mit beiden Händen kaltes Wasser ins Gesicht.

›Ich in Uniform! Hoffentlich begegne ich keinem Spiegel. Er hat mich total überrumpelt. Nie wollte ich Soldat werden.‹

45

Korn nahm in Chiaravalle an der Vereidigung der frischgebackenen Offiziere teil. Nach der Aushändigung der Patente nahm er Grünzweig auf die Seite, gratulierte ihm und hieß ihn in seiner Einheit willkommen.

»Bremen wurde im August heftig bombardiert. Der Schiffsverkehr kam beinahe zum Erliegen. Bis Ende Dezember laufen drei Frachter aus, die für uns infrage kommen, einer nach Argentinien, einer nach Südafrika und einer nach Chile. Keiner läuft unter deutscher Flagge. Eigentlich möchte ich alle drei kontrollieren, aber Sie nach Bremen schicken geht nicht. Das ist noch in deutscher Kontrolle. Wir stehen erst am Rhein. Der Chilene läuft aber Lissabon an, bevor er den Atlantik überquert. Den nehmen wir uns vor. Der muss nämlich durch den Panamakanal, und die Kanalzone ist Hoheitsgebiet der USA. Wir schützen Sicherheitsinteressen vor und erwirken über die US-Botschaft in Portugal das Recht zu einer Untersuchung der Ladung. Zum Beispiel wegen des möglichen Exports von Waffen. Portugal hat sich zwar geschickt aus dem Krieg gehalten und macht auf neutral, aber wir werden Druck ausüben. Die müssen das zulassen.

Ich gebe Ihnen zwei Leute mit und eine Kamera. Wir können die Ladung nicht aufhalten, wenn sie an Bord sein sollte, aber dann wissen wir, wohin sie geht. Das Weitere entscheiden wir später. Übermorgen fliegen Sie rüber. Halten Sie die Augen auf.«

»Aye, Sir.«

»Geht doch schon ganz gut, Paul.«

Korn schmunzelte.

46

Grünzweig schritt mit seinen beiden Begleitern die Gangway hinauf und betrat das Deck der ›Valdivia‹. Er trug die khakifarbene Uniform mit Schiffchen und Pilotenbrille, auf dem Kragen glänzten die Streifen eines Leutnants. Der Matrose bat, ihm auf die Brücke zu folgen. Der Weg führte am Salon vorbei. Durch die Glastür bemerkte er die gedeckten Tische. Passagiere standen herum, Aperitifs in den Händen. Er zuckte zusammen.

›Sieht aus wie Lehmann. Unmöglich! Die Frau neben ihm ist nicht die vom Bauzug. Aber die Blonde neben dem Mann mit Schnauzer sieht aus wie auf dem Foto in Mülders Büro, nur mit mehr Sonnenbräune. Habe ich Halluzinationen? Liegt das an der Brille?‹

Der Kapitän gab sich mürrisch. Ihm passte dieser Besuch nicht. Nicht jetzt, er musste in den Salon zu den Passagieren.

»Mein Ladungsoffizier, Herr Beyer, wird Sie jetzt in den Laderaum begleiten.«

»Darf ich bitte die Passagierliste sehen?«

»Kaum. Das ist nicht Teil Ihrer Überprüfung.«

»Wenn Sie heute noch auslaufen wollen ...«

Widerwillig zog er einen Ordner aus dem Regal und schlug ihn auf. Grünzweig zückte seinen Notizblock.

Name, First Name	Status	Nationality	Destination
Timmerman, Hendrik	Mr.	*Dutch*	*Valparaiso*
Timmerman, Meiken	Mrs.	*Dutch*	*Valparaiso*
Perreira, Joao	Mr.	*Portuguese*	*Valparaiso*
Perreira, Isabel	Mrs.	*Portuguese*	*Valparaiso*
Fugli, Franco	Mr.	*Swiss*	*Callao*
Fugli, Johanna	Mrs.	*Swiss*	*Callao*
Lehmann, Gert	Mr.	*German*	*Callao*
Lehmann, Anna	Mrs.	*German*	*Callao*
Lehmann, Olaf	Child	*German*	*Callao*
Lehmann, Anton	Child	*German*	*Callao*
Dr. Schüssler, Fritz	Mr.	*German*	*Callao*
Schüssler, Gisela	Mrs.	*German*	*Callao*
Sessarego, Pedro	Mr.	*Panama*	*Panama*

»Thank you very much. Sir.«

Sie folgten Beyer nach unten. Grünzweig versuchte, die Entdeckung im Salon und die Aufzählung der Passagierliste einzuordnen.

›Also doch Lehmann! Mit der ganzen Familie. Wandert der aus? Hat der wegen des Vorfalls in Polen Ärger bekommen? Setzt der sich ab? Wäre verständlich. Aber warum Peru? War das wirklich Frau Mülder? Wo ist ihr Mann? Der neben ihr kann es nicht gewesen sein. Ich muss noch einen Blick in den Salon werfen. Zu gern würde ich mit Lehmann reden. Aber das geht nicht. Ich gefährde unsere Mission.‹

»Wir stauen nach Gewicht, die leichteren Kisten kommen nach oben. Was genau suchen Sie eigentlich? Die Frachtpapiere darf ich Ihnen nicht zeigen. Sie sind doch nicht vom Zoll, oder? Nach den Frachtpapieren ist kein kriegswichtiges Gut dabei. Da passen die Portugiesen höllisch auf.«

Grünzweig studierte die Markierungen.

»Hat der Zoll irgendwas nachgeprüft?«

›Der spricht verdammt gut deutsch für einen Ami-Leutnant‹, dachte Beyer, bevor er antwortete.

»Nur ein paar Kisten mit dem Reichsadler als Stichprobe. Die haben aber nichts beanstandet.«

»Können Sie eine von denen noch mal öffnen?«

Er notierte sich *Schuessler, Colli 163, Callao*. Beyer stieß einen Pfiff aus und machte das Handzeichen für Brecheisen. Grünzweig bat um die Ladeliste. Für Schüssler befanden sich 284 Kisten an Bord, alle deklariert als privater Hausrat.

In der geöffneten Kiste befanden sich sorgsam eingewickelte Pakete verschiedener Größen. Für Grünzweig könnten es Bilder sein, aber auch Möbelteile oder Geschirr, Kleidung, Haushaltsgegenstände. Beyer ließ nicht zu, die Pakete ohne richterliche Vollmacht aufzureißen.

›Wer war Schüssler? Der von der Passagierliste? Ein Verwandter in Peru? Ein zufälliger Namensvetter? Warum waren die Kisten mit dem Reichsadler markiert? War Lisas Bild auch da drin?‹

Zu gern hätte er mehr erfahren, doch er war nicht befugt, hier an Bord unter den Passagieren eine persönliche Befragung durchzuführen. Er befand sich auf exterritorialem Gebiet. Auf jeden Fall hatte er genug gesehen. Dies war die vermutete Sendung.

Er sah noch einmal durch die Glastür des Salons. Dort saßen sie an ihren Tischen beim Mittagessen, die Familie, die Ehepaare und der allein reisende Panamenier. Die Blonde war die auffallendste der Frauen. Sie zog seinen Blick sofort auf sich. Eine Schönheit. Sportlich. Schlank.

›Ich bin mir sicher: Das ist Frau Mülder. Genau wie auf dem Foto in Lebrechtsdorf. Doch wo ist ihr Mann? Mit wem reist sie? Hat sie ihren Mann verlassen?‹

Grünzweig ging von Bord. Er hatte seinen Auftrag zwar erledigt, aber viele Fragen blieben offen.

47

Korn sah sich die Liste an.

»Schließen wir mal die Reisenden nach Chile und den Sessarego aus. Bleiben die acht Passagiere nach Callao, zwei davon Kinder. Wir müssen etwas über Lehmann, Schüssler und Fugli herausbekommen. Wer sind die wirklich, was verbindet die und was haben die vor?

Hören Sie, Paul. Wenn die hübsche Schweizerin Frau Mülder ist, hat sie eine neue Identität. Auf der Passagierliste erscheint der Name Mülder nicht. Dann reist sie mit dem echten Fugli, und ihr Mann kommt nach, oder an Bord sitzt der falsche Fugli, ihr Mann. Aber was wollen die an Bord, wenn doch der Transport auf den Namen Schüssler markiert ist und der ihn zusammen mit seiner Frau begleitet?

Alle drei Parteien steigen in Lima aus. Ein bisschen viel Zufall, nicht wahr? Ich sage Ihnen, die hängen alle zusammen. Steckt dahinter ein gemeinsamer Plan? Timmerman, den Panamaer und die Portugiesen halte ich für normale Passagiere mit anderen Zielhäfen. Konzentrieren wir uns auf die, die in Lima aussteigen.«

Grünzweig hatte einen Einwand.

»Dann wäre die Szene auf dem Bahndamm gespielt, so wie Sie das schildern. Warum lässt uns Lehmann dann ausbrechen? Warum hält er seine Leute nicht zurück und geht seelenruhig mit Mülder, von dem er als Komplize nach Ihrer Theorie nichts zu befürchten hätte? Verdächtig sind Schüssler und Fugli, nicht Lehmann. Für den lege ich meine Hand ins Feuer. Der ist zufällig auf demselben Schiff. Wie gern würde ich jetzt an Bord Mäuschen sein.«

»Wie dem auch sei, die sind uns entwischt und fahren gemütlich auf hoher See. Aber wir wissen Bescheid. Wir haben Zeit, bis die in Panama ankommen. Ich lasse mir was einfallen.«

»Übrigens, gute Arbeit, Lieutenant!«

»Danke. Sir.«

48

Die Eheleute Mülder alias Fugli stützten sich auf die lackierte Reling des geräumigen Passagierdecks hinter der Brücke. Die Abendsonne sank hinter den Horizont.

»Kennst du das Ehepaar mit den beiden Kindern?«

»Nö.«

Mülder log nicht direkt, er kannte ja nur Lehmann.

»Warum?«

»Weil der wiederholt zu uns rübergeschaut hat.«

»Du solltest dich lieber vor diesem Latino mit dem offenen Hemd und dem Goldkettchen in Acht nehmen. Der scheint mir ein richtiger Weiberheld zu sein.«

»Ach, der Señor Sessarego ...«

»Du kennst ja seinen Namen. Gibt es noch einen?«

»Steht auf der Passagierliste.«

Mülder war die Anwesenheit Lehmanns unheimlich. Aber er wollte nicht mit seiner Frau darüber sprechen, um sie nicht zu beunruhigen. Der war für den Ausbruch der Häftlinge verantwortlich. Zorn stieg in ihm auf, wenn er ihn nur sah.

›Auf der anderen Seite sollte ich ihm dankbar sein. Durch ihn bin ich rechtzeitig abgehauen. Er war der Auslöser.‹

Doch das Unbehagen blieb.

»Am liebsten würde ich uns die Mahlzeiten in der Kabine servieren lassen.«

»Kommt gar nicht in Frage. Heute Abend ist das Begrüßungsdinner mit dem Kapitän. Lass uns hineingehen, wir sollten uns umziehen.«

»Der ist viel zu alt für dich.«

Sie hakte sich bei ihm ein.

»Außerdem hab ich doch dich, meinen starken Beschützer.«

Die Gespräche beim Aperitif kreisten um Belangloses. Keiner gab etwas von sich preis, keiner ließ die anderen an sich heran. Es herrschte eine Atmosphäre der freundlichen Zurückhaltung. Zum Glück aß man an Einzeltischen. Mülder setzte sich so, dass er keinen Blickkontakt zu Lehmanns hatte, er saß mit dem Gesicht zur Wand. Sessarego kam die Sitzordnung sehr gelegen. So bemerkte Mülder nicht, dass der seine Frau unverblümt anstarrte. Er war von Elsbeth Mülder geradezu fasziniert. Im Verlauf der Reise wurde sein Verlangen immer stärker, irgendwie mit ihr ins Gespräch zu kommen. Er reiste ja allein. In seiner Koje phantasierte er, sie genüsslich auszuziehen und ihren schlanken, sportlichen Körper zu fühlen.

Aber dazu kam es nicht. Drei Nächte später wachte Elsbeth auf und hatte das Verlangen nach frischer Luft. Leise verließ sie die Kabine und ging an Deck. Sie betrachtete den klaren, tropischen Sternenhimmel und versuchte, die Sternbilder zu finden. Der milde Fahrtwind ließ ihr Haar wehen. Aus einer Ecke des Decks ging Sessarego langsam auf sie zu und lehnte sich neben ihr an die Reling. Er hatte sie beobachtet.

»Bitte erschrecken Sie nicht. Ich liebe den tropischen Sternenhimmel. Sehen Sie die fünf Sterne über dem Horizont?«

Er deutete nach Backbord.

»Das ist das Kreuz des Südens. Gerade geht es auf. Es liegt auf der Seite, sehen Sie? Auf der Nordhalbkugel sieht man es nicht.«

Geschickt führte er sie über den nächtlichen Himmel und zeigte ihr die Sternbilder des antiken Kalenders, ohne ihr zu nahe zu kommen. Als sie fröstelte, zog er sein weißes Jackett aus und legte es ihr galant um die Schulter. Just in diesem Augenblick kam Mülder an Deck. Er ging auf die beiden zu. Sessarego drehte sich zu ihm. Wie vom Blitz getroffen sackte er auf die Planken. Der Schlag traf ihn an der linken Schläfe. Er rappelte sich mühsam auf und verschwand in seiner Kabine. Er hielt sich die Hand an die Augenbraue.

Elsbeth war außer sich. Wütend lief sie in ihre Kabine. Mülder war allein an Deck. Jetzt hatte er einen Grund, die Mahlzeiten in die Kabine kommen zu lassen.

Am nächsten Morgen erschien Sessarego zum Frühstück mit einem Veilchen am linken Auge.

49

Land in Sicht. Die ›Validivia‹ näherte sich dem Hafen von Colón an der Nordeinfahrt des Kanals. Der Kapitän hatte die Fahrt verringert und den Kanallotsen an Bord genommen. Nach einer Stunde glitt das Schiff in die erste der drei Schleusen von Gatún ein. Zugschlepper zogen es mit ihren Stahltrossen in die Kammer.

Timmerman meldete sich beim Kapitän ab. Er müsste für ein paar Stunden an Land, um etwas Dringendes zu erledigen. Er würde pünktlich am anderen Ende des Kanals sein und in der Schleuse von Miraflores wieder zusteigen. Eine Limousine wartete bereits und fuhr mit ihm zum Internationalen Flughafen von Panama Stadt. In der Abflughalle betrat er das Postamt, bat um eine Telefonverbindung ins Ausland und ging in die angewiesene Zelle.

»Oceanica GmbH. Guten Tag.«

»Herrn Dr. Hassell, bitte.«

»Hallo Kurt.«

»Guten Abend, Hendrik.«

»Ach ja. Bei dir ist es schon dunkel. Das Schiff wird gerade durch Gatún geschleust. Danke für den Wagen. Zwei Dinge. Kurz vor dem Ablegen in Lissabon kamen drei US-Soldaten an Bord und inspizierten den Laderaum ...«

»Wonach haben die gesucht?«

»Konnte ich nicht herausfinden. Der Zweite Offizier sagt nichts.«

»Scheiße. Und das andere?«

»Wir haben einen Latino aus Panama an Bord, der sich plötzlich ein blaues Auge eingefangen hat. Ich vermute von Fugli. Er hat versucht, mit dessen Frau auf eine ziemlich auffällige Art anzubändeln. Allen fiel es auf. Da sind dem wohl die Sicherungen durchgebrannt. Muss ich etwas tun?«

»Mach dir keine Gedanken um den, Hendrik, der geht sowieso heute Abend in Panama von Bord. Ich habe die Passagierliste vor mir. Ist sonst alles klar?«

»Jou. Also, die Fugli, das ist ja ein Gerät! Selbst Lehmann hat die beim Einschiffen angeglotzt und gestutzt. Aber der hat ja Familie.«

»Hattest du den Eindruck, die kennen sich?«

»Unwahrscheinlich. Geredet haben die nie miteinander. Jedenfalls nicht in meiner Gegenwart.«

»Danke, Hendrik. Gute Reise noch, und halte die Augen auf. Bestelle bitte Grüße an Meiken.«

»Danke, mach ich doch gern. Bis bald.«

50

Die ›Valdivia‹ verließ die letzte Pazifik-Schleuse von Miraflores und wurde von einem Schlepper an ihren Liegeplatz im Hafen bugsiert. Nach dem Festmachen und dem Herablassen der Gangway kam routinemäßig eine Gruppe panamaischer Beamter an Bord, um das Schiff für den Landgang freizugeben. Erstaunt stellte der Kapitän fest, dass sie von amerikanischen Offizieren begleitet wurden.

›Schon wieder diese neugierigen Amis.‹

»Wollen sich die Passagiere bitte in den Kabinen aufhalten und ihre Reisedokumente bereithalten«, ließ er über die Lautsprecher verkünden.

Die Amerikaner blieben stumm im Hintergrund. Einer machte sich eifrig Notizen. Lehmann sah ihm über die Schulter und stellte fest, dass alle Schiffspassagen von der Oceanica GmbH abgestempelt waren. Nur das Ehepaar Fugli hatte direkt bei der Reederei gebucht. Er hatte das seltsame Gefühl, ihn irgendwo schon einmal gesehen zu haben. Aber ihm wollte nicht einfallen wo.

51

Es klopfte an Mülders Kabinentür. Elsbeth öffnete.

»Ich gehe von Bord und möchte mich von Ihnen verabschieden.«

Elsbeths Gesicht hellte sich auf.

»Aber kommen Sie doch herein.«

Mülders Miene wurde finster. Sessarego fehlte ihm gerade noch.

»Mein Bruder holt mich ab.« Er deutete auf den Gang.

»Hat er Angst vor mei ... vor uns? Warum kommt er nicht herein.«

»Señor Fugli, es tut mir leid, wenn Sie einen falschen Eindruck hatten in jener Nacht. Aber es war wirklich nichts zu beanstanden. Ihre Gattin hat es Ihnen sicher schon gesagt, oder?«

»Schon gut. Tut mir auch leid. Ich war wohl etwas vorschnell.«

»Zur Aussöhnung möchte ich Ihnen meine schöne Stadt zeigen. Ich lade Sie zu einer Rundfahrt ein. Das Schiff liegt zwei Tage hier. Wie wäre es mit morgen früh?«

Elsbeth stand genau vor ihm, groß, schlank, im langen weißen Kleid, das ihren Teint noch unterstrich. Ihr blondes Haar fiel locker über die Schultern. Eine Lichtgestalt. Zwischen ihren Brustansätzen im tiefen Ausschnitt funkelte kostbarer Schmuck. Ihr Mann hatte dem Abendessen im Salon zugestimmt. Endlich ging dieser Gigolo von Bord.

›Endlich ist diese langweile Reise vorbei, es geschieht wieder etwas‹, dachte Elsbeth.

Sie war angetan von dieser tropischen Welt, die sie bisher nur von Bord hatte betrachten können. An manchen Stellen des Kanals war das üppige Grün des Urwalds zum Greifen nah. Bunte Vögel, die sie nie vorher gesehen hatte, flogen zwischen den Bäumen. Einige trugen Blüten so groß wie Wassereimer. Sie war fasziniert.

»Franco? Wollen wir?«

Sessarego hatte Elsbeth Mülders Körpersprache bis an die Grenze des Schicklichen studiert. Entwaffnend freundlich und mit gespieltem Respekt dem Gatten der schönen Frau gegenüber warb er galant um ihr Einverständnis.

»Señor Fugli, Sie sind eine beneidenswerter Glückspilz!«

»Mit dem größten Vergnügen! Nicht wahr, Schatz?«

Vor Freude drehte sie mitten in der Kabine eine temperamentvolle Pirouette. Dabei wirbelte ihr Rock hoch und gab den Blick auf ein Paar wohlgeformter, sportlicher Beine frei.

Er ließ Mülder keine Zeit für eine Absage, die Zustimmung seiner Frau war ihm gewiss.

»Ich hole Sie morgen früh gegen sieben Uhr vom Schiff ab.«

52

Sessarego war pünktlich.

Elsbeth stand oben an der Gangway und winkte ihm zu. Seidenes Kopftuch, leichter Pullover, anliegende Hosen und leichtes Schuhwerk kleideten sie vorteilhaft. Locker lief sie die Gangway hinunter und hielt ihm die Wange hin. Auf dem Deck beobachteten die Timmermans die Szene.

»Wo ist Ihr Mann?«

Sessarego spielte Neugier, Bekümmerung.

»Franco hat etwas Wichtiges zu erledigen. Er muss gegen Mittag in die Stadt und lässt sich entschuldigen. Wo ist Ihr Bruder?«

»Marco stößt in der Stadt zu uns. Und ich bin Pedro. ok?«

Sie fuhren um den Cerro Ancón mit seiner tropischen Vegetation herum durch die eng bebaute, malerische Altstadt El Chorillo. Kurz vor Punta Paitilla parkte er seinen Jaguar S.S.100 vor dem Yachtclub. Elsbeth besah sich den verchromten Schriftzug an der Heckklappe und musste über Zufälligkeit der beiden Buchstaben schmunzeln.

»Den besten Blick auf die Stadt hat man vom Boot aus. Magst du?«

Elsbeth war hingerissen und vergaß völlig, nach seinem Bruder zu fragen. Während er am Heck saß und das Motorboot mit halber Kraft auf den Pazifik steuerte, ließ Elsbeth sich auf dem Vordeck den Fahrtwind durchs Haar wehen. Sessaregos fühlte sich am Ziel seiner Wünsche. Er war mit dieser wunderschönen Frau allein auf dem Boot. Das Weitere würden der Champagner und all die kleinen Köstlichkeiten befördern, die im Kühlfach auf ihren Einsatz warteten. Er baute auf seinen Charme und

- nur im Notfall natürlich - auf die Zaubertropfen in dem Fläschchen in seiner Gesäßtasche. Er stellte den Motor ab und überließ das Boot der Strömung.

Es war bereits später Nachmittag. Sessarego befreite sich sanft aus der Umklammerung von Elsbeths Armen und Beinen.

›Jetzt kommt der schwierige Teil.‹

Sie lächelte im Schlummer, entspannt, glücklich.

›Bloß nicht verlieben, bloß nicht verlieben!‹

Das Boot nahm Kurs auf die Küste. Sie saß neben ihm am Steuerrad, schmiegte sich an ihn, spürte seinen Körper, seine Wärme. Es war kühl geworden, er hatte ihr einen schweren Pullover übergestreift.

»Geh noch mal aufs Vordeck und schau ins Meer, ob uns Delphine begleiten. Wenn ich Vollgas gebe, schwimmen sie mit uns um die Wette.«

»Delphine? Wirklich? Ich hab noch nie Delphine gesehen.«

»Du musst genau hinsehen, sie schwimmen ganz knapp unter der Oberfläche und wollen den Kurs des Bootes vor dem Bug kreuzen.«

Das Boot rollte leicht in den sanften Wellen. Elsbeth mühte sich aufs Vordeck.

»Siehst du welche?« Er musste gegen den Fahrtwind schreien.

»Nein, noch nicht«, rief sie zurück.

»Vorsicht! Festhalten!« Aber der Fahrtwind riss die Warnung ab.

Er gab dem Boot eine plötzliche Wendung, es ruckte nach Backbord, als ob er einem plötzlich auftauchenden Hindernis ausweichen musste. Auf dem Vordeck gab es nichts zum Festhalten, kein Tau, keine Reling. Elsbeth stürzte ins Meer.

Sessarego nahm die Fahrt aus dem Boot und drehte einen Vollkreis. Der schwere Pullover hatte sich sekundenschnell voll Wasser gesogen. Ein paar Luftblasen taumelten wie betrunken an die Oberfläche. Elsbeth war untergegangen.

»Adiós, schöne Schweizerin aus Deutschland.«

Er wartete noch fünf Minuten und fuhr zur Marina zurück. Dort gab er dem Manager die Bootsschlüssel zurück und erhielt einen Umschlag.

An der Bar bestellte er einen Gin Tonic. Der Manager ließ ihn nicht aus den Augen, bis er das Clubhaus verließ. Er griff zum Telefon.

Leichtfüßig und fröhlich lief Sessarego die breite Treppe hinab und bog in die Ciclovia Cinta Costera ein, die direkt in die Stadt führt. Er passierte eine dunkle Limousine, die schräg auf dem Seitenstreifen parkte. Die Fondtür öffnete sich und Sessarego wurde blitzschnell hineingezerrt. Dann fuhr der Wagen in Richtung El Chorillo davon.

53

Es war heute Hassells dritter Anruf aus Panama.

Zuerst hatte Timmerman gemeldet, dass gemeinsam mit dem Zoll schon wieder amerikanische Offiziere an Bord gekommen waren und sich Notizen gemacht hätten. Dann hatte er gesehen, wie diese Blondine, Frau Fugli, zu diesem Latino, Sessarego, in einen Jaguar gestiegen und mit ihm weggefahren war. Allein. Am Tag nach dessen Ausschiffung.

»Wo war Fugli?«

»An Bord. Sie fuhr allein weg.«

»Kam sie zurück?«

»Beim Frühstück war sie nicht. Wieso fragst du? Was läuft da, Kurt? Sollte ich noch etwas wissen?«

»Hendrik, mach dir darüber keine Sorgen. Was die privat macht, geht uns nichts an.«

Der zweite Anruf kam von Mülder. Der wollte wissen, warum die Amis auf dem Schiff herumschnüffelten. Zuerst in Lissabon und jetzt in Panama. Auch ihn konnte Hassell schnell beruhigen. In Europa hatten sie die Neutralität Portugals kontrolliert. Und die Kanalzone sei nun mal US-Gebiet. Alles wäre völkerrechtskonform. Solange das Schiff nicht im Hafen festgesetzt würde, sei alles in bester Ordnung.

Der dritte Anruf kam aus Panama Stadt. Der Manager bestätigte, dass er Sessarego die Kaution ausgehändigt hatte. Das Boot läge wieder wohlbehalten an seinem Liegeplatz.

Hassell zog die Passagierliste zu sich. Er nahm seinen Federhalter und machte Haken hinter zwei Namen, Sessarego und Johanna Fugli. Er grübelte mit unzufriedener Miene. War das Auftauchen der Amerikaner wirklich nur Routine oder wussten die etwas. Wenn ja, was? Wonach suchten die? Er hatte keinen Anhaltspunkt. In Lissabon waren sie im Laderaum und hatten nach Waffen gesucht, eine Kiste aufmachen und dann wieder zunageln lassen. Er ging noch einmal die Ladeliste durch, nahm sich einzeln die Empfänger vor, besonders Schüssler und Fugli.

Er erinnerte sich, dass Fuglis Sachen in Seekisten umgepackt worden waren. Es waren kleine handliche Pakete mit Schmuck, Wertpapieren, Geld und dem ganzen Kram. Das einzig auffallende war dieses leichte, flache Paket, das sich anfühlte wie ein Gemälde. Das bestätigte sich, als sie vorsichtig eine Ecke des Packpapiers entfernten und ein Goldrahmen zum Vorschein kam. Sie hatten es nach ganz oben gepackt, damit es nicht beschädigt würde.

›Das könnte vielleicht der Schlüssel sein.‹

Er rief Kramer an.

»Haben Sie Mülder schon gefasst?«

»Nein. Wir haben seine Fährte komplett verloren.«

»Was wusste er, Herr Kramer? Ich meine, was wusste er über den Inhalt des Transports?«

»Keine Einzelheiten. Der hat von Kunst sowieso keine Ahnung. Ich habe den ausgewählt, um keine Mitesser anzufüttern.«

»Haben Sie ihm mal etwas gegeben, als Lockmittel vielleicht?«

»Nein. Gar nichts. Außer: Um ihn heiß zu machen, schenkte ich ihm einen Picasso für seine Wohnung. Keinen echten, du meine Güte, es war nur eine Studie oder eine Kopie. Die haben wir einer älteren Dame in Frankfurt am Main abgenommen.«

»Wer weiß von dem Geschenk?«

»Keine Ahnung. Niemand außer ihm und mir. Da müssen Sie ihn schon selber fragen. Aber das wird schwierig, der taucht wahrscheinlich nie wieder auf. Warum fragen Sie mich das alles?«

»Die Amis waren an Bord und haben sich im Laderaum umgesehen.«

Kramer schwieg lange.

»Was bedeutet das?«

»Das kann ich nicht abschätzen. Angeblich haben die nach Waffen gesucht. Halten Sie es für möglich, dass Mülder zu den Amerikanern übergelaufen ist?«

»Das wäre eine Katastrophe. Halte ich aber für unwahrscheinlich. Wenn die herausfinden, dass er Lagerkommandant war, machen sie ihm den Prozess. Sie wissen ja, in den USA bekommt er die Todesstrafe, mindestens hundert Mal lebenslänglich. Oder so.«

»Danke, Herr Kramer.«

Hassell verfasste einen Funkspruch an den Kapitän der ›Valdivia‹. Er möge Fugli bitten, ihn bei nächster Gelegenheit per Telefon anzurufen. Hassell wusste: Da er ihn nicht über den offiziellen Seefunk befragen konnte, verstrich wertvolle Zeit - die nächste Möglichkeit ergab sich erst wieder in Callao. Aber er wollte die Spur verfolgen. Er suchte nach dem fehlenden Glied in der möglichen Kette zu den Amerikanern.

54

Mülders Laune war auf dem Nullpunkt. Die hohe Luftfeuchtigkeit der Tropen setzte ihm zu. Er hatte sich das Frühstück in der Kabine servieren lassen, aber noch keinen Bissen angerührt, außer einer Tasse Kaffee. Seine Frau war seit gestern irgendwo in der Stadt, und in zwei Stunden wollten sie auslaufen. Er war beim Kapitän gewesen, um das Auslaufen verschieben zu lassen, bis seine Frau wieder an Bord wäre.

»Guter Mann, Ihre Frau hat sich nicht einmal bei mir abgemeldet. Wir hätten ihr aufgeschrieben, wann sie spätestens hätte an Bord sein müssen. Ich bin schon dreißig Jahre im Geschäft. Was glauben Sie, was ich alles erlebt habe, und wie viele Frauen schon mit einem jungen Hengst durchgebrannt sind. Deponieren Sie die Reisedokumente und privaten Sachen Ihrer Frau beim Hafenmeister. Wir schicken Ihnen Ihre Frau hinterher. Falls sie wieder auftaucht.«

Die Valdivia verließ Panama pünktlich.

Drei Wochen später meldeten Fischer der Region Punta del Tigre, etwa fünf Autostunden von Panama Stadt entfernt, den Fund einer blondhaarigen, bekleideten Frau. Sie wurde von der Polizei geborgen und vom zuständigen Gerichtsmediziner untersucht. Knochenbau, Hauttyp, Haare, und Körpergröße ließen auf eine Ausländerin schließen. Sie hatte kurz vor ihrem Tod Geschlechtsverkehr. Seltsamerweise fand er beim Aufschneiden des Pullovers im Saum kleine Bleigewichte, wie man sie beim Angeln benutzt. Deren Gewicht und das vollgesogene Strickwerk könnten ausgereicht haben, den Auftrieb ihres Körpers zu kompensieren. Erst die Verwesungsgase ließen die Leiche an die Oberfläche treiben.

Mordverdacht. Täter, Tatort und Motiv konnten von der örtlichen Kripo nicht ermittelt werden.

Die Tote wurde für die vorgeschriebenen sechs Wochen in einem Kühlfach des kommunalen Leichenschauhaus der Gemeinde Pocrí de los Santos aufbewahrt. Da sich keine Angehörigen meldeten, wurde sie zur Bestattung unter Unbekannt freigegeben.

55

»Paul, Ihre Idee die Passagierliste zu kopieren, war genial.«

Korn und Grünzweig studierten die Rückmeldungen aus Lissabon und Panama.

»Was haben wir?«

Grünzweig fasste zusammen.

»Johanna Fugli ist Mülders Frau. Fugli könnte Roland Mülder sein, das ist aber nicht zu beweisen, ohne ihm die Brille abzunehmen und die Moustache abzurasieren. Die Lehmanns sind die Lehmanns. Aber warum fahren die nach Peru? Oberflächlich betrachtet könnte man vermuten, die sind verwickelt. War die verhinderte Verhaftung Lehmanns auf der Baustelle nur vorgetäuscht? Macht Mülder mit Lehmann gemeinsame Sache? Diese Frage ist immer noch offen.«

»Über die Schüsslers, die Perreiras und die Timmermans haben wir keine Information. Sessarego reiste offenbar wieder nach Hause zurück. Ist der Geschäftsmann? Was hat der in Deutschland gemacht? Und wie lange war er dort?«

»Es gibt zu viele offene Enden. Das Gemeinsame ist, dass sämtliche Passagen über die Oceanica in Bremen gebucht worden waren, außer die der Fuglis.«

»Wir sollten Sessarego durch unsere Leute in Panama aushorchen lassen. Und wir sollten die Oceanica GmbH in Bremen unter die Lupe nehmen. Aber wie?«

Beide dachten angestrengt nach. Das Rätsel war nicht zu lösen. Die Ordonanz brachte neuen Kaffee. Dann hellte sich Korns Miene auf.

»Ich hab's! Warum fährt Lehmann wohl mit seiner ganzen Familie nach Peru? Denken Sie mal einfach. Nicht weil er an einem Verbrechen beteiligt ist. Nein! Er fängt ein neues Leben an. Er hat die Schnauze voll. Die Szene auf der Baustelle war der berühmte Tropfen, der das Fass zum Überlaufen bringt. Das ist es!«

»Ok, Sam, das macht Sinn. Und wie kommt er an die Oceanica?«

»Das werden *Sie* herausfinden, Paul.«

56

Schulze wurde augenblicklich bleich, als der russische Offizier mit der Waffe im Anschlag im Büro der Kommandantur auftauchte. Völlig unbemerkt war er im Schutz der Häuser des Dorfes Potulice in die Nähe des Lagers gefahren und hatte sich mit seinen Soldaten den Rest des Weges angeschlichen. Die Wachen am Tor hatten sie überwältigt und erstochen und waren dann ins Lager Lebrechtsdorf eingedrungen. Es war kein einziger Schuss gefallen. Es war der 21. Januar 1945.

Er hatte keine Chance zur Gegenwehr und wurde mit gefesselten Händen abgeführt. Er musste auf einen Lastwagen steigen. Dort wurden seine Fesseln gelöst und erneut befestigt, jetzt am Gestänge des Aufbaus. Er wusste seit seiner Ausbildung bei der südafrikanischen Armee in Windhoek, wie man seine Handgelenke halten muss, damit Platz für kleine Bewegungen bleibt.

Er saß unbequem auf der schmalen Bank der Ladefläche, seinem Bewacher genau gegenüber. Ihm standen Einzelhaft und Verhöre bevor, ganz bestimmt auch Folter. Nur langsam erholte er sich von seinem Schock. Sein Bewacher hatte die entsicherte Kalaschnikow auf den Knien. Schulze hatten sie die Dienstwaffe abgenommen und die Rangabzeichen von der Uniform gerissen. Allerdings, sie hatten beim Abtasten nach weiteren Waffen ein winziges Detail übersehen, das im Innenfutter seiner Stiefel eingenäht war.

Er schätzte, dass die Fahrt nun schon eine Stunde dauerte. Das Schaukeln und Stampfen des Wagens stieß und rieb ihn ständig an den Streben des Aufbaus. Er spielte Müdigkeit, senkte die Lider und ließ den Kopf immer wieder vornüber fallen, um ihn dann wieder hochzureißen.

So konnte er die Reaktion seines Bewachers prüfen. Dabei presste er seine Fesseln gegen das Metall. Langsam scheuerten die Seile durch. Doch er hielt seine Hände hinter dem Rücken.

Jetzt war auch der Posten eingedöst und schnarchte leise. Schulze, griff blitzschnell in seinen rechten Stiefel und zog einen langen, dünnen Gegenstand heraus. Sofort waren seine Hände wieder am Gestänge. Er wartete ab.

›I'll get you, cock sucker.‹

Wenn Schulze fluchte, dann in seiner Umgangssprache.

Katzengleich und geräuschlos sprang Schulze auf sein Gegenüber und trieb ihm die nadelspitz angeschliffene Fahrradspeiche zwischen die Rippen und perforierte beide Herzkammern. Der Posten hatte nicht einmal die Möglichkeit eines Schreis oder dem Ansatz einer Gegenwehr. Er starb im Schlummer. Schulze zog die Speiche wieder heraus, wischte sie an der russischen Uniform sauber und steckte sie in das Futter seines Stiefels zurück. Er ging zum Ende der Ladefläche und lugte hinaus. Kein anderer Wagen folgte ihnen. Schulze lehnte den toten Posten aufrecht auf den Boden in die Ecke der Bank. So konnte er nicht vornüber auf die Ladefläche fallen und den Fahrer alarmieren.

»Fuck you, bloody Kommie.«

Herablassend tätschelte er ihm die Wangen und riss ihm den kleinen roten Stern von der Feldmütze.

Auf Zehenspitzen schlich er ans Ende der Ladefläche und sprang. Er rollte sich über die Schulter ab und landete unbemerkt im Schnee des Straßengrabens. Das hatte er im Wüstensand der Kalahari oft genug exerziert. Die Kalashnikov hielt er dabei fest an seinen Körper gepresst. Am Horizont verschmolzen Erde und Himmel zu hellgrauem Einerlei. Er hasste Schnee, und er hasste verhangenen Himmel. Ohne Sonne hatte er Schwierigkeiten, die Himmelsrichtung zu schätzen. Er musste weg von der Straße. Sie würden zurückkommen und seinen Spuren im Schnee folgen. Er lief zwei Tage und eine Nacht. Er aß Schnee gegen den Durst. Dann stellte er sich den Feldjägern.

Ohne Rangabzeichen, Ordensspange und Soldbuch konnte er sich nicht identifizieren. Doch das russische Schnellfeuergewehr, der kleine rote Stern und die Telefonnummer Kramers ließen das Misstrauen der Militärpolizisten schnell in Respekt umschlagen.

»Man sollte Sie für das EK I vorschlagen.«

Sie spotteten nur. Glauben mochte ihm die Geschichte keiner. Und es gab keine Zeugen. Immerhin schleusten sie ihn bis nach Berlin zu seiner vorgesetzten Dienststelle durch. Er hatte sich, so wie er aussah, bei Standartenführer Kramer zur weiteren Verwendung angemeldet, aber auch, um Eindruck zu schinden. Über die Einzelheiten hatte er schon telefonisch Bericht erstattet, so dass er hoffen konnte, mit dem nötigen Respekt empfangen zu werden.

Die Wände von Kramers Büro waren mit Holz getäfelt, hinter dem Schreibtisch hing die Kopie eines Führerbildes, und in der Ecke links vom Fenster hing die Reichsflagge schlaff von ihrer Stange. Teppiche dämpften seine Schritte. Schulze war noch nie in diesem Büro und fand die Einrichtung etwas üppig. Kramer ließ Schulze erst einmal eine halbe Stunde warten.

›Warten dämpft das Erwarten‹, war eine seiner Devisen.

›Es schafft Distanz.‹

Kameraderie mochte er nicht. Schon gar nicht mit dem da draußen. Er blätterte in Schulzes Personalakte.

›Deutsch Südwest, eine zurückgeblieben Enklave des Kaiserreiches, nicht des modernen Deutschlands, das wir aufgebaut haben. Wir haben neue Werte, deren Werte sind stockkonservativ. Ihre wahre Gesinnung können wir aus der Entfernung nicht einschätzen.‹

Kramers Vater hatte zwei Jahre Militärdienst in Windhoek abgeleistet und war bei der Niederschlagung des Herero-Aufstandes 1904 dabei gewesen. Er hatte nie viel von den Südwestern gehalten.

›Schulze ist ein Draufgänger, geht gern Risiken ein. Das ist keine Empfehlung für das Geschäft. Trotzdem muss ich an ihm festhalten, bis ich weiß wo Mülder ist. Dann sehen wir weiter.‹

Er ließ Schulze rufen.

Kramer erhob sich und stellte sich in Positur.

›Welch ein Pfau‹, dachte Schulze.

»Sie sind also sozusagen ohne Kommando.«

»Herr Standartenführer?«

Schulze dachte, er höre nicht richtig.

›Will der mir den Verlust des Lagers zum Vorwurf machen? Der soll mir lieber dazu gratulieren, dass ich überhaupt hier bin.‹

Kramer verordnete ihm vierzehn Tage Sonderurlaub für bewiesene Tapferkeit am Feind. Er sollte sich danach hier melden.

»Bringen Sie erst mal Ihre Uniform wieder auf Vordermann.«

Schulze salutierte. Er hatte schon die Türklinke in der Hand.

»Ach, noch was.«

Schulze blieb stehen und drehte sich zackig herum.

»Lassen Sie sich die Abzeichen eines Hauptsturmführers annähen. Mein Schreiberling trägt es gleich in Ihr Soldbuch ein. Ihr Kunststück mit der Fahrradspeiche bringt Ihnen eine Auszeichnung wegen besonderer Tapferkeit, aber das dauert noch ein paar Tage. Sie wissen schon, die liebe Bürokratie. Hervorragende Aktion.«

»Danke, Standartenführer.«

»Vielleicht sollten wir so ein Ding in jeden Stiefel einnähen, ha, ha.«

»Mir hat sie jedenfalls geholfen.«

Schulze verließ das Büro.

›Knobelbecher mit Schaschlik-Spieß‹, dachte Kramer, schob lässig die Akte auf die Seite und schüttelte amüsiert den Kopf, während er Schulze draußen zackig davon marschieren hörte. Dann wählte er wieder die bekannte Nummer in Bremen und informierte Hassell.

»Das ist ja ein richtiger Haudrauf, Herr Kramer. Es wäre gut, den in Reserve zu haben, falls die Dinge in Peru aus dem Ruder laufen. Man weiß nie, was kommt. Ist das möglich?«

57

Die elf Passagiere der ›Valdivia‹ standen auf dem Promenadendeck. Das Schiff hatte vor Puerto Chicama Anker geworfen. Die Häuser und Hütten der kleinen Fischersiedlung hoben sich kaum vom eintönigen Graubeige der Wüste ab. Der Himmel war stahlblau, der Morgennebel war gerade erst von der Sonne aufgesogen worden. Wie ein langer Finger ragte die Mole ins Meer, eine Schmalspurlok schob Plattformwaggons zur Beladung an den Molenkopf. Ein rostiger alter Lastkahn pendelte hin und her.

Baby Anton lag in einer Tragetasche an Deck und strampelte. Olaf hatte vom Steward Brotreste bekommen. Er warf sie in die Luft und kreischte mit den Möwen und dem Kleinen um die Wette, wenn die im Sturzflug ihre Beute fingen.

»Wie trostlos ist es hier.«

Anna Lehmann beschattete die Augen mit der Hand.

»Wie ein Riesentheater. Wir sind die Bühne mit der Handlung, die Hütten sind die Parkettplätze. Dahinter steigen die Ränge sanft an. Nur sind die Plätze leer. Nichts als Sand und Fels.«

Lehmann zählte still die Kisten mit dem schwarzen Reichsadler.

Die Eheleute Perreira standen in Richtung Heck und betrachteten den nackten Felsen der Punta Chicama, unter dem sich die lange Dünung des Pazifiks mit weißen Schaumkronen brach.

Herr und Frau Schüssler standen an der Reling. Auch er zählte mit und führte heimlich eine Strichliste.

Die Timmermans hatten sich neben Fugli an die Reling gelehnt. Hendrik versuchte ein Gespräch, während der befriedigt feststellte, dass seine Seekisten als erste auf dem Weg zur Mole waren.

»Meine Frau kommt mit dem nächsten Schiff nach. Sie ist noch bei Verwandten in Panama zu Besuch geblieben«, log Fugli.

Hendrik Timmerman hakte nach.

»Ach, Sie sind mit Sessarego verwandt? Sie hatten sich aber während der Überfahrt nicht viel zu erzählen.«

Fugli hatte auch hierfür eine eilige Antwort in seinem alemannischen Idiom.

»Nein, nein. Das ist ein Bekannter der Familie. Er hat Johanna nur abgeholt. Wissen Sie, wir Schweizer sind ja überall auf der Welt, oder.«

Timmerman wollte nachsetzen und bemerken, dass sie für einen Verwandtenbesuch sehr wenig Gepäck bei sich hatte. Doch seine Frau stieß ihn ans Schienbein, und er verkniff sich die Frage. Er war Journalist und hatte den Auftrag, für eine niederländische Wochenzeitschrift über den chilenischen Weinanbau zu recherchieren. Investoren suchten für die Zeit nach dem Weltkrieg neue Geschäftsfelder.

Fugli schaute der Entladung jetzt eher gelangweilt zu. Lange würde sie wohl nicht mehr dauern, doch die Entladung nahm kein Ende. Er stutzte, als er die Markierung der Kisten mit dem Reichsadler entdeckte. Er ging hinunter an die offene Ladeluke und sah sich die Beschriftung genau an.

›Das ist Kramers Transport! Und Schüssler begleitete ihn. Sogar sein Name steht auf den Kisten. Der ist Auftraggeber und Empfänger!‹

Timmerman kannte Kurt Hassell seit seinem Studium in Amsterdam und hatte den Kontakt auch in den schwierigen Zeiten aufrecht erhalten. Von ihm hatte er ein so günstiges Angebot für die Seereise bekommen, dass er seine Frau mitnehmen konnte. Dafür sollte er als Gegenleistung Kurt Hassell regelmäßig über seine Beobachtungen an Bord informieren, denn er kannte und nutzte Timmermans notorische Berufsneugier. Er wusste, dass Hendrik neben seiner Muttersprache Deutsch, Englisch und Spanisch beherrschte, und er konnte gut mit Leuten umgehen. Dem entging so gut wie nichts.

Geschickt hatte Timmerman von Lehmann dessen berufliche Pläne erfragt, der Zweite Offizier hatte ihm den Grund für den Besuch der Amerikaner verraten, und von Herrn Fugli erfuhr er über dessen Wunsch, sich in Peru niederzulassen. Fugli war ihm jedoch stets suspekt geblieben. Etwas stimmte nicht, und er witterte, dass ihm Kurt etwas verschwieg, der alte Fuchs. Er wollte dahinterkommen und beschloss, seine Reise in Callao zu unterbrechen und erst mit dem nächsten Schiff nach Valparaiso weiterzureisen. Der bestellte Artikel hatte Zeit. Dies aber war brillanter Stoff für eine private Recherche. Seine Nase sagte ihm, dass er hieraus eine Geschichte machen könnte, die sich gut verkaufen lassen würde.

Nachdem die Ankerkette eingeholt war und das Schiff wieder Fahrt aufgenommen hatte, sahen sie den Zug ins Landesinnere verschwinden. Bald war nur noch eine lange Rauchfahne zu erkennen.

›Reichsadler entschwindet in die Weiten der Peruanischen Wüste.‹

Timmerman sinnierte, das könnte der Titel sein.

58

Der Hafen Callao empfing sie mit einer Garúa, diesem Einerlei aus Grau, das schwer bis auf die Erde hing, und aus dem feinste Feuchtigkeit herabsank und sich wie klebrige Nässe auf alles legte. Beim Einlaufen tönten die Nebelhörner, die Sicht war gleich Null. Aber die Lotsen und der Schlepper bugsierten die ›Valdivia‹ sicher an den Kai.

Die Perreiras waren für ihre Weiterreise an Bord geblieben. Fugli sah, wie Familie Lehmann von einem Fahrer in Livree abgeholt wurde.

›Sein neuer Arbeitgeber holt ihn ab. Wie nett. Ich habe vergessen, ihn nach dem Namen seiner Firma zu fragen. Wie nachlässig von mir! Ach, nicht so wichtig. Den sehe wahrscheinlich nie wieder.‹

Herr Schüssler rief ein Taxi herbei. Timmerman konnte sich nicht entscheiden, ob er Fugli oder Schüssler im Auge behalten sollte. Einer von beiden würde ihm unfreiwillig den Weg zum Versteck der Fracht verraten. Dann bat er seinen Taxifahrer, dem Wagen von Fugli zu folgen.

59

Das Telefon klingelte in Lehmanns Hotelzimmer. Er zog den Hörer ans Ohr, hielt dann die Sprechmuschel zu und flüsterte seiner Frau zu, ›aus Italien.‹

»Leutnant Grünzweig. Guten Tag, Herr Lehmann. Ich hoffe sehr, Sie hatten eine angenehme Reise. Ich rufe Sie aus Ancona an, im Auftrag der US Air Force. Sie kennen mich nur flüchtig, wenn Sie mir dieses Wortspiel gestatten. Ich bin einer der sechzig geflohenen Häftlinge, der mit dem Brecheisen. Sie erinnern sich? Gut. Erschrecken Sie bitte nicht, ich habe nur ein paar Fragen an Sie.«

So erfuhr Grünzweig nicht nur den Namen des Verantwortlichen in Bremen, sondern auch über die Verladung der über zweihundert Kisten im Stollen bei Goslar und den Transport in den Hafen von Bremen. Außerdem kannte Grünzweig jetzt den Namen von Lehmanns neuem Arbeitgeber.

Lehmann wiederum erfuhr, dass Grünzweig bereits in Lissabon an Bord der ›Valdivia‹ war, die Passagierliste kannte, Frau Fugli durch ein Foto in Mülders Büro eindeutig als dessen Frau identifiziert hatte und vermutete, ihr Begleiter möglicherweise ihr Ehemann sein könnte.

»Ich habe ihn nicht wiedererkannt. Die Begegnung war zu kurz, und im Schatten des Mützenschirms war sein Gesicht kaum zu erkennen. Und wenn er es war, ist seine Tarnung perfekt.«

»Kein Problem. Das stellen wir noch fest.«

»Und was bedeutet das jetzt für mich?«

»Gar nichts, Herr Lehmann. Noch nicht. Eventuell brauchen wir Sie später als Zeuge. Behalten Sie dieses Gespräch bitte für sich, so als hätte es nie stattgefunden. Auch bitte gegenüber Ihrem neuen Arbeitgeber kein Sterbenswörtchen.«

»Geht in Ordnung.«

»Wieder einmal haben Sie mir sehr geholfen, Herr Lehmann. Dafür ganz herzlichen Dank! Ich schulde Ihnen was.«

»Nicht der Rede wert.«

60

Timmerman mühte sich, sowohl Fugli als auch Schüssler mit seinem journalistischen Spürsinn im Auge zu behalten. Beide wohnten nicht weit von seinem Hotel in der Innenstadt. Fugli schien sich in seinem Zimmer zu vergraben, er sah ihn fast nie. Schüssler war sehr aktiv und besuchte mehrere Autovermieter. Als er den letzten mit einem Wagen verließ, ging Timmerman hinein und bestellte ebenfalls ein Auto.

»Ich suche ein ähnliches Model wie soeben Herr Schüssler.«

»Ah ja, Sie kennen sich?«

»Seit der Schulzeit.« Was gelogen war.

»Wollen Sie den Wagen ebenfalls in Trujillo zurückgeben?«

›Genau das wollte ich wissen. Er bleibt in Trujillo.‹

»Nein. Ich bringe ihn hierher zurück. Können Sie mir noch etwas über die Strecke sagen? Ich bin das erste Mal in Peru. Ich komme aus den Niederlanden.«

»Sie sprechen sehr gut Spanisch, was Herrn Schüssler recht schwer fällt, mit allem Respekt. Zum Glück ist die Panamericana durchgehend geteert. Die Fahrt dauert etwa sieben Stunden, mit Pause vielleicht acht. Wenn Pasamayo frei ist. Das ist die gefährlichste Stelle der ganzen Fahrt. Dort verläuft die Straße an einem Steilufer hoch über dem Meer. Über der Straße sind Wanderdünen, von denen manchmal Tonnen von Sand auf die Fahrbahn rutschen, aber der wird von Baumaschinen geräumt. Kann sein, dass die Straße für eine Stunde gesperrt wird. Wenn man langsam fährt, sieht man die Sperrung rechtzeitig.«

Am nächsten Morgen lud Schüssler sein Gepäck ein und verließ die Stadt in Richtung Norden. Seine Frau begleitete ihn. Timmerman hatte bereits eine Stunde in seinem Wagen vor Schüsslers Hotel gewartet, um ihn auf keinen Fall zu verfehlen. Er musste sich gewaltig anstrengen, nicht einzudösen, aber jetzt war alle Müdigkeit verflogen. Geschickt hielt er den Wagen im Blick, ohne entdeckt zu werden. In Limas Innenstadt kann man als Verfolger durch ein paar Umwege sehr schnell abgehängt werden. Schüssler wollte zu seiner wertvollen Fracht. Timmerman wollte wissen, wo er versteckt war.

Sie erreichten die ärmlichen Außenbezirke Limas und fuhren auf der Panamericana nach Norden. Nach einer Stunde passierten sie Ancón. Die Trasse verlief jetzt direkt am Ozean entlang und stieg langsam an. Waren sie bisher unter den tief hängenden Wolken hindurch gefahren, verschwand die Straße in ihnen. Die Sicht schrumpfte auf wenige Meter. Tröpfchen gerannen auf dem Glas. Beide Wagen hatten die Scheinwerfer eingeschaltet. Timmerman fuhr jetzt dicht auf Schüssler auf, er wollte ihn nicht aus den Augen verlieren. Am Straßenrand standen Warnschilder ›Vorsicht Nebel‹. Auf dem Asphalt bildete sich ein schlüpfriger Film. Schüssler beschleunigte, er wollte den Wagen hinter sich abschütteln. Durch das dichte Auffahren fühlte er sich gehetzt. Bis zur Sanddüne von Pasamayo waren es noch fünf Kilometer.

›Für sein Alter fährt der einen heißen Reifen. Ich muss ihn ziehen lassen. Mierda!‹

Timmerman erinnerte sich an die Warnung. Er drosselte sein Tempo und verlor Schüssler schnell aus den Augen. Um die Reifenhaftung auf dem feuchten Belag zu prüfen, machte er einen Bremstest. Schleuderte leicht. Kam zurück auf die Spur. Die Sicht war schlecht. Er würde später versuchen, zu ihm aufzuschließen.

Nach wenigen Minuten sah er den Arbeiter in Helm und Arbeitsanzug winkend auf sich zukommen.

›Sie haben die Straße gesperrt. Gleich bin ich wieder an ihm dran.‹

Er bremste vorsichtig, rollte vorsichtig auf den Arbeiter zu, kurbelte die Scheibe herunter.

»Sperrung?«

»No, Señor. Der Wagen vor Ihnen.«

Der Arbeiter machte eine symbolische Bewegung mit der flachen Hand quer über seinen Hals. Er deutete nach unten in Richtung Meer. Timmerman stieg aus und sah Schüsslers zerschmetterten Wagen siebzig Meter tiefer am Fuß der Steilküste in der Brandung liegen.

»Wie komme ich da runter?«

»Unmöglich. Nur mit dem Boot. Sind zwei Leute drin. Die hatten keine Chance. Da kommt jede Hilfe zu spät. So was passiert hier öfter. Affentempo. Sie bremsen auf dem feuchten Sand wie auf Schmierseife, glauben Sie mir. Kennen Sie die Leute?«

»Flüchtig.«

»Die waren viel zu flott unterwegs. Sind wohl nicht von hier. Waren das auch Ausländer?«

»Deutsche, glaube ich«, gab Timmerman vage zur Antwort.

»Melden *Sie* das der Polizei oder soll ich?«

»Ich mach das schon. Ich fahre zurück nach Ancón. Können Sie mich beim Wenden einweisen? Nicht, dass ich auch ...«

»Klar, Señor.«

61

Timmerman hatte seinen Mietwagen zurückgegeben und schlenderte missgelaunt zum Hotel. Er wollte zu Hassells Wissensstand aufholen, aber es hatte nicht sein sollen. Dann erkannte sein Journalistenauge ganz zufällig Fugli auf dem Gehweg.

›Welche Fügung. Das könnte den Tag retten.‹

Er sprach ihn an.

»Hätten Sie Zeit? Ich lade Sie zu einem Kaffee ein.«

»Der Herr Timmerman. Gern.«

»Wann kommt Ihre Frau?«

»Mit dem nächsten Schiff. In zwei Wochen«, log Fugli. Er wollte sich vor diesem neugierigen Holländer keine Blöße geben.

»Wie schön für Sie.«

»Wir freuen uns beide.«

»Was mag wohl in den Kisten gewesen sein, die in Puerto Chicama ausgeladen wurden?«

»Ich habe keine Idee. Man müsste reinschauen.«

›Das ist mir heute misslungen‹, dachte Timmerman.

Er stellte fest, dass Fugli nach Alkohol roch.

»Wo lagern die eigentlich?«

»Kann ich Ihnen nicht sagen.«

»Können Sie nicht, oder wollen Sie nicht? Ihre Kisten sind doch auch dabei. Sie müssen doch wissen, wo Ihr Hab und Gut gelagert wird.

Normalerweise liegt jede Ware erst einmal unter Zollverschluss, bis alle Einfuhrformalitäten erledigt sind. So kenne ich das.«

»Ich finde Sie ziemlich neugierig. Was geht Sie das an?«

»Berufskrankheit. Presse.«

Er zeigte seinen Presseausweis.

»Aber keine Angst, ich zerre Sie nicht an die Öffentlichkeit.«

Er ließ das erst einmal sacken. Fugli schwieg.

»Was ist das eigentlich für ein Kaff, dieses Puerto Chicama? Haben Sie dort Verwandte?«

Fugli ließ sich nicht zu einer Antwort bewegen.

»Übrigens, ich habe Neuigkeiten.«

»Na sagen Sie schon. Wird wohl nichts Wichtiges sein, oder.«

»Die Schüsslers sind auf der Fahrt nach Trujillo tödlich verunglückt. Nun sind dessen Kisten herrenlos, oder? Soweit ich das lesen konnte, stand Schüssler drauf. Oder gehören die dem Reich? Wegen des Adlers?«

Fugli blieb der Mund offen stehen. Er sah Timmerman ungläubig an.

»Woher wissen Sie das?«

»Presse eben. Ich bestelle uns erst mal einen Cognac. Noch Kaffee?«

Fugli nickte.

62

Timmerman ließ einige Stunden verstreichen und rief in Bremen an.

»Hendrik hier. Hallo Kurt.«

»Bist du schon in Valparaiso?«

»Will mir mal Lima ansehen. Ich fahre mit dem nächsten Dampfer weiter oder mit dem Bus. Mal sehen. Sag mal, verschweigst du mir was? Was waren denn das für Kisten in Puerto Chicama, und welcher schlaue Hornochse hat den Reichsadler drauf gepinselt? Mehr Aufmerksamkeit kann man doch kaum wollen. Was ist da drin?«

»Wir erzählen uns ja viel, mein lieber Hendrik. Aber eine gewisse Vertraulichkeit ist in meinem Geschäft unerlässlich. Information über meine Kunden gebe ich nicht raus.«

»Na ja, ich hatte gehofft, die Dame hebt den Rock ein wenig, dass man ihre Waden sehen kann.«

»Und wenn du die Waden gesehen hast, stellst du dir den Rest der Dame in deiner glühenden Phantasie vor und malst ihn in dichterischer Freiheit aus. Nein, Hendrik. Kein Hinweis.«

Timmerman wusste, dass jetzt von ihm nichts mehr aus zu erfahren war. Er kannte ihn zu gut und schob die nächste Frage nach.

»Hast du schon erfahren, was den Schüsslers zugestoßen ist?«

»Nein, wieso?«

›Entweder er ist ein guter Schauspieler, oder es gibt wirklich keinen Kontakt zwischen Ihm und Fugli. Der hätte bestimmt schon in Bremen angerufen‹, kombinierte Timmerman.

»Wenn ich dir das vertraulich sage, bekomme ich was dafür?«

»Mal sehen. Ich werde an dich denken.«

»Die sind tödlich verunglückt.«

Hassell schwieg. Das war eine neue Situation.

»Beide?«

»Beide.«

»Wie?«

»Autounfall. Wem gehört jetzt die Ware hinter dem schwarzen Adler, wenn der Empfänger verstorben ist? Dem Absender, dem Reich, oder dem Spediteur?«

»Woher weißt du das. Bist du denen etwa nachgefahren?«

»Bei Jupiter, nein!«

»Hendrik, du bist unmöglich.«

»Ich denke doch nur mit.«

63

Mülder hatte beschlossen, Timmermans Nachricht eine Nacht zu überschlafen und am nächsten Morgen nüchtern zu überdenken. Am Mittag rief er Hassell an, ohne sein Wissen preiszugeben. Der tat so als wüsste er von nichts. Mülder fürchtete nun, dass die Polizei die Identität der Schüsslers herausfände, eine Verbindung zur ›Valdivia‹ ziehen und die Lagerhalle versiegeln würde. Dann hätte er keinen Zugriff auf seine Kisten.

»Wie sind meine Kisten eigentlich bezeichnet? Beim Löschen der Ladung sah ich nur den Reichsadler und den Namen Schüssler auf allen Kisten. Waren die überhaupt an Bord?«

»Ihre sind aus zolltechnischen Gründen in denen von Schüssler mit verpackt. Sie sind mit Fugli gezeichnet. Schüssler hat eine genaue Liste.«

»Dann kommen Sie am besten nach hier und sortieren das alles auseinander. Ich hole inzwischen meinen Picasso dort raus. Wer weiß, wie die den dort lagern. Das Gemälde könnte Schaden nehmen.«

»Mülder, sind Sie nur naiv oder auch noch ungebildet. Kramer schenkt Ihnen einen echten Picasso? Der hängt sicher und trocken in Leningrad in der Eremitage. Sie haben eine Kopie oder eine Studie, Kunstakademie drittes Semester, im Kleinformat. Das Wertvollste daran ist der Goldrahmen, Mann. Macht sich aber gut über dem Sofa. Ich lasse Sie wissen, wann und wo Sie sich das Bild abholen können. Wo sind Sie zu erreichen?«

»Hotel Imperial in Lima. Zimmer 214.«

»Gut. Ich melde mich.«

Mülder ging hinunter in die Bar und bestellte einen Whisky. Er war in der Stimmung, sich zu besaufen. Er wusste im Augenblick nicht, was peinlicher war. Sich vor Hassell blamiert zu haben und von ihm wie ein Schuljunge behandelt worden zu sein oder, dass er sich von Grünzweig einen Floh ins Ohr hatte setzen lassen.

›Wie bringe ich das meiner Elsbeth bei? Die lacht sich krumm.‹

Er saß in Lima fest, um auf seine Frau zu warten. Und noch immer hatte er keine Nachricht von ihr.

›Wohin soll sie die auch schicken? Sie kennt ja meine Hotelanschrift nicht. Mir bleibt einzig, immer wieder im Hafenbüro der Reederei zu fragen. Wie ich das mitleidige Lächeln der weiblichen Angestellten hasse, und dann erst das verhohlene Grinsen der männlichen!‹

›Dieser Señor Fugli hat nicht einmal die Anschrift seiner Verwandten in Panama.‹

So würden die im Hafenbüro über ihn frotzeln.

›Die ist ihm davongelaufen, und er will es nicht wahrhaben.‹

64

Kramer hatte Hassells Nachricht erhalten und dachte angestrengt über seine nächsten Schritte nach. Die Lage hatte sich radikal verändert. Der erste Teil des Plans war vollbracht, die Ware war sicher außer Landes und dem deutschen Zugriff entzogen. Nun sollte der zweite Teil des Plans beginnen, die Katalogisierung und Veräußerung. Sein Abkommen mit Schüssler war, dies in Partnerschaft von Peru aus in die Wege zu leiten. Das hatte er vor Hassell natürlich verschwiegen. Dessen Auftrag war erfüllt. Dafür war er bezahlt worden. Durch Schüsslers Tod fiel die Beute nun allein Kramer zu.

Nun hatte Hassell ihm während des Telefonats gesteckt, dass Mülder unter falschem Namen nach Lima gereist war und im Hotel Imperial wohnte. Kramers Unbehagen wuchs, wenn er an Mülder dachte.

›Es war ein Fehler, ihm das Bild im Goldrahmen zu geben. Wer ihm auch immer vorgegaukelt hat, es sei ein echter Picasso, der hat ihm Blut zu lecken gegeben. Ich war ein Idiot. Jetzt weiß Mülder erstens, dass in den Kisten die wirklichen Werte schlummern und zweitens, dass sein Bild nichts wert ist. Er wird sich seinen Anteil holen wollen. Er könnte mir sogar alles wegschnappen. Warum hat mir Hassell das nicht schon früher gesagt? Was spielt *der* für ein Spiel? Will der jetzt auch ein Stück vom Kuchen und teilt mit Mülder? Das muss ich unbedingt verhindern! Ich habe noch einen Pfeil im Köcher: Schulze.‹

Kramer legte sich ein Angebot für Schulze zurecht, das der nicht ausschlagen konnte. Seine Ehre als Offizier sollte gestärkt werden, aber auch finanziell sollte es ihn reizen. Kramer kannte die Befindlichkeiten der Deutschen in der ehemaligen Kolonie. Vor ihnen musste Schulze sein Gesicht wahren und nicht als Verlierer dastehen. Er durfte nicht mit leeren Händen nach Hause kommen. Er wurde aus dem Sonderurlaub zurückgerufen.

»Hauptsturmführer Schulze, dies ist mein Vorschlag. Sie scheiden freiwillig und ehrenhaft aus dem Dienst aus und bekommen das EK I. Sie werden zum Sturmbannführer, also zum Major befördert, mit den entsprechenden Pensionsansprüchen. Sie fliegen als Privatperson, also mit Ihrem südafrikanischen Reisepass nach Windhoek. Dort haben Sie ein paar Tage Zeit, Ihre Familie und Freunde zu besuchen. Anschließend bewegen Sie Ihren Arsch nach Südamerika, nach Buenos Aires oder Montevideo, was auch immer, und von dort gehen Sie nach Lima.

In Lima kümmern Sie sich liebevoll um einen Schweizer namens Fugli, das ist die neue Identität Mülders. Er wohnt im Hotel Imperial. Zimmer 214. Wenn das erledigt ist, melden Sie sich bei mir und erhalten neue Anweisungen. Hier ist die Hälfte Ihres Honorars als Vorschuss, die zweite Hälfte erhalten Sie nach Erledigung. Nehmen Sie an?«

65

Korns Zeigefinger stupfte auf einen Punkt der Landkarte von Peru.
»Schauen Sie mal hier, Paul. Puerto Chicama ist in keinem offiziellen Hafenregister verzeichnet. Es gibt dort keinen Zoll, keine Einreisestelle, kein Leuchtfeuer, keinen Lotsen, keine Schlepper, rein gar nichts. Nur Meer und Sand. In den peruanischen Unterlagen ist das ein Privatanleger einer Firma für das Anlanden von Guano, der auch noch von einer Insel stammt, die derselben Firma gehört. Reiner Inlandverkehr.

Es wird überall geredet. Wenn die Behörden spitz kriegen, dass da etwas läuft, schreiten die doch ein, oder? Es sei denn, da wurde kräftig geschmiert.

Unsere Leute in Lima haben herausgefunden, dass die Mole und das gesamte Umland kilometerweit der Lassalle & Cie. gehört, ebenso eine große Zuckerfabrik in der Nähe und große Ländereien in den Anden. Ich gehe davon aus, dass dieses Unternehmen mit dem Transport mehr zu tun hat als wir ahnen. Die Inhaber stammen von der Unterweser, nicht weit von Bremen. Wie der Name verrät, sind die Ahnen Hugenotten, die aus Frankreich flohen. Einer der Lassalles ist im vorigen Jahrhundert nach Peru ausgewandert und gründete ein Imperium in Lima, hat aber zur alten Heimat bis heute familiäre Bindungen. Ob sie mit den Nazis sympathisieren oder nicht, ist mir egal. Sie sind Geschäftsleute und tun nichts umsonst. Selbst die Duldung gewisser Vorgänge hat ihren Preis.

Ich frage also, warum gestatten die, solch brisante Fracht über ihren Hafen abzuwickeln? Wissen die nicht, was in ihrem Unternehmen vor sich geht? Hassell lässt das Schiff dort ankern. Aber wer gab den Auftrag an die Lastkähne und die Schmalspurbahn? Wer lädt die Bahnwaggons wieder ab? Wer stellt Lagerraum zur Verfügung? Wer bewacht das Lager? All das sagt mir, es sind interne Vorgänge der Lassalle & Cie. Darüber müssen sie Rechenschaft ablegen. Sie sind keine asiatischen Äffchen, nichts hören, nichts sehen, nichts sagen.«

Korn hegte noch immer den zwingenden Verdacht, Lehmann sei ebenfalls in die Sache verwickelt. Zu auffällig waren dessen gleichzeitige Ankunft mit der Fracht, die Reise auf demselben Schiff und letztlich das Arbeitsangebot aus Peru.

»Ich vermute kühn, die Seereise wurde ihm sogar geschenkt. Ihm und der Familie. Was, zum Teufel, wäre dann Lehmanns Gegenleistung? Der ist doch gekauft.«

Grünzweig war nicht Korns Meinung. Er war überzeugt von einem Zufall der Ereignisse, soweit sie Lehmann betrafen.

»Der Schlüssel liegt in Bremen. Dort ist die Verbindung zur SS. Im Bremer Hafen sah Lehmann Dr. Hassell zusammen mit zwei Offizieren am Güterzug. Lehmann sprach ihn an, um sich nach einer Überfahrt in die USA zu erkundigen. Er hatte die Schnauze voll von Deutschland und wollte nach Maine auswandern, um dort bei Verwandten als Farmgehilfe zu arbeiten. Der Zufall wollte es, dass Lassalle einen Bauingenieur suchte, was Lehmann ist. Das hat er mir am Telefon gesagt.

Diesen Hassell sollten wir in Augenschein nehmen, nicht Lehmann. Ich habe im Handelsregister herausgefunden, dass die Lassalle & Cie. in Lima der alleinige Gesellschafter der Oceanica GmbH ist. Das spricht für Ihre Theorie, Sam, dass Lima verwickelt sein könnte. Vielleicht ist Lima sogar der Kopf, und Bremen ist der Arm. Wir müssen am Arm beginnen, um an den Kopf zu kommen.«

»An den kommen wir aber nicht heran. Bremen ist noch immer nicht von unseren Truppen eingenommen worden«, erwiderte Korn.

»Können wir so lange warten?«

»Nein. Dann ist die Kartoffel kalt. Wir sollten die Geschäftsführung von Lassalle anschuldigen, sie stehe in Verdacht, an Schweinereien der SS beteiligt zu sein oder diese zu decken. Die Lassalle macht einträgliche Geschäfte mit den USA, liefert eine Menge Zucker. Wir könnten damit drohen, die Sache an die Öffentlichkeit zu bringen. Das zieht immer. Dann müssen sie die Hosen runterlassen oder mit uns kooperieren.

Wir werden den Dachs aus seinem Bau locken. Das machen wir so: Wir verfassen ein Schreiben im Stil einer juristischen Anklage. Um unsere Entschlossenheit zu unterstreichen, übergeben Sie das Schreiben dem Chef der Lassalle & Cie. persönlich. Unser Ziel ist, dass sie Dr. Hassell zum Rapport nach Lima bestellen. So verlieren wir keine Zeit mit endlos langer Korrespondenz zwischen ein paar untergeordneten Stellen. Wir packen den Stier bei den Hörnern. Irgendwelche Einwände, Paul?«

»Mir fällt im Moment nichts Besseres ein.«

»Dann ist es so beschlossen.«

Korn rief eine Sekretärin zum Diktat.

»Wir propellern Sie von Shannon in Irland nach Neufundland über den großen Teich, und nach ein paar Hüpfern sind Sie in Lima. Wird 'ne Woche dauern. Keine Zeit, mal kurz bei Greta reinzuschauen, sorry.«

66

Wieder war Fugli im Reedereibüro. Wieder keine Nachricht. Wieder tuschelnde Angestellte.

›Ich halte das Grinsen dieser Leute nicht mehr aus. Die nehmen mich kaum noch ernst. Vielleicht sollte ich akzeptieren, dass Elsbeth bei diesem Sessarego bleibt. Soll sie halt mit dem glücklich werden. Auch in Lima gibt es hübsche Latinas.‹

Zögernd kehrte Realitätssinn in sein Denken zurück. In ihm keimte die rationale Einsicht, Elsbeth loslassen zu müssen. Er konnte nicht ewig auf sie warten. Seine Hoffnung verwandelte sich in die Bitterkeit des Schmerzes. Noch sträubte sich etwas in seinem Denken gegen die neue Erkenntnis, aber sie setzte sich fest.

Er spürte Verlangen auf ein eiskaltes Bier. Er fand eine Kneipe für Seeleute, die eher die Anmutung einer schmuddeligen Wartehalle hatte. Er holte sich ein Bier an der Theke und suchte einen sauberen Sitzplatz. Er war allein. Ablenkung bot bestenfalls der überall herumliegende Müll. Aus Langeweile fingerte er sich vom Nebentisch eine zurückgelassene Zeitung zu sich herüber. Sie war fast zwei Wochen alt. Lustlos und mit spitzen Fingern blätterte er in den klebrigen, bekleckerten Seiten. Politik, Wirtschaft, Sport und auf der vorletzten Seite Nachrichten.

Eine Meldung aus Panama.

›*Die Schöne Tote von Pocrí de los Santos*‹.

Foto von Kopf und Oberkörper einer Frau im Pullover.

›*Todesursache Ertrinken. Zeitpunkt unbekannt.*‹

Elsbeth!

Mülder saß fassungslos am Tisch. Er ließ die Arme sinken, nahm sie wieder hoch, sah sich das Foto noch einmal an. Ihr Gesicht war vom Seewasser aufgedunsen. Der kleine Leberfleck unter dem Ohr. Es gab keinen Zweifel. Doch der Pullover gehörte ihr nicht. Er sah aus wie ein Männerpullover für Segler oder Sportfischer.

›Sessarego!‹

Das Foto gab ihm einen Stich. Plötzlich fühlte er keinen Hass mehr, aber auch keine Trauer. In seinem Kopf war jetzt Leere. Er versuchte sich zu erklären, was ihnen widerfahren war. In seinem Kopf kreisten Gedanken durcheinander, ohne sich ordnen zu lassen. Bilder traten vor seine Augen wie Gedankenblitze. Er als junger Fähnrich. Der erste Tanz. Die Nebenbuhler. Wie er um sie warb. Die Verlobung. Vorstellung im Offizierskasino. Hochzeit. Die siegverwöhnten Blitzkrieger. Das Gefühl, Teil eines erfolgreichen Systems zu sein. Dann die Abkommandierung ins Lager. Die Drecksarbeit. Dann die Versuchung, sich zu bereichern. Elsbeth wurde Komplizin. Das Verdrängen von Schuld. Sie beide durch Verbrechen zusammengeschmiedet. Kramers Offerte. Die Hoffnung auf eine sorgenfreie Zukunft. Diese Zeit war schmutzig. Sie beide auch.

Dann die Wende im Vertrauen in das Reich, und der schleichende Verfall der Werte. Die Kleptomanie der Oberen. Die Furcht vor dem drohenden Zusammenbruch. Das Mitmachen. Organisierte Ausbeutung. Brutales Töten. Die falsche Kameraderie. Gegenseitiges Beobachten. Angst vor Denunziation. Das Schweigen und verhaltenes Flüstern. Fremde Armeen im Land. Die bange Frage, was kommt danach.

Wird es eine Rache der Opfer geben? War die Vortäuschung der Echtheit seines ›Picasso‹ durch diesen Grünzweig schon der Anfang? Was erwartete ihn noch? Er kauerte auf seinem Stuhl und starrte stumpf vor sich hin, den Kopf fast auf der Tischplatte.

Der Wirt hinter der Theke rief herüber.

»Willst du noch ein Bier, Kumpel?«

Ein Ruck fuhr durch Mülders Körper. Er sah auf.

»Ich bin nicht dein Kumpel.«

Er richtete sich auf, saß jetzt gerade und entschlossen da.

›Jetzt steckst du da drin, Mülder. Für ein Zurück ist es zu spät. Du musst auf dem angefangenen Weg weitergehen. Was auch kommt.‹

Er trank sein Bier aus, erhob sich und zeigte mit ausgestrecktem Arm entschlossen in Richtung Theke.

»Ich ziehe das jetzt durch. Jetzt gerade!«

»Du sprichst in Rätseln, Kumpel.«

Doch das hörte Mülder nicht mehr. Im Hotel packte er seine Sachen, zahlte und nahm den Nachtbus nach Trujillo.

67

Mülder hatte im historischen Zentrum der Provinzhauptstadt Trujillo am Jirón Francisco Pizarro in der Nähe der Plaza de Armas eine billige Pension gefunden und die Miete für vier Wochen im Voraus bezahlt. In der Stadt mietete er einen Wagen.

Er folgte jetzt den Angaben Hassells.

›Fahren Sie nach Norden aus der Stadt bis Sie auf der Panamericana sind. Zwischen den Vierteln La Esperanza und El Milagro biegen Sie rechts ab und suchen Sie die Firma Guzmán Metálica.‹

Dann sah er das abgeblätterte Schild ›La Esperanza‹.

›Zwischen Hoffnung und Wunder! Welch verrückte Namen für Stadtteile. Wollte Hassell mich verspotten?‹

Er fand das Gewerbegebiet, er fand die Guzmán Metálica, und er sah die Halle, in der er hoffentlich sein erschwindeltes Vermögen wieder finden würde. Das Grundstück war von einer hohen Mauer umgeben. Das eiserne Einfahrtstor war verschlossen. Eine zweite Pforte gab es nicht. Bei Tageslicht über die Mauer zu steigen, wagte er nicht. Er kam am nächsten Tag wieder, und an den folgenden Tagen. Nichts regte sich auf dem Grundstück, er hörte keine Geräusche, keinen Maschinenlärm, niemand ging hinein, niemand kam heraus. Die Firma schien leblos, der Betrieb war offenbar eingestellt worden.

Im Schutz der Dunkelheit kletterte er auf der Rückseite über die Mauer und schlich zwischen aufgestapelten Metallteilen bis an die Halle. Sie war unbewacht. Vorsichtig näherte er sich dem Gebäude. Mit einer Taschenlampe leuchtete er ins Innere und sah im Lichtkegel die Kisten mit dem schwarzen Adler und der Aufschrift Schüssler, fein säuberlich aufgereiht und nach Colli-Nummern geordnet.

Zufrieden fuhr er gegen Mitternacht in seine Pension zurück.

Eine Lagermöglichkeit musste her, die er jederzeit betreten konnte. Was nutzte ihm die Beute in einem verschlossenen Gebäude? Er würde das jetzt erledigen. Aber er brauchte Hilfe, um seine Kisten aus der Halle zu holen. Er rief Hassell an, ohne Antwort. Durch dessen Büro erfuhr er, dass die Alliierten die Stadt Bremen noch nicht eingenommen hatten, aber Dr. Hassell war auf Geschäftsreise und in frühestens vier Wochen zurück. Über eine Firma Guzmán Metálica hatten sie keine Information.

»Tut mir leid, Herr Fugli. Ich schaue mal in die Unterlagen. Vielleicht kann ich Ihnen in drei bis vier Tagen Näheres sagen.«

Auch am nächsten Tag rührte sich nichts. Mülder begann nun, die Umgebung zu erkunden. Er suchte ein geeignetes Lager. Dabei stellte er fest, dass es im gesamten Gewerbegebiet keinen Bahnanschluss gab. Die Kisten konnten nur mit Lastwagen zur Guzmán gebracht worden sein. Doch wo wurden sie umgeladen? Er fuhr die sechzig Kilometer bis nach Puerto Chicama und verfolgte das Schmalspurgleis, auf dem die Fracht ins Landesinnere gebracht worden war. Es führte zur Hazienda Sausal Grande. Vielleicht fände sich die Antwort dort.

Sausal Grande war eine Stadt für sich, eine Zuckerfabrik mit Plantage und fünftausend Beschäftigten. Deren Familien lebten in einer Siedlung für dreißigtausend Bewohner inmitten endloser grüner, wogender Felder mit Zuckerrohr. Ein verzweigtes Schienennetz diente dem Transport des geernteten Rohrs zu Verarbeitung. Mülder fuhr ungehindert durch die ganze Anlage und sah einen Lokschuppen mit Dutzenden Lokomotiven und Hunderten von Waggons. Wo anfangen? Er kam sich verloren vor. Es würde Tage benötigen, sich hier durchzufragen. Bei der Fabrikleitung nachzufragen, schien ihm zu riskant. Die würden Gegenfragen stellen, sich vor Ort umsehen wollen und letztendlich sogar Verdacht schöpfen.

›Kommt nicht in Frage. Ich gehe den kleinen Gefreiten-Dienstweg.‹

Er besorgte sich einen Bolzenschneider, ein kleines Brecheisen und einen Hammer. Er stellte den Wagen im Mondschatten der Mauer ab und stieg hinüber. Das Vorhängeschloss bot kaum Widerstand. Er schob sich durch den Spalt der Schiebetür und ging auf die Kisten zu. Er las die

Aufschrift Schüssler und sah den Adler. Plötzlich ein Geräusch. Etwas Metallenes war zu Boden gefallen. Er versuchte, es zu orten. Vergeblich. Dann leise Schritte vom anderen Ende der Kistenreihe.

›Ein Wachmann! Und meine P.38 ist in der Pension.‹

Mülder duckte sich hinter eine Kiste und warf seinen Hammer in hohem Bogen von sich. Er schlug auf den Boden. Mülder sah den Blitz des Mündungsfeuers und hörte den Knall. Jetzt wusste er, wo der Wachmann stand. Er kletterte lautlos auf eine der Kisten und legte sich flach an deren Rand. Er beobachtete den Wachmann im schwachen Mondlicht. Der kam näher, ging leise dicht an den Kisten entlang. Jetzt war er genau unter Mülder. Mit gezieltem Schwung traf der Bolzenschneider seinen Kopf. Ein dumpfer Fall und das metallische Geräusch der Pistole auf dem Hallenboden. Sie blieb drei Meter entfernt liegen. Mülder sprang von seiner Kiste und schnappte sich rasch die Waffe. Das Gefühl einer Pistole, der Griff noch handwarm. Er ging zum Schiebetor und lauschte nach draußen.

›Ein Wachmann kommt selten allein.‹

Alles blieb ruhig. Nur leises Hundegekläff in der Finsternis außerhalb der Mauer. Keine Schritte, kein zweiter Schatten. Er drehte sich in die Halle und sah den Wachmann auf sich zukommen, den Bolzenschneider hoch erhoben, zum Schlag bereit. Das Geschoss traf ihn in die Brust. Der Wachmann sank zu Boden, der Bolzenschneider schepperte beim Aufschlag. Mülder ging mit vorgehaltener Waffe zu ihm und drehte ihn mit der Fußspitze in Rückenlage. Es war Schulze. Er war tot.

›Hassell! Du miese Ratte.‹

Mülder lauschte. Draußen war alles ruhig geblieben. Niemand hatte die beiden Schüsse gehört. Ihm wurde augenblicklich klar, nach diesem Vorfall war die Halle für ihn tabu. Dies war seine letzte Gelegenheit, wenigstens einen Teil der Beute zu schnappen. Er wollte nicht von hier weg, ohne den Wagen vollzustopfen.

›Auf den verfluchten Goldrahmen kann ich verzichten.‹

Er stand auf und holte den Hammer und das Brecheisen. Er ging zur ersten Kiste. Er war überrascht, wie leicht sich der Deckel abheben ließ. Er wurde nur von zwei Nägeln gehalten. Er zückte seine Taschenlampe, leuchtete hinein. Sie war leer! Nur das flache braune Paket befand sich darin, schräg an eine Seitenwand gelehnt. Er ging von Kiste zu Kiste, bis zum Ende der Reihe. Sie waren aller leer!

Mülder schäumte vor Wut und Enttäuschung. Er fühlte sich jetzt verschaukelt, zum Narren gehalten. Er setzte sich mit dem Rücken an eine Kiste gelehnt auf den Boden und atmete tief durch. Er überdachte seine Situation.

›Erstens: Meine Tarnung ist aufgeflogen. Sie wissen jetzt, wer ich bin. Aber von wem? Hassell hat mir den Pass besorgt. Nur er kann meine neue Identität an Kramer verraten haben. Der hat dann Schulze auf mich gehetzt, um mich auszuschalten.‹

›Zweitens: Sie wissen, wo Schulze ist. Sie werden ihn suchen lassen und hier anfangen. *Der* muss hier weg.‹

›Drittens: Wenn Schulzes Spur hier endet, wissen sie warum. Dann wissen sie, dass ich hier bin. *Ich* muss hier weg.‹

›Viertens: Hassell hat die Beute versteckt, und nur er weiß wo sie ist. Und meine gleich mit. Der will alles für sich allein haben, der alte Fuchs. Sieh mal einer an! Das hat er geschickt eingefädelt. Ich würde mich nicht wundern, wenn der nicht demnächst hier auftaucht.‹

›Fünftens: Kramer sieht seine Felle davon schwimmen und schickt Schulze als Kümmerer. Schulze wird sich aber nicht mehr melden. Jetzt hat er ein Problem. Schüssler ist tot, Hassell nicht mehr erreichbar und Schulze schweigt. Wenn ich Kramer wäre, würde ich mich sofort auf den Weg machen.‹

Seine Wut verlieh ihm ungeahnte Kräfte. Irgendwie schaffte er es, Schulze an die Mauer zu tragen, wo draußen sein Wagen stand, und ihn hinüber zu wuchten. Mit dumpfem Geräusch fiel der Körper auf die Erde. Er verwischte alle Spuren, so gut es im Mondlicht möglich war. Er sammelte sein Werkzeug ein und entschloss sich doch noch, seinen Goldrahmen mitzunehmen. Mit dem Toten im Kofferraum fuhr er zur Pension, holte sein Gepäck und fuhr in Richtung Lima ab. Es war nach Mitternacht.

Er erinnerte sich an das letzte Gespräch mit Timmerman. Die Schüsslers waren in Pasamayo verunglückt. Genau dort wollte er Schulze loswerden. Er hielt in der weit geschwungenen Kurve, wo er die Straße in beide Richtungen überblicken konnte. Es wurde langsam hell. Als endlich keine Fahrzeuge in Sicht waren, rollte er den Toten über die Kante der Steilküste.

Er ging zurück zum Wagen und holte das flache Paket. Er riss das Packpapier in Stücke und schleuderte das Bild weit ausholend über die Kante. Er sah ihm nach, wie es in großem Bogen in der Luft segelte und schließlich weit draußen aufs Wasser klatschte.

Nahe der Innenstadt fand er eine unauffällige Pension. Er schlief den Rest des Tages. Am Abend schlenderte er zum nahe gelegenen Hotel Imperial und beobachtete die Umgebung. Auch an den folgenden Tagen sah er keine verdächtigen Personen das Hotel betreten oder verlassen. Er ging hinein und fragte an der Rezeption, ob in seiner Abwesenheit Post gekommen sei oder Besucher nach ihm gefragt hätten.

»Ein Herr Timmerman bat uns auszurichten, er sei nach Valparaiso weitergereist. Ein anderer sagte uns seinen Namen nicht, er sprach mit stark deutschem Akzent und wollte in ein paar Tagen wiederkommen ...«

›Das muss Schulze gewesen sein. Den gibt es nicht mehr.‹

»... und wegen der Post muss ich im Büro nachsehen. Das kann einen Augenblick dauern. Wir schließen die im Tresor ein. Nehmen Sie doch dort drüben solange Platz, Herr Fugli.«

Den anderen Besucher behielt der Concierge lieber für sich, weil der das ausdrücklich, fast schon drohend so verlangt hatte. Er verschwand nach hinten. Mülder blieb an der Rezeption stehen und beobachtete das Kommen und Gehen in der Halle, bemerkte jedoch nicht, dass sich ein baumlanger dunkelhäutiger Herr in Anzug, Krawatte und Mantel hinter ihn stellte und seinen Arm ergriff.

»Würden Sie mich bitte begleiten.«

Er versuchte sich aus dem Griff zu befreien, doch die Hand schloss sich wie ein Schraubstock.

»Sie sollten mich wirklich begleiten, Mister Fugli. Mein Kollege da drüben wartet nicht gern.«

Die zwei Männer setzten ihn zwischen sich in den Fond des Wagens, der vor dem Hotel wartete. Nach einer Viertelstunde Fahrt geleiteten Sie ihn durch einen Seiteneingang in die Botschaft der Vereinigten Staaten im Südosten der Stadt. Ein Leutnant kam auf ihn zu. Mülder zuckte.

»Lieutenant Grünzweig. Guten Tag, Herr Mülder. Willkommen auf dem Boden der USA. Sie sind für die nächste Zeit unser Gast. Wir haben für Sie im Untergeschoss ein Gästezimmer mit WC und Dusche.«

›Grünzweig lebt! Die haben die Häftlinge also nicht gefasst, diese verfluchten Stümper, dieser verdammte Schulze. Was hatte der vor? Was war sein Auftrag, außer mich umzulegen?‹

Er überlegte, ob er seine Tarnung aufgeben sollte, entschied sich aber dagegen.

»Halt, halt! Sie verwechseln mich sicher. Ich bin Franco Fugli, ich bin Schweizer Bürger. Sie können mich nicht einfach festhalten. Ich verlange, dass Sie mich sofort gehen lassen!«

»Darf ich Ihren Pass sehen?«

Mülder vertraute auf seine Tarnung und reichte seinen Pass.

»Danke, Herr Fugli. Darf ich ihn für ein paar Tage behalten? Wir werden den bei unseren Schweizer Kollegen überprüfen lassen. Reine Formsache. Das wird sich alles aufklären. Sie haben nicht zufällig Ihre Blutgruppe präsent? Falls nicht, sie finden sie auf der Innenseite Ihres Oberarms. Im Übrigen darf ich Sie vielleicht daran erinnern, dass sich unsere beiden Länder im Krieg befinden. Nach der Genfer Konvention steht Ihnen als Kriegsgefangener korrekte Behandlung zu. Die sichere ich Ihnen zu.

Gestatten Sie mir eine eher persönliche Bemerkung. Als ich Sie das letzte Mal sah, trugen Sie Uniform, aber weder Oberlippenbart noch Brille. Im Übrigen wächst Ihre natürliche Haarfarbe heraus. Ihre Tarnung ist aufgeflogen. Wir sehen uns.«

»Abführen.«

68

Korn rief Grünzweig an, um ihn über Nachforschungen in Bremen zu informieren.

»Sie wissen von Lehmann, dass der Chef der Oceanica GmbH ein gewisser Dr. Hassell ist. Wir haben erfahren, dass er dort nicht mehr ist. Wir haben nämlich einen deutsch sprechenden Agenten hinter die Linien geschleust und nach Bremen fahren lassen. Der hat sich dort umgehört. Hassells Angestellten sagen, er sei auf Geschäftsreise und werde noch eine Weile fort sein. Ich wette, der ist unterwegs nach Lima. Sie müssen ihn mit Hilfe der Botschaft in Lima abfangen und befragen. Er und die Lassalle-Firma wissen, wo die Kisten gelagert werden. Die wollen den Schatz auf die Seite schaffen.«

»Theoretisch möglich, Sam, wenn ich es auch nicht glaube. Lassalle besitzt hier einen tadellosen Ruf. Ich kann Ihnen auch etwas berichten. Wir haben Mülder in der Botschaft festgesetzt. Ich war im Reedereibüro der ›Valdivia‹. Interessant ist, dass Timmerman mit Frau in Lima von Bord ging und später mit dem Überlandbus nach Valparaiso weiterfahren wollte. Ich habe ihn dort befragen lassen. Er kannte Mülders Hotel in Lima. Dort haben wir den abgefangen. Die Reedereiangestellten sagten mir auch, er hätte ständig nach seiner Frau gefragt. Dann zeigten sie mir eine Zeitung mit dem Bild ihrer Leiche. Sie hatten nicht den Mut, es ihm selbst zu sagen.«

»Das ist ja phantastisch, ich meine, das mit Mülder. Sehr gute Arbeit, Lieutenant. Haben Sie ihm seine Rechte verlesen, Paul?«

»Nein. Ich habe ihm gesagt, er falle unter die Genfer Konvention.«

»Gut. Lassen Sie ihn schmoren. Und was die Lassalle & Cie. angeht, gehen Sie zu deren Chef und präsentieren Sie unser Schreiben. Lassen Sie ihn erzählen und rufen Sie mich wieder an. Vor allem, finden Sie heraus, wo die Kisten sind.«

»Ok, Sam. Bis bald.«

69

Grünzweig besuchte Mülder einmal täglich in seinem Gästezimmer, meistens nach seinem bewachten Rundgang im Garten der Botschaft. Sicherheitshalber ließ er einen Posten vor der Tür stehen. Er tat das so, dass Mülder es bemerkte, für den Fall, dass der auf dumme Gedanken kommen sollte. Am dritten Tag gab er ihm seinen Schweizer Pass zurück.

»Es tut mir leid, Herr Mülder, Ihr Pass wurde ungültig gestempelt. Der echte Herr Fugli wurde vor einem halben Jahr als tot gemeldet. Die Deutsche Botschaft in Bern überbrachte den Schweizer Behörden damals einen amtlich beglaubigten Totenschein. Fugli war zusammen mit seiner Gattin in Deutschland. Beide starben an den Folgen eines Autounfalls. Sie haben mich angelogen, Herr Mülder.«

»Und Sie haben mich angelogen, Herr Grünzweig.«

»Ich weiß, der Picasso. Ich bedaure das nicht. Ich bin sicher, ich würde es wieder tun. Die Handlungen des Menschen sind oft von seinen Umständen beeinflusst. So auch meine. Und die Ihren, wenn ich das hinzufügen darf. Wir handeln aus dem Bauch heraus und begründen unsere Entscheidungen im Nachhinein mit dem Verstand. Ich befand mich in einer prekären Situation, wenn Sie das verstehen. Aber deswegen bin ich nicht hier. Wo ist Ihre Frau?«

»Das geht Sie nichts an. Elsbeth hat mit dem Lager Lebrechtsdorf nichts zu tun.«

»Aber Sie sind doch beide auf der ›Valdivia‹ gereist, nicht wahr?«

»Nein.«

»Herr Mülder, Sie lügen schon wieder. Ich habe Sie beide vor der Abreise aus Lissabon im Salon beim Abendessen gesehen. Und Sie haben mich und meine beiden Kollegen durch die Glastür beobachtet. Erinnern Sie sich? Ihre Frau ist aber nicht in Callao angekommen. Wo ist sie jetzt?«

»In Panama.«

»Genau gesagt in Pocrí de los Santos, Herr Mülder. Haben Sie diesen Zeitungsausschnitt gesehen? Unsere Leute sammeln Nachrichten über Ausländer in Lateinamerika.«

Mülder wurde blass. Er schob den Ausschnitt über den Tisch zurück.

»Ja, ich kenne diesen Bericht.«

»Haben Sie sie umgebracht?«

Mülder sprang auf. Sein Gesicht war jetzt dunkelrot.

»Hören Sie auf mit der Scheiße! Ich liebe meine Frau, aber sie hat sich in diesen Latino verknallt.«

Er brüllte. Der Posten kam herein.

»Ist alles in Ordnung, Sir?«

»Danke John. Alles ok.«

»Setzen Sie sich, Herr Mülder. Welchen Latino?«

»Pedro Sessarego.«

»Wo ist der Goldrahmen?«

»Den habe ich in Pasamayo ins Meer geworfen.«

»An der Steilküste?«

»Ja.«

»Oben an der Kurve?«

»Ja.«

»Kennen Sie diesen Mann?«

Grünzweig schob ihm ein großes Schwarzweißfoto über den Tisch. Der Kopf war von einem Sturz verletzt, das Gesicht gut erkennbar, die Augen geschlossen, die Jacke blutgetränkt.

»Wer ist das? Was ist ihm passiert?«

»Kennen Sie ihn? Sie brauchen nicht zu antworten, Herr Mülder. Es genügt, dass ich ihn kenne. Aus dem Lager. Er wurde vorgestern von Fischern geborgen und der Polizei übergeben. Er war schon ein paar Stunden tot, als er von der Steilküste fiel, oder sollte ich sagen geworfen wurde. Übrigens hatte er die Blutgruppe A. Sie wissen ja, die bekannte Tätowierung auf der Innenseite des Oberarms. So was hat nicht jeder...«

Jetzt knickte Mülder ein. Er berichtete, wie er an das Bild gekommen war, den Kunsttransport, was in der Halle vorgefallen war, über den Wachmann, den ersten Schuss, den zweiten, die leeren Kisten und seine Flucht vom Ort des Geschehens in einer tristen Vorstadt Trujillos.

»Danke, Herr Mülder. Das war alles für heute.«

Er salutierte, ging hinaus und ließ Mülder wieder einschließen. Am folgenden Tag ließ er sich mit einem Fahrzeug der Botschaft hinauf nach Pasamayo fahren. An der Steilküste ließ er halten, stieg aus und taxierte die Strömung des Humboldtstroms. Im Fischereihafen Chancay fragte er den Steuermann eines Kutters, wie lange ein schwimmender Gegenstand brauchte, um von Pasamayo bis hier getrieben zu werden.

»Wie soll der Gegenstand aussehen?«

Grünzweig beschrieb die Größe und sagte, dass es ein Bild sei. Ein Bild mit einem Goldrahmen. Und dass es schwimmt.

»Lassen Sie mich nachdenken, Señor. Da hat vorgestern einer von uns etwas aus dem Wasser gefischt. Mit seinem Enterhaken. Das Bild ist kaputt, aber der Rahmen ist noch ganz. Kommen Sie, ich führe Sie zu ihm. Der sammelt Treibgut. Er heißt Vásquez. Er könnte ein Museum für Kuriositäten mit all dem Zeug aufmachen, wenn er ein geeignetes Gebäude dafür hätte.«

»Sagen Sie ihm, ich will es ihm abkaufen.«

Sie gingen durch den Ort. Die Leute blieben stehen und sahen sich tuschelnd nach den beiden um. Was hatte Jorge mit einem US-Offizier zu tun?

»Hola, José. Dieser Gringo will dir das komische Ding abkaufen, das du aus dem Meer gefischt hast. Du weißt schon, das Gemälde, das du mit deinem Haken zerstochen hast. Ist bestimmt eine Menge wert, wenn der von Lima nach hier kommt. Und vergiss meine Provision nicht.«

70

»Sie müssen zum Druckausgleich schlucken, Herr Kramer.«

Die klapprige DC 3 mühte sich durch die Andentäler in Richtung Pazifikküste. Die schneebedeckten Gipfel links und rechts der Maschine schienen zum Greifen nah. Hassell kümmerte sich fürsorglich um seinen Platznachbarn, dem das Fliegen in dieser Höhe nicht gut zu bekommen schien.

»Wir sind bald durch das Gebirge durch, dann gehen wir wieder auf angenehmere Höhe runter. In drei Stunden sind wir in Lima.«

Kramer sackte in seinem Sitz immer mehr zusammen. Er wollte sich nicht auch noch die Blöße geben, in die Tüte spucken zu müssen, die aus dem Netz an der Rückenlehne vor ihm lugte. Er sah blass aus, aber er hielt durch. Sie waren getrennt nach Buenos Aires gekommen, um von dort mit dieser Rappelkiste gemeinsam weiterzufliegen. Er wusste, er war von Hassell abhängig. Der kannte Südamerika aus seinen unzähligen Geschäftsreisen, er kannte Peru und hatte dort eine Menge Kontakte, wie er immer wieder betont hatte. Und er wusste, wo die Kisten gelagert wurden. Das war das Wichtigste.

Hassell hatte Kramer informiert, dass auch Mülder in Peru war. Doch er hatte Mülders Schweizer Pass verschwiegen, dass sich dessen Hab und Gut auf demselben Frachter befand und dass Mülder sogar die Anschrift der Guzmán Metálica kannte. Seit Hassell ihm von Schüsslers tödlichem Unfall erzählt hatte, war er unruhig geworden. Schließlich war Schüssler sein Gewährsmann, sein Partner, sein Komplize gewesen. Er hatte Schulze losgeschickt, um Mülder zu liquidieren. Der hatte ihm seine Ankunft in Peru gemeldet, und dass er auf dem Weg in den Norden war, um die Guzmán Metálica zu suchen. Doch der Kontakt war abgerissen. Schulze meldete sich nicht mehr. Deshalb hatte er Hassells freundlichen Vorschlag dankbar angenommen, die gemeinsame Reise zu organisieren.

Und nun der Schock des Südsommers, die hohe Luftfeuchtigkeit, die Zwischenlandungen und der niedrige Luftdruck beim Überqueren der Andenkette. Er fühlte sich miserabel.

»Morgen ruhen Sie sich erst mal aus, und übermorgen fahren wir nach Trujillo.«

Nach der Landung und noch vor der Passkontrolle ließ Hassell sich im Postamt mit einer Telefonnummer in Valparaiso verbinden. Sorgsam schloss er die Tür der Kabine.

»Hendrik, hier ist Kurt. Ich bin gerade in Lima gelandet. Du hast mir doch neulich so unmanierliche Fragen gestellt, die ich nicht beantworten wollte und konnte. Und ich hatte versprochen, an dich zu denken. Wie ich dich kenne, schreibst du längst an der Geschichte über mysteriöse Kisten mit dem Reichsadler. Wenn die gut werden soll, brauchst du noch mehr Fakten. Bewege deinen Hintern nach Lima. Hier bekommst du sie.«

Mit zufriedenem Gesicht verließ er die Telefonkabine und ging mit Kramer zur Passkontrolle. Der Beamte verglich den Namen Hassell mit einer Liste und drückte den Knopf unter seinem Schreibtisch. Während er konzentriert im Pass blätterte, näherten sich drei Männer in Zivil und umstellten die beiden.

»Dr. Hassell?«

»Ja.«

»Und wer sind Sie?«

»Kramer.«

»Würden Sie beide uns bitte folgen.«

Sie wurden in zwei getrennte Büros geführt. Kurz danach brachten Dienstmänner das Gepäck. Beide wurden gebeten, es für eine Kontrolle zu öffnen.

»Vielen Dank, Herr Dr. Hassell. Sie können jetzt gehen.«

»Und Herr Kramer?«

»Das dauert noch etwas. Sie brauchen nicht auf ihn zu warten. Wir fahren ihn in die Stadt.«

Vor dem Gebäude begrüßte ihn der Fahrer der Lassalle & Cie. in seiner grauen Uniform freundlich, aber ehrerbietig und lud das Gepäck ein. Er kannte Hassell von dessen vielen Besuchen in Lima. Sie fuhren an einer großen Limousine vorbei, an der ein Leutnant der US Air Force lehnte, der Kramer eine halbe Stunde später nach Lima brachte. Noch benommen vom Flug hatte er die Befragung geistesabwesend und in vollem Vertrauen auf Hassell über sich ergehen lassen. Er ahnte nicht, dass er nun der Zimmernachbar Mülders war. Ihre Rundgänge im Garten der Botschaft wurden zeitlich sorgfältig voneinander getrennt.

71

Grünzweig betrat das Bürogebäude der Casa Lassalle im Zentrum Limas, vom Architekten Werner Benno Lange 1929 im Art Déco erbaut. Señorita Isabel empfing ihn.

»Don Henri erwartet Sie bereits.«

Sein Büro war überraschend klein, aber erlesen möbliert. Lassalle kam sofort zur Sache.

»Sie kommen wegen der vielen Kisten, die wir in Puerto Chicama abgefangen haben. Major Korn hat mich informiert, dass Sie kommen, aber nicht darüber, was wir besprechen wollen. Schießen Sie los.«

»Ich bin seit kurzem Sonderermittler in der Einheit von Sam Korn. Wir untersuchen den Verbleib von Kunstwerken im Dritten Reich und sind auf der Spur eines gigantischen Raubzuges, die uns nach Peru führt. Zu Ihnen. Würden Sie mir einige Fragen beantworten?«

Er zögerte, Lassalle den Brief zu übergeben. Er vertraute erst einmal auf ein Gespräch und schilderte Lassale die Faktenlage, die zum Verdacht führte, sein Unternehmen sei in den Fall verwickelt.

»Sie haben Nerven! Da kommt ein amerikanischer Offizier in mein Büro und bezichtigt mich der Komplizenschaft an einem monströsen Kunstraub in Deutschland, einem Land, mit dem wir trotz des Krieges in diplomatischen Beziehungen stehen.«

»Herr Lassalle, Ihre Tochtergesellschaft in Bremen hat den Transport so organisiert. Die Ware wurde ihn Ihrem Hafen in Nordperu entladen. Die Kisten stehen auf dem Grundstück der Gúzman Metálica in Trujillo, aber sie sind leer. Nun stellen wir fest, dass Dr. Hassell gestern in Lima ankam. Ein bisschen viel Zufall, finden Sie nicht?«

»Sie wollen mich doch nur provozieren, um Ihnen bei der Lösung Ihres Falls behilflich zu sein.«

»Wenn Sie das so sehen...«

»Genauso sehe ich das, und ich sage Ihnen auch warum. Wenn ich in Ihren Schuhen steckte, würde ich es wahrscheinlich genauso machen.«

Grünzweig sah ihn einen Augenblick verblüfft an. Wenn er helfen will, dachte er, dann bitteschön.

»Sie wissen, wo die Ware ist?«

»Ja. Das Reich, Herr Schüssler und Herr Fugli können sich gern ihr Eigentum abholen, nämlich die Kisten. Herrn Fugli haben wir ein flaches Paket mit einer Kopie im Goldrahmen belassen. Wir glauben, dass es ausnahmsweise ihm gehört. Der Rest des Inhalts ist sichergestellt. Wir sind nicht naiv. Wir erwarten dort natürlich heimlichen Besuch. Wo so viel kriminelle Energie im Spiel ist, kommt es nur zu unwillkommenen Zwischenfällen. Und eine Bewachung rund um die Uhr ist uns zu teuer. Zudem würden wir unnötige Aufmerksamkeit auf uns ziehen.«

»Und wo ist der Inhalt der Kisten?«

»Das halten wir vorläufig noch geheim. Jetzt mal ganz von vorn. Kramer bat Hassell um ein Transportangebot in ein sicheres Land mit anschließender Lagerung. Hassell war die Kartoffel zu heiß, er bat mich um Rat, ob er überhaupt ein Angebot abgeben sollte. Als mir klar war, um was es sich handelte, habe ich meine Beziehungen in Bolivien, Chile und Argentinien spielen lassen. Letztlich entschieden wir uns für Peru und erklärten dem Kunden unsere Gründe.

Sie kennen den Kunstmarkt, oder? Seit der Entdeckung von Macchu Picchu durch den Historiker Hiram Bingham 1911, der in Harvard und Princeton arbeitete, rückte Peru schnell in den Fokus der amerikanischen und der europäischen Öffentlichkeit. Im Gefolge kamen Touristen, die Souvenirs kaufen wollten, und Forscher, die Stücke gern für ihre Institute und Museen hätten. Aber der Export ist in Peru strikt verboten. Ergo entwickelte sich ein gut organisierter Schwarzmarkt mit Artefakten aus der Inka-Zeit und den Epochen davor. Ich bin darüber äußerst verärgert. Selbst staatliche Museumsangestellte sind daran beteiligt. Ihre Bezahlung ist lächerlich, gemessen an den Werten, die sie verwalten. Sie sehen die Ausländer in moderner Kleidung und mit teuren Kameraausrüstungen. Nun verdienen sie sich ein Zubrot mit dem illegalen Verkauf. Man kann sie fast verstehen, menschlich gesehen. Aber sie verscherbeln das Erbe ihrer Geschichte.

Der Bedarf der Sammler und Touristen ist unersättlich. Auch die Fachkräfte, die für einige Jahre hier arbeiten, nehmen nach Ende ihres Einsatzes Andenken mit. Manche professionell, andere als Souvenirjäger. Alle sind äußerst verschwiegen. Sie sammeln wie die Hamster, aber um die Herkunft scheren sie sich nicht. Es könnte ja passieren, dass sie ein geliebtes Stück aus ihrer Sammlung wieder hergeben müssten.

Wir haben Kramer davon überzeugen können, dass dieses Land der beste Ausgangspunkt für seinen künftigen Vertrieb der gestohlenen Kunst sein könnte. Das klang ihm so verlockend, dass er uns den Auftrag erteilte. Kramer hatte Hassell ungewollt seine wahren Absichten verraten. Und ich sage Ihnen, es hätte sogar funktioniert.

Um Ihren Fall aufzuklären, benötigen Sie Täter, Motiv und Opfer. Bisher kennen Sie nur das Motiv: Habsucht, Gier und Angeberei. Sie und ich wissen, dass sich die Täter hier in Lima aufhalten. Doch die Opfer kennen Sie nicht, oder?«

»Wir suchen die Hintermänner«, entgegnete Grünzweig.

»Und Sie meinen, Sie haben sie gefunden. Eine ziemlich gewagte Hypothese, junger Mann. Das müssen Sie einräumen. Sie befinden sich auf dünnem Eis. Brechen Sie nicht ein, das Wasser ist sehr kalt. Als ich von Kramers Anfrage bei Hassell erfuhr, lief es mir eiskalt den Rücken hinunter. Einige meiner Freunde und Bekannten in Deutschland, die eine Menge Kunst besessen hatten, sind in der Todesmaschine verschwunden. Ihr Eigentum wurde vom Reich konfisziert. Nun glauben Sie, ich will mich am Besitz meiner Freunde bereichern?

Der Auftraggeber Dr. Schüssler ist tot, wir können ihn nicht mehr fragen. Aber in wessen Auftrag handelte der? Wer war der Nutznießer? Wollte sich Schüssler die Beute selber unter den Nagel reißen? Zwar steht sein Name auf allen Kisten und in den Frachtpapieren. Das beweist aber noch gar nichts. Er könnte nur Handlanger sein. Aber für wen? Wer besitzt eine Vollmacht? Wer sind seine Rechtsnachfolger? Viele offene

Fragen, aber weder Antworten noch Beweise. Übrigens hörte ich den Namen Schüssler zum ersten Mal von Dr. Hassell.«

»So kommen wir nicht weiter.«

Grünzweig hatte entschieden, seinen Brief an Lassalle nicht aus der Aktentasche zu holen. Er wollte vermeiden, hinausgeworfen zu werden. Lassalle war aufgestanden und lief im Raum umher.

»Ich mache Ihnen einen Vorschlag. Alles, was wir tun können, ist ein Treffen aller bekannten, in Lima weilenden Beteiligten. Wir veranstalten eine Art Scheinverfahren. Wir befragen diese Leute in einer sehr offiziell aussehenden Zeugenanhörung und sehen, was dabei herauskommt.«

»Wir haben genug Platz in der Botschaft«, schlug Grünzweig vor.

»Auf gar keinen Fall setze ich in dieser Angelegenheit auch nur einen Fuß auf den Boden der amerikanischen Botschaft. Ihr seid mir zu hitzig, zu übereifrig, zu sendungsbewusst. Ein falsch verstandenes Wort, und Ihr setzt mich auch als ›Gast‹ fest. Und ich muss dann sehen, dass mich meine Anwälte für teures Geld wieder raushauen. Mein Vater hat mal gesagt, du kannst dein Vermögen auf drei Arten loswerden: Mit schönen Frauen, das ist die angenehmste. Im Spielkasino, das ist die schnellste. Mit Anwälten, das ist todsicher.

Wir machen das hier in der Casa Lassalle. Wir bilden so was wie eine Kommission. Ihr Botschafter übernimmt den Vorsitz, Sie beide sind die Ankläger, und der Botschafter des Deutschen Reiches ist der Verteidiger. Das wird hochinteressant.«

»Das ist nicht Ihr Ernst, Herr Lassalle. Ein diplomatischer Vertreter wird sich dazu nicht bereit erklären. Und der deutsche schon gar nicht. Das wäre ja ein Eingeständnis, dass das Reich etwas damit zu tun hat.«

»War doch nur ein Witz, Herr Grünzweig. Erstens braucht ein Zeuge keinen Verteidiger und zweitens ist ein Diplomat denkbar ungeeignet für ein solches Verfahren. Ich frage Rafael Perez, den Vorsitzer zu machen, wenn Sie damit einverstanden sind. Er ist pensionierter Richter unseres höchsten Gerichts, vergleichbar mit Ihrem Supreme Court. Als Beisitzer und Protokollführer schlage ich einen niederländischen Journalisten vor, der in Valparaiso ist, er reist bereits an.«

»Timmerman? Hendrik Timmerman?«

»Sie kennen ihn?«

»Das nicht. Aber er stand auf der Passagierliste der ›Valdivia‹.«

»Einwände?«

»Keine, aber unter der Voraussetzung, dass er nicht sofort an die Presse geht.«

»Ich werde ihn dahingehend vergattern.«

Lassalle stand auf.

»Nun zeigen Sie mir schon das Schreiben, das Sie mir geben sollten. Ich weiß zu schätzen, dass Sie selbständig denken und handeln können. Lassen Sie mich es wenigstens lesen.«

Grünzweig war schon wieder überrascht.

›Korn hat das Schreiben angekündigt. Was sollte das denn?‹

Nachdem Lassalle aufmerksam gelesen hatte, gab er Grünzweig den Brief zurück.

»Nehmen Sie es wieder mit und schicken Sie es durch den Reißwolf. Wir treffen uns bei der Anhörung.«

72

Lassalle hatte seinen großen Besprechungsraum umräumen lassen. Die sechs Vorgeladenen Hassell, Lehmann, Grünzweig, Kramer, Mülder und er selbst saßen an Tischen in einem Halbkreis. Ihnen gegenüber an einem Einzeltisch saß Timmerman als Protokollant, der freie Platz neben ihm war für den Vorsitzenden bestimmt.

Perez betrat den Saal in seiner betagten Robe. Der Posten forderte die Anwesenden auf, sich zu erheben und schloss die Tür.

»Nehmen Sie doch bitte Platz.«

Perez blieb stehen und schwieg, während er die Anwesenden ansah, einen nach dem anderen, gelassen, intensiv, väterlich. Jeder fühlte sich gezwungen, zu ihm aufzuschauen. Dieser erste Blickkontakt war seine persönliche Art, Verhandlungen zu eröffnen und die Teilnehmer auf sich zu fixieren und seine stumme Aufforderung, konzentriert und offen mit ihm zusammenzuarbeiten. Er nickte Lassalle zu, dem einzigen, den er kannte.

»Von Berufs wegen bin ich gewohnt, Unrecht zu erkennen, um Recht zu sprechen. Am Anfang steht dabei immer die Wahrheit, und nichts anderes als die Wahrheit. Doch heute sprechen wir nicht Recht. Ich fälle kein Urteil. Das sollen andere tun, sollte es je zu einer Anzeige kommen. Alles was Sie sagen, kann *nicht* gegen Sie verwendet werden. Die Niederschrift von Herrn Timmerman wird *nicht* als Beweismittel benutzt. Trotzdem, oder gerade deswegen, ist die heutige Anhörung nichts Alltägliches.

Gestatten Sie mir eine Bemerkung vorab. Sollte sich mein Verdacht zur Herkunft der Kunstgegenstände erhärten, haben wir es hier mit einer gigantischen Umverteilung von Privatvermögen zu Gunsten des Dritten Reiches zu tun. Ein Staat beraubt seine Bürger. Eine kleine Gruppe von Staatsdienern nimmt sich dies zum Vorbild und beklaut nun wiederum den Staat, sichert sich einen Teil der Beute und beabsichtigt, diesen illegal zu versilbern. Über all dem steht, dass es sich bei dem Raubgut um das kulturelle Erbe der Menschheit handelt, das möglicherweise auf dem Schwarzmarkt verramscht werden sollte. Ein monströser Vorgang!

Doch nun zu unserem Anliegen. Eine Sendung von wertvollen Kunstgegenständen aus Europa erreicht unter mysteriösen Umständen unser Land und verschwindet. Menschen sterben. Andere trachten nach dem Besitz der Ware und wollen sich hieraus Vorteile verschaffen. Die mutmaßlichen Rechtsverstöße reichen von Amtsmissbrauch, Betrug, Zollhinterziehung und arglistiger Täuschung bis zu Mord.

Ich lege noch einmal Wert darauf festzustellen, dies ist kein Gericht. Wir erklären niemand für schuldig, wir fällen kein Urteil. Das ist Sache der Justiz. Ich möchte das ausdrücklich betonen. Wir legen Geschehenes unter das Mikroskop, um ein genaues Bild zu zeichnen. Ich bedaure, dass Herr Dr. Schüssler nicht anwesend sein kann. Während Ihrer Aussage bleiben Sie an Ihren Plätzen. Sie stehen dabei bitte auf. Wir beginnen mit der Aussage von Herrn Kramer.«

Kramer erhob sich. Er wirkte angespannt und ablehnend. Er fühlte, wie seine Narbe schmerzte und zuckte.

»Ich bin deutscher Offizier und werde hier in Peru festgehalten, in einem Land, mit dem das Deutsche Reich diplomatische Beziehungen unterhält. Ich protestiere in aller Deutlichkeit und verlange, ohne jede Auflage freigelassen zu werden. Das gleiche gilt für Herrn Mülder.«

Kramer setzte sich. Mülder saß zusammengesunken auf seinem Stuhl. Er hatte apathisch zugehört und zeigte keine Regung.

»Gemach, Herr Kramer« erwiderte Perez seelenruhig.

»Lassen Sie mich richtigstellen, dass Sie nicht von der Republik Peru festgenommen wurden, sondern sich im Gewahrsam der Vereinigten Staaten von Amerika befinden. Wenn ich Ihre Situation richtig beurteile, sind Sie derzeit Kriegsgefangener. Indem Sie mit mir zusammenarbeiten, ersparen Sie sich ein peinliches Einzelverhör in der US Botschaft, also auf Territorium, mit dem sich Ihr Land im Krieg befindet. Wenn Sie nicht mit uns kooperieren, werden wir Ihren Anteil an der ganzen Aktion aus den Aussagen anderer ableiten. Das kann nicht in Ihrem Sinne sein. Ich frage daher noch einmal, wollen Sie zur Klärung dieses mysteriösen Kunsttransportes beitragen oder nicht?«

Das stimmte Kramer um. Einsichtig stand er auf und sagte aus, er habe den Auftrag in Berlin von Herrn Dr. Schüssler erhalten. Bei der Besprechung war Herr Dr. Greve anwesend, ein Kunstsachverständiger. Ursprüngliches Ziel war die ›Alpenfestung‹, das wegen des beharrlichen Vordringens der Alliierten in Italien aufgegeben wurde.

»Ich schlug als Alternative einen aufgelassenen Bergwerkstollen im Harz vor. Dort verbrachte ich meine Kindheit und kannte mich aus. Das akzeptierte Schüssler, bat mich aber, parallel dazu die Auslagerung nach Übersee zu untersuchen. Also fuhr ich in die Nordseehäfen, um nach geeigneten Speditionen zu suchen. In Bremen traf ich Dr. Hassell von der Oceanica GmbH.«

Perez fragte, wann er den Verdacht schöpfte, die Ware solle auf die Seite geschafft werden.

»Ehrlich gesagt, bereits in Berlin. Das Verhalten Schüsslers und die Äußerungen Greves brachten mich auf diesen Gedanken. Hassell sah das genauso. Er wollte das mit seiner Muttergesellschaft in Lima klären und bot mir später seine Hilfe in Peru an. Der Rest ist ja bekannt.«

»Wer waren Schüsslers Auftraggeber?«

»Das weiß ich nicht. Er sagte etwas von der Parteispitze.«

Kramer wirkte jetzt resigniert und enttäuscht, aber gefasst.

»Haben Sie jemals erwogen, etwas für sich selbst abzuzweigen?«

»Dazu will ich mich nicht äußern.«

Hassell stand auf.

»Geben Sie es doch zu! Ich weiß von meinen Kollegen in anderen Häfen, dass Sie Angebote erhielten, aber uns den Zuschlag gaben, eben weil ich Ihnen unsere Möglichkeiten in Peru geschildert hatte. Ich habe den Köder ausgelegt, und Sie schnappten zu.«

»Herr Dr. Hassell, hatten Sie Kontakt zu Schüssler?«

»Nein.«

Perez fragte Kramer, wie die Picasso-Kopie in dieses Bild passte.

»Ich bin kein Verehrer der Alten Meister, mein Interesse erstreckt von den Impressionisten bis hin zur zeitgenössischen Kunst. Wenn Sie wollen, den Meistern der ›Entarteten Kunst‹. Mülder hatte mir regelmäßig Anschriften von Deutschen in Frankfurt am Main zugespielt, die Juden versteckten. Bei einer Verhaftung konfiszierte eins unserer Kommandos ein Gemälde aus dieser Epoche. Es gehörte einer Frau Sarah Grünzweig. Ich ließ mir das Bild kommen und sah sofort, dass es eine Picasso-Kopie war. Da der Kunsttransport beschlossene Sache war und ich Mülders Hilfe brauchte, gab ich ihm das Bild als kleine Aufmunterung, sozusagen als Krume vom Tisch des Herrn.«

»Wer hat dann veranlasst, die Kisten mit dem immerhin auffälligen Reichsadler zu markieren?«

»Die Idee stammt von Dr. Hassell. Er meinte, das Hoheitszeichen strahle Autorität aus, es verlange Respekt, und man könnte die Kisten leichter identifizieren.«

Als nächster wurde Dr. Hassell gebeten, auszusagen. Er bestätigte Kramers Aussage, soweit sie ihn betrafen. Nachdem ihm Kramer und Schüssler ihre wahren Absichten gesagt hatten, beschloss er, die Aktion heimlich zu torpedieren und die immensen Werte sicherzustellen. Das weitere Vorgehen war mit Herrn Lassalle abgesprochen. Hassell sagte aus, dass er mit dem Dritten Reich noch eine Rechnung offen hatte. Ein Jahr zuvor wurde seine Verlobte im Rahmen der rassischen Säuberung verschleppt, berichtete er.

»War Ihre Verlobte Jüd ...«

»Sie war Deutsche. Welcher Religion sie angehört hatte, ist hier doch völlig unwichtig.«

Hassell war Perez ins Wort gefallen. Sein Ton klang bissig.

»In Peru interessiert es niemanden, ob ich den Sonnengott anbete, Katholik bin oder Schintoist. Was mir von ihr blieb, ist eine Blechbüchse mit Asche, die mir per Nachnahme mit der Post zugeschickt wurde. Für die Einäscherung und den Versand wurden mir sechsundachtzig Mark und fünfundvierzig Pfennig berechnet. Das ist doch abscheulich!«

Er schnäuzte sich.

»Der Seeverkehr ab Bremen war zu dieser Zeit bereits beträchtlich eingeschränkt. Es kam nur ein Frachter in Betracht, die M.S. ›Valdivia‹. Ich buchte eine Passage für die Eheleute Schüssler auf diesem Schiff, um sie in Sicherheit zu wiegen. Sie saßen während der Überfahrt praktisch auf ihrer Beute. Zufällig reiste auch Herr Timmerman mit seiner Frau auf diesem Schiff, er einen hatte Auftrag in Chile. Wir sind alte Freunde. Ich zog ihn ins Vertrauen und bat ihn, während der Reise Beobachtungen aufzuschreiben. Ehepaar Mülder buchte später direkt bei der Reederei. Die hat mich daraufhin entsprechend informiert. Das Mosaik meines Plans begann sich zusammenzufügen.«

»Aber vorher hatten Sie Mülder einen Schweizer Pass besorgt.«

»Das hatte einen Grund. Nach der Erteilung des Auftrages wurde mir Mülder als der Verantwortliche für den Transport benannt. Doch dann tauchte Mülder ab und blieb unsichtbar. Erst nachdem Schulze als Ersatzmann bestimmt war, tauchte Mülder plötzlich bei mir auf. Er bat mich, ihm bei der Flucht ins Ausland zu helfen. Er war desertiert, weil er als Kommandant eines Zwangsarbeitslagers Repressalien durch die Sieger fürchtete. In diesem Moment war er für mich der Repräsentant dieses verhassten Systems, das meine Verlobte auf dem Gewissen hat. Also beschloss ich, ihm vordergründig zu helfen. Mein wirklicher Plan war jedoch, ihn zu eliminieren. Der Schweizer Pass diente dazu, ihn vor den deutschen Organen zu schützen.«

»Halten Sie das nicht für perfide?«

»In der Reichsverfassung steht sinngemäß, dass die Familie geschützt werden soll. Meine derzeitige Regierung ist nicht minder hinterlistig.«

»Kannten Sie Sessarego?«

»Ich kannte ihn von einem früheren Aufenthalt in Panama Stadt. Er war ein Kleinkrimineller ohne Vermögen und wollte mich überreden, für ihn zu schmuggeln, was ich ablehnte. Ich erinnerte mich an ihn und ließ ihn auf meine Kosten nach Deutschland kommen. Er sollte dann auf der ›Valdivia‹ zurück nach Panama reisen und sich während der Überfahrt an Frau Mülder heranmachen, um das Ehepaar in Panama von Bord zu locken.«

»Um Mülder zu eliminieren?«

»Ja.«

»Wie sollte das ablaufen?«

»Ich kenne den Manager des Yachtclubs von Panama Stadt privat. Er besitzt ein luxuriöses Motorboot. Das ließ ich für Sessarego reservieren. Ich ließ dem Manager zwei Beträge in bar zukommen, den einen für die Miete, den anderen als Kaution für das Boot. Bei Rückgabe des Bootes sollte der Manager den Umschlag mit der Kaution Sessarego übergeben. Es war sein Lohn für die Tötung Mülders. Der Manager war von mir eingeweiht worden. Was ich nicht wusste, der Manager kannte Leute, denen Sessarego noch eine Menge Geld schuldete. Die hat er informiert. Sie passten Sessarego vor dem Clubhaus ab. Ich gehe davon aus, dass sie ihm das Geld abgenommen haben. Mehr weiß ich nicht. Leider war Herr Mülder an Bord der ›Valdivia‹ geblieben, und mein Plan schlug zur Hälfte fehl. Immerhin hat Mülder dasselbe verloren wie ich.«

»Das ist klar Selbstjustiz, Herr Dr. Hassell. Und Sie haben den Tod Frau Mülders billigend in Kauf genommen. Aber wir wollen hier nicht urteilen. Für das Protokoll, dies ist meine Privatmeinung. Nächste Frage: Was haben Sie mit dem Unfall des Ehepaars Schüssler zu tun?«

»Nichts.«

»Kannte Schüssler den wahren Lagerort der Ware?«

»Den wahren Lagerort kenne nicht einmal ich. Schüssler wusste, wo die Kisten sind. Auch er hätte sie leer vorgefunden.«

»Und Kramer?«

»Das gleiche gilt auch für ihn.«

»Wissen Sie wirklich nicht, wo der Inhalt augenblicklich lagert?«

»Nein.«

»Was können Sie uns zum Tod Schulzes sagen?«

»Die Kisten waren der Köder. Nach Schüsslers Tod kannte nur noch eine weitere Person deren Standort, nämlich Mülder. Ich plante, Mülder und Schulze gegeneinander auszuspielen. Im besten Fall hätten sie sich gegenseitig töten können. In der Lage dazu waren sie. Kramer glaubte, die Ware sei noch in den Kisten. Um die Beute nicht in Mülders Hände geraten zu lassen, weihte er Schulze ein und schickte ihn nach Trujillo. Er sollte die Halle beobachten und Mülder abpassen, was dann geschah.

Was dann in der Halle genau passierte, weiß ich nicht. Leider hat Mülder wieder überlebt.«

Während seiner gesamten Aussage wirkte Hassell bitter, enttäuscht und entschlossen, das ihm widerfahrene Unrecht zu rächen, auf seine Weise.

Perez ordnete eine Pause an, und es wurde Kaffee serviert. Niemand durfte den Raum verlassen. Es herrschte betretenes Schweigen. Jeder ging seinen Gedanken nach.

Nach der Pause wurde Mülder gebeten, sein Leben darzustellen, von der Kindheit bis zum Eintritt in die SS. Dann fragte ihn der Vorsitzende, woher er angesichts seines familiären Hintergrundes an das unfassbare Vermögen an Devisen, Wertpapieren und Schmuck gekommen sei. Er berichtete stockend, aber rückhaltlos, wie er und seine Frau das alles zusammengerafft hatten. Die Anwesenden verfolgten seine Aussagen mit ungläubigem Staunen, fast mit Ekel.

Mülder schien ein gebrochener Mann. Er berichtete von Kramers Danaergeschenk, dem Bild im Goldrahmen, und von Grünzweigs Lüge über dessen Echtheit. Er komme sich lächerlich und ausgenutzt vor, wenn er nur daran denke, das Bild um die halbe Welt mitgenommen zu haben. Schließlich habe er das wertlose Ding aus Wut ins Meer geworfen. Dann schilderte er den Hergang in der Halle und die Entsorgung von Schulzes Leiche.

Lehmanns Aussage war kurz und sachlich, beinahe erfrischend nach all den düsteren Geschehnissen. Er berichtete von seinem Bauzug, der vereitelten Verhaftung durch Mülder, seine Beobachtung der Verladung der Kisten im alten Stollen im Harz und von der Ausreise mit seiner Familie. Von seiner Hilfe zum Ausbruch der Häftlinge sagte er nichts.

Das tat Grünzweig in seiner Aussage. Ohne Lehmann wäre er nicht hier, aber auch nicht ohne die Einteilung zum Arbeitseinsatz auf der Baustelle durch Mülder. Bei dem entschuldigte er sich für seine Notlüge. Als er feststellte, dass das Bild von seiner verstorbenen Freundin Lisa Senfkorn stammte, wäre er aufgewühlt gewesen. In seiner prekären Lage hätte er Mülder das gesagt, was der erkennbar am liebsten gehört hätte.

Er schilderte seine Flucht aus dem Lager, die Unterstützung durch den polnischen Widerstand und seine Aufnahme bei der US Army. Die

Festnahme Kramers und Mülders rechtfertigte er mit dem Kriegszustand zwischen den USA und dem Reich. Deren Behandlung sei gemäß der Genfer Konvention einwandfrei gewesen.

»Der weitere Aufenthalt der beiden Herren in der US-Botschaft ist jetzt nicht mehr erforderlich. Im Fall Kramer gehe ich davon aus, dass er als Kriegsgefangener in die USA ausgeflogen wird. Jedoch prophezeie ich kühn, dass seine Mitschuld am Kunstraub nie geahndet werden wird. So ist das Leben. Die verübten Gräueltaten seiner Einheit, der SS, sind ein anderes Kapitel. Doch das steht hier nicht zur Debatte.

Herr Mülder wird den peruanischen Behörden zugeführt. Er steht im Verdacht eines Kapitalverbrechens, dem Mord an Schulze, verübt in Peru. Sein Verbleib hängt davon ab, dass er den Tatbestand der Notwehr überzeugend beweisen kann. Dies ist Angelegenheit der peruanischen Justiz. Seine Verbrechen als Lagerkommandant werden an anderer Stelle untersucht und hoffentlich gesühnt. Wir werden sehen.

Beide Herren werden für den Rest ihres Lebens keine reine Freude mehr erleben können. Ihr Gewissen wird sie verfolgen, so sie denn eines haben.«

Lassalle bestätigte in seiner Aussage, von Anfang an durch Hassell informiert gewesen zu sein. Als ihm deutlich wurde, welch immenses Raubgut in Sicherheit gebracht werden sollte, hätten bei ihm sofort alle Alarmglocken geschrillt. Er und Hassell hatten das Vorgehen gemeinsam geplant, aber nicht um sich dadurch zu bereichern. Der Wert der Beute übersteige sein Vermögen sicher um ein Vielfaches, es sei aber immer sein Anliegen gewesen, das Eigentum der Bestohlenen zu sichern und es ihnen oder deren Familien und Erben zurückzugeben.

»Die Suche nach Dr. Greve läuft bereits. Wir werden ihn bitten, die nötigen Nachforschungen einzuleiten. Herr Lehmann wird ein Gebäude errichten, in dem die Kunstwerke ausgestellt werden. Dies hat zwei Ziele: Erstens werden wir mit einer Universität zusammenarbeiten und dem Beispiel Lisa Senfkorns folgen, die Werke zu studieren und zu kopieren. Hat ein Werk seinen rechtmäßigen Besitzer gefunden, tritt die Kopie an seine Stelle, mit einer deutlichen Kennzeichnung. Zweitens: Die Kunstwerke sollen nicht in einem dunklen Lagerraum verschwinden. Vielmehr soll der ungehinderte Zugang die Identifikation der wahren Eigentümer erleichtern und deren Auffindung dienen.

Lisas Picasso-Studie im Goldrahmen ist auf kuriose Weise wieder aufgetaucht. Leutnant Grünzweig hat zugestimmt, dem Bild nach seiner abenteuerlichen Reise einen Ehrenplatz in der Eingangshalle zu geben. Dem Gebäude geben wir den Namen ›Lisa-Senfkorn-Galerie‹. Es soll kein Mahnmal werden, sondern eine Stätte der Begegnung. Teilen Sie mit mir die Hoffnung, dass zahlreiche Besitzer oder deren Angehörige hier ihren Kunstwerken wieder begegnen, und dass eines guten Tages alle Originale durch Kopien ersetzt sein werden. Dann hätte die Galerie ihren Zweck erfüllt.

Richter Perez erhob sich zu seinem Schlussreferat.

»Als ich der Bitte von Herrn Lassalle nachkam, diese Anhörung zu moderieren, war ich mir sicher, am Ende ein klares Bild der Vorgänge um einen Kunstraub zeichnen zu können. Jetzt weiß ich, je mehr Fakten auf dem Tisch liegen, desto weniger weiß ich. Bis heute kennen wir die Hintermänner nicht. Sie bleiben unseren Augen leider verborgen. Ihre Motive sind niedrig und unethisch. Auch wenn sich große Kunstwerke in Privatbesitz befinden, bleiben sie doch ein Kulturerbe der Menschheit. Was ich Ihren Aussagen entnehme, meine Herren, ist einer Kulturnation wie Deutschland unwürdig. Dieser Umgang mit Menschen und mit dem, was sie lieben, ist absolut abscheulich! Was aber noch viel schlimmer ist: Der staatlich angeordneten Aushöhlung moralischer Werte folgt eine Fährte von Rache und Hass. Sie führt zu neuen Verbrechen.

Schulzes Tod in der Halle ist genau betrachtet Mord aus Habgier, Notwehr hin, Notwehr her. Das herbeigeführte Ertrinken Frau Mülders dagegen ist schlicht Lynchjustiz. Was Sessarego zugestoßen ist, liegt bis jetzt völlig im Dunkel. Vergessen Sie bitte nicht, der Anstifter ist ebenso schuldig wie der Täter.

Für ihre offenen und, so ist mein Eindruck, ehrlichen Einlassungen danke ich Ihnen. Herr Timmerman wird eine Niederschrift anfertigen, die ihnen in Kopie zugeht. Ihm wird auferlegt, innerhalb von drei Jahren ab heute nichts vom Inhalt dieser Anhörung zu veröffentlichen.

Ich erkläre die Anhörung für beendet.«

»Erheben Sie sich«, rief der Posten an der Tür.

Rafael Perez stand auf und verließ den Saal.

Kramer und Mülder wurden in die amerikanische Botschaft zurück gebracht. Lassalle lud Timmerman, Hassell, Lehmann und Grünzweig in seine Villa in San Isidro zum Abendessen ein.

»Aber bitte in Zivil, Herr Grünzweig. Unbedingt!«

»Und Sie, Herr Dr. Hassell, würde ich gern wegen Ihrer privaten Vendetta gegen Mülder in meinem Büro sprechen.«

73

San Isidro ist ein feines Viertel im Süden des Zentrums von Lima, ein paar Blöcke vom Pazifik. Die Einfahrt zu Lassalles schlichter Villa war von Palmen gesäumt. Kleine Fackeln beleuchteten den gepflasterten Weg zum Eingang. In der Vorhalle hing Lisas Kopie, die Spuren des Salzwassers und der Einstich des Enterhakens in die Leinwand waren deutlich sichtbar.

Zur Begrüßung im Salon wurde der traditionelle Pisco Sour gereicht. Mónica Lassalle kümmerte sich um die Ehefrauen von Timmerman und Lehmann. Hassell hatte sich entschuldigt, wegen der Zeitverschiebung brauche er dringend Ruhe. Lassalle schaute wiederholt nervös auf seine Armbanduhr. Seine Frau stieß ihn an.

»Wo bleiben die denn? Der Ceviche steht schon auf dem Tisch.«

»Der wird nicht kalt, der muss so sein.«

»Aber der Hauptgang, die Cuyes ...«

»Lass uns noch ein paar Minuten warten. Es ist wichtig.«

Er wendete sich Grünzweig zu.

»Gut sehen Sie aus im Anzug, viel eleganter als in Ihrem schlichten Leutnantskittel. Noch heute Abend werden Sie mir zustimmen, dass sie so passender angezogen sind.«

»Das tue ich jetzt schon. Ich wäre der einzige Uniformträger.«

»Warten Sie es ab. Was machen Sie, wenn der Krieg zu Ende ist? Ich meine, wovon wollen Sie leben? Wie ein Berufssoldat kommen Sie mir nicht vor. Bald wird es eine Menge entlassener Offiziere geben. Korn hat mir mal am Telefon erzählt, sie haben Wirtschaftswissenschaften studiert. Hängen Sie doch die Uniform an den Nagel. Was halten Sie wohl davon, künftig für unser Unternehmen zu arbei ...«

»Henri, sie sind da.«

Der amerikanische Offizier betrat nicht einfach den Raum, nein, er zelebrierte seinen Auftritt. Groß und aufrecht, die Beine leicht gespreizt, stand er unter dem Türrahmen, die Mütze seiner Ausgehuniform hatte er unter den linken Arm geklemmt, vier Reihen Ordensspangen verrieten Einsatz und Tapferkeit. Ein breites Lächeln legte zwei Reihen tadelloser Zähne frei. Seine Begleiterin hatte sich unter seine rechten Arm gehakt. Eine attraktive junge Frau im ›kleinen Schwarzen‹. Der Oberst genoss die Aufmerksamkeit der Gäste, die sich von dem Anblick dieses Traumpaars nicht losreißen konnten. Lassalle ging freudig mit großen Schritten und ausgebreiteten Armen auf Henshaw zu.

»Jack! Altes Haus. Lange nicht gesehen. Wie schön, dass du kommen konntest. Ich möchte euch bekannt machen.«

Die Begleiterin lächelte nicht, ihre Blicke wanderten konzentriert von Gast zu Gast, als ob sie unter ihnen jemanden suchte. Lassalle musterte sie heimlich von der Seite und grinste wie ein erfolgreicher Drahtzieher. Als sie Grünzweig entdeckt hatte, erstrahlte ihr Gesicht. Sie löste sich vom Arm Henshaws und eilte zu ihm.

»Endlich.«

»Greta! Bist du es wirklich? Du bist nicht wiederzuerkennen.«

Sie schob ihren linken Ärmel leicht zurück, schmiegte ihren Kopf an seine Schulter und zeigte ihm die eintätowierte Häftlingsnummer.

»Wiedererkannt?«

»Ja. Jetzt.«

Er drückte sie fest an sich.

»Hattest du mir nicht eine Kreuzfahrt in der Karibik versprochen?«

»Bei meinem Leutnantsgehalt reicht es gerade für eine Kahnfahrt auf der Warthe.«

Sie legte ihren Arm um ihn und lachte.

»Ich soll dich von Maggie Henshaw herzlich grüßen. Sie möchte dich unbedingt kennenlernen.«

74

Am Morgen nach der Anhörung öffnete der uniformierte Posten mit dem grau lackierten Kunststoffhelm zur gewohnten Stunde die Tür zum Gästezimmer der amerikanischen Botschaft, um den jungen Bediensteten mit dem Frühstückstablett eintreten zu lassen. Er hatte gerade Haltung neben der Tür eingenommen, als es klirrte. Instinktiv griff er zur Waffe, eilte zur Tür, um dem Bediensteten zu Hilfe zu kommen. Scherben von Porzellan knirschten unter seinen Militärstiefeln. Der junge Mann lag mit entsetzten Augen inmitten der verstreuten Reste des Frühstücks auf dem Boden. Der Posten folgte der Richtung seines Blickes. Mülder hatte sich mit dem Elektrokabel der Stehlampe an der Gardinenstange erdrosselt. Er hinterließ keinen Abschiedsbrief.